베개를 베다

베개를 베다

윤성희
소설집

문학동네

차례

가볍게 하는 말

고모가 입원했다는 소식을 알린 사람은 고모의 손자였다. 길을 걷다 담벼락이 무너졌다고, 그 아래 깔리는 바람에 119가 출동했다고, 벌써 일주일이나 되었다고, 고모의 손자는 말했다. "고모님, 우리 할머니만 아무도 병문안을 오지 않았어요." 고모도 아니고 고모님이라니. 작년 봄, 아버지의 칠순 잔치에 왔을 때 나는 아이에게 초등학교 입학 선물이라며 오만원을 준 적이 있었다. 너무 큰돈이에요, 라며 사양하는 것을 아이 주머니에 찔러넣었다. 친척들은 아빠 없이도 반듯하게 컸다고 칭찬을 했지만 나는 지나치게 예의바른 모습이 오히려 징그러웠다. 이 아이가 태어났을 때 태우 오빠는 이런 문자메시지를 보냈다. '아빠가 되었습니다. 그러니 잠시 잠에서 깨어나 축복해주세요.' 아마 새벽 세시쯤이었을 것이다. 메시지를 받은 다른 사람들은 어땠는지 모르지만 나는 창을 열고 달을 보면서 기도를 했다. 잘 자라라. 달은 아주 동그랬다. 태우 오빠가 여덟 살인가 아홉 살 때 우리

집에서 몇 달 지낸 적이 있었다. 아버지의 가게가 자리를 잡기 전이라 단칸방에서 살던 시절이었다. 어른 둘은 가로로, 아이 셋은 세로로, 그렇게 누워 잠을 잤다. 태우 오빠는 누가 깨워주지 않아도 여섯 시면 눈을 떴다. 태우 오빠가 다니던 초등학교가 우리집에서 버스로 한 시간이나 걸렸기 때문이었다. "아침이야?" 잠결에 내가 물으면 태우 오빠는 아니, 하고 대답했다. "괜찮아. 더 자." 그리고 자신이 덮던 이불을 내게 덮어주었다. 내가 새벽 세시에 일어나 달을 보면서 기도를 한 것은 그래서였다. 누가 깨우지 않아도 혼자 일어나던 기특한 아이였으니까. 이불을 덮어주던 다정한 오빠였으니까. 태우 오빠가 아빠가 되던 그해, 영민 오빠가 사촌들끼리 격조하게 지낸다며 싸이월드에 클럽을 만들었다. 영민 오빠는 큰아버지의 큰아들이었다. 클럽 이름이 '박춘봉 할아버지의 손자 손녀들'이었다. 작은아버지네 늦둥이 막내딸 민수는 '할아버지 이름이 박춘봉이었어요?'라는 글을 남겼다. 사촌오빠들이 여태 그것도 몰랐느냐고 한마디씩 댓글을 달았다. '왜 할아버지 이름만 있어요? 할머니는요?' 나도 글을 남겼다. 환갑을 못 넘기고 돌아가신 할머니의 이름을 알고 있는 손자 손녀들은 아무도 없었다. 클럽은 한 달 정도 북적이다 말았다. 그후로 일 년 정도 더 유지가 되었는데, 꾸준히 글을 남긴 사람은 영민 오빠와 태우 오빠뿐이었다. 아, 영민 오빠의 부인도 열심히 글을 썼다. 부부는 인생 십계명, 노화 방지를 도와주는 음식, 힘들 때 읽으면 좋은 문구…… 따위의 글들을 게시판에 남겼다. 태우 오빠는 아이의 사진을 올렸다. 그 사진을 통해 나는 아이가 백일이 되었다는 것을, 몸을 뒤집었다는 것을, 보행기를 잡고 일어서기 시작했다는 것을 알게 되었다. 태우 오빠는 가까운 친지들을 불러 조촐하게 돌잔치를 했고 나는 친구들과 제주도 여행을 가는 바람에 참석하지 못했다. 나는 태우 오빠가 클럽에 올린 사진을 보고 아이가 돌잡이에서 실을 잡았다는 것을 알게 되었다. 그리고 며칠 뒤, 할아버지가 팔십구 세로 돌아가셨다. 아들 셋과 며느리 셋. 과부가 된 딸 하나. 손자 부부. 손녀 부부. 외손자 부부. 그리고 결혼하지 않은 손자 손녀들. 모두 모여 장례를 치렀다. 나는 눈이 퉁퉁 부은 고모와 마주앉아 육개장을 먹었다. 돌잔치에 가지 못해 죄송하다고 말을 하자 고모는 괜찮다고 했다. "그래도 난 니가 돌잔치 하면 꼭 가마." 고모가 농담도 했다. 고모는 손목이 아파 손자를 자주 안아줄 수 없는 게 속상하다고 말했다. 고모는 고깃집에서 십오 년을 일했다. 그때 하도 갈비를 잘라서 손목이 고장난 거라며, 그놈의 갈비 때문에 손자도 못 보는 할머니가 되었다고 한숨을 쉬었다. 그런 고모가 어찌어찌해서 몇 년 전부터 혼자 손자를 키우게 되었다. 나는 아이에게 곧 병문안을 가겠다고 했다. 전화해주어서 고맙다고도 말했다. "고모님." 아이가 다시 한번 나를 불렀다. "우리 할머니는 꽃을 좋아해요. 음료수 말고요."

집에 전화를 하니 아무도 받지 않았다. 오 분 늦게 수업에 들어갔다. 출석을 다 부르고 나니 몇몇 아이들이 허겁지겁 들어왔다. 마지막에 들어온 학생이 엘리베이터가 고장나서 늦었다며, 그런데도 지각이냐고 물었다. 나는 봐준다고 말했지만 출석부에는 세모 표시를 했다. 쉬는 시간 없이 두 시간 수업을 한 뒤 다시 집에 전화를 걸었다. 어머니가 받았다. 아까 어디 갔었느냐고 묻자 옥상에 있었다고 했다. 고추장 항아리에 곰팡이가 피었다고, 소주를 부어두었는데 괜찮아질지 모르겠다고, 어머니는 말했다. 나는 고모가 병원에 입원한 소식을 알렸다. 무너진 담벼락에 깔렸다고. 입원한 지 벌써 일주일이나 되었다고. "병원은 아버지랑 가실래요?" 내가 물었다. "글쎄다." 어머니는 아버지가 목욕탕에 갔으니 돌아오면 물어보겠다고 했다. 칠순 잔치에서 고모에게 욕을 들은 뒤로 아버지는 자주 역정을 냈다. 찌개가 조금만 짜도 내 나이에 이런 걸 먹어야겠느냐며 화를 냈고, 텔레비전을 보다가도 옷을 왜 저렇게 입고 나오냐며 화를 냈다. 아버지는 이 모든 게 자신의 생일잔칫날 여동생에게 모욕을 당했기 때문이라고 했지만 내가 보기에는 생일을 며칠 앞두고 경비일에서 잘린 게 원인이었다. 아버지는 먹고살 만한데도 불구하고 일을 한다는 사실에 자부심을 가지고 있었다. 주민들이 깐깐하게 굴 때도 속으로 내가 더 큰 집에 산다고 생각하면 하나도 자존심이 상하지 않는다고 했다. 그렇게 말하며 아버지는 껄껄껄 큰 소리로 웃었다. 침이 튈 정도였다. 아버지에게 내색은 안 했지만 나는 아버지가 잘못 늙어가는 게 아닌가 하는 걱정이 들었다. "참, 고모 손자요. 이름이 뭐였죠?" 어머니가 수연이라고 말해주었다. 어째서 수연이는 나에게 전화를 걸 생각을 했을까. 어머니는 아이 혼자 그런 생각을 할 리가 있겠느냐며 아마도 고모가 시켰을 거라고 했다. 그러면서 덧붙이길 고모가 유난히 날 예뻐했다는 것이다. "하긴 니가 고모를 많이 닮긴 했지." 어머니의 말처럼 고모와 같이 다니면 사람들이 모녀가 꼭 닮았다는 말을 하곤 했다. 그때마다 어린 나는 울었다. 우리 엄마 아니에요, 그러면서. "설 전에 고모랑 통화를 한번 했어. 고집 피우지 말고 큰집에 가자니까 손자랑 둘이 제사

지낸다고 신경쓰지 말라 하더라. 지금 생각해보니 좀 이상했어. 낮이었는데 술 취한 사람 같았거든. 그래서 내가 뭐하냐고 물었는데, 눈사람을 만든다고 하더라구." 나는 환갑이 넘은 고모가 눈사람을 만드는 모습을 상상해보았다. 어머니한테는 눈사람 만드는 게 뭐 어떠냐고 대꾸했지만 속으로는 혹시 고모가 치매에 걸린 것은 아닌가 하는 걱정이 들었다. "어, 아버지 왔나보다." 벌써 덥네, 하는 아버지의 말소리가 희미하게 들렸다. 어머니가 아버지에게 고모가 입원했대, 하고 말하는 소리가 들렸다. 어머니는 고모를 아가씨라고 부르지 않고 고모라고 불렀다. 담벼락에 깔렸다는 말은 하지 않고 입원한 지 일주일이 지났다는 말만 전했다. 전화기 이리 줘봐, 하는 아버지의 목소리가 들렸다. "그래서 어디가 아프다냐?" 아버지가 물었다. 목소리가 너무 커서 나는 휴대폰을 귀에서 살짝 떼었다. "모르겠어요." 아버지는 그것도 안 물어보고 무슨 통화를 한 거냐며 타박을 했다. "걱정할 정도는 아닌 것 같아요." 만약 고모가 크게 다쳤다면 꽃을 사오라는 말은 하지 못했을 거라고 나는 생각했다. 하지만 그것까지는 아버지에게 말하지 않았다. "죽을 정도가 아니라면 난 안 갈란다. 엄마 모시고 갔다 와라." 그렇게 말하고 아버지는 전화를 끊었다.

*

다음날, 아홉시 반에 부모님 집으로 갔다. 아버지는 없었다. "아침 일찍 약수터에 간다고 나갔다." 경비일을 그만둔 뒤 아버지는 약수터에 다녔다. 그러다 올봄, 수질검사에서 약수가 식수로 부적합하다는 판정을 받은 뒤로 발길을 끊었다. 물은 마시지 못해도 산길이 좋다며 어머니는 여전히 산책 삼아 다니는데 아버지는 거기만 가면 그동안 마셨던 약수가 생각나 속이 울렁거린다고 했다. "진짜 약수터 간 거 맞아?" 아마도 같이 병문안 가자고 할까봐 미리 피한 것이리라. 나는 부엌으로 가 냄비 뚜껑을 열어보았다. 배춧국이 있었다. 소고기를 넣고 말갛게 끓인 배춧국을 나는 세상에서 가장 좋아했다. "배춧국 끓였으면 말해주지. 아침 먹고 왔는데." 밥통을 열어보았다. 밥이 없었다. 식탁 위를 보니 밥그릇에 먹다 남은 밥이 한 숟가락 있었다. 나는 그걸 국에 말아서 물을 마시듯 후루룩 마셨다. 차에 타자 어머니가 기름 넣어줄까? 하고 물었다. 오빠가 중국으로 파견근무를 떠나면서 물려준 차였는데, 스물여덟에 첫 직장을 얻으면서 장만한 것이었다. 차값의 반 이상을 어머니가 아버지 몰래 내준 사실을 나는 알고 있었다. 오빠가 팔 년 정도 몰다 새언니가 물려받았고, 폐차 직전에 내게로 왔다. 어머니는 이 차를 타면 꼭 기름을 넣어주었다. 오빠한테도 그랬고 새언니한테도 그랬다. 어머니는 그래야 자식들이 언제든지 운전기사 노릇을 해줄 것 아니냐고 했다. 나는 셀프 주유소에 들러 삼만원어치 주유를 했다. 물론 어머니의 카드로. 꽃집에 들러 프리지어 한 다발을 샀다. 그건 내 카드로. 병원에 도착하니 열시 사십분이었다. 큰어머니는 열한시에 딱 맞춰 도착했고, 작은어머니는 십 분 늦었다.

고모는 병실에 없었다. 고모의 자리는 창가 쪽이었다. 창가에 초록매실 음료수 병이 놓여 있고, 거기에 붉은색 꽃이 한 송이 꽂혀 있는 게 보였다. "양귀비네. 곱다." 큰어머니가 말했다. "양귀비요?" 내가 묻자, 큰어머니가 요샌 관상용으로 많이 심는다고 설명해주었다.

"개양귀비야. 길거리에도 많이 피더라." 작은어머니가 한마디 덧붙였다. 나는 사온 꽃다발을 그 옆에 놓았다. 큰어머니가 요새 병실에 꽃다발 반입 금지인 곳이 많다는데 괜찮을지 모르겠다고 걱정을 하자, 작은어머니가 꽃가루가 안 날리고 향기가 강하지 않은 꽃이면 괜찮다고 했다. 작은어머니의 친정 오빠가 작년 겨울에 빙판에서 미끄러져 입원을 했었는데, 그때 간호사가 그랬다는 것이다. 그러자 큰어머니와 어머니가 왜 알리지 않았느냐며 병문안을 못 가서 미안하다는 말을 했다. 나는 침대 아래에 있는 보조침대를 꺼내 큰어머니와 어머니와 작은어머니를 앉혔다. 어머니가 고모에게서 개나리 꽃다발을 선물받은 적이 있다는 이야기를 꺼냈다. "그러니까 내가 결혼한 그해였어요." 고모가 돌도 안 지난 태우 오빠를 업고 우리집엘 왔었다고 한다. 그날은 어머니의 생일이었다. "그때 고모가 시집살이를 좀 했잖아요. 얼굴이 어찌나 까칠한지 내가 얼른 장을 봐다가 백숙을 끓여주었던 게 기억나네." 어머니의 말에 큰어머니가 맞장구를 쳤다. "맞아. 시어머니도 아니고 동서 시집살이를." 일찍 부모님을 여의고 큰형 밑에서 자란 고모부는 결혼 후에도 형의 품에서 벗어나지 못했다고 한다. "형님, 맞아요. 그 와중에 내 생일이라고 찾아왔으니, 얼마나 놀랐겠어요. 처음엔 도망 나왔는지 알았다니까요?" 그날 고모는 신문지에 싼 개나리를 들고 왔다. "오는 길에 개천에서 꺾었다고 하더라고요. 어찌나 꽃다발이 컸는지 정말 한아름이었다니까요." 나는 갓난아기인 태우 오빠를 업고 개천에서 개나리를 꺾는 고모의 모습을 상상해보았다. 그걸 받고 좋아하던 어머니의 모습도 상상해보았다. 그때 어머니의 나이는 스물일곱. 고모의 나이는 스물여섯이었다. "아니,

내 생일엔 왜 한 번도 그런 선물을 안 해줬대." 큰어머니가 입을 삐쭉였다. 하지만 진짜로 샘이 나서 그러는 게 아니라 두 동서들이 재미있으라고 일부러 그러는 것임을 알 수 있었다. "형님. 전 남편한테도 못 받아봤어요." 작은어머니가 오른손을 큰어머니의 무릎에 올려놓으며 말했다.

"아이고, 뭐하러 왔대요?" 고모가 휠체어를 타고 들어왔다. 목에 보호대를 차고 있었다. 볼에 깊게 긁힌 상처가 보였다. 이마에 멍자국도 보였다. 보조침대에 앉아 있던 세 분이 고모를 보자 동시에 일어났다. "이게 뭔 일이래요." "어쩌다가 그랬어요?" "무릎은 괜찮고요?" "어디 부러진 데는요?" "고모도 참. 왜 이제야 연락을 해요?" 고모가 무릎담요를 걷었다. 무릎에도 보호대를 차고 있었다. "그래도 부러지진 않았어요. 인대가 좀 놀랐다네요." 나는 고모의 무릎을 만져보았다. 약간 부은 것도 같았다. 고모가 휠체어에서 일어나더니 다리를 절뚝이며 침대 위로 올라갔다. "한 서너 달 물리치료하면 괜찮대요." 고모가 말했다. 큰어머니는 작년 겨울엔 무릎이 아파서 거의 외출도 못했다는 이야기를 했고, 어머니는 가시오가피와 우슬이라는 약재가 무릎에 좋다는 이야기를 했다. 작은어머니는 나이가 들면 무릎 때문에라도 침대를 써야 한다며 고모에게 이참에 침대를 하나 들여놓으라고 했다. 그러다 화제가 큰집에 새로 장만했다는 돌침대로 건너갔다. 큰아버지의 허리통증 때문에 샀는데 큰아버지는 바닥에서 주무시고 큰어머니만 쓴다는 것이었다. "왜요?" "몰라. 무슨 고집인지. 덕분에 나만 좋지. 등이 따신 게 얼마나 좋은지 몰라." 큰어머니가 말했다. 설날, 큰집에 다녀온 뒤로 어머니도 돌침대를 사고 싶어했다. "형이 써

봤는데 별로라 그러잖아. 절대 사지 마." 그때마다 아버지는 그렇게 말했다. "언니. 그냥 바닥에서 자라 그래요. 오빠들은 그래도 돼요." 고모가 말했다.

"점심이에요." 직원이 병실 문을 열고 소리쳤다. 꽈리고추볶음, 오징어젓갈, 깍두기 그리고 코다리조림이 반찬으로 나왔다. 국은 콩나물국이었다. "오늘은 좀 먹을 만하게 나왔네. 여긴 밥이 너무 별로야." 고모가 말했다. 허리보호대를 찬 아주머니가 반찬통을 들고 병실을 한 바퀴 돌았다. "어제 며느리가 해왔어요." 메추리알을 넣은 장조림이었다. "이럴 줄 알았으면 반찬 좀 해오는 건데." 어머니가 말했다. "언니가 만들어준 오이지 먹고 싶네." 고모가 말했다. "다음에 입원하게 되면 꼭 오이지무침 해와요." 고모가 숟가락으로 메추리알을 반으로 갈랐다. 그때 큰어머니가 고모의 손을 잡았다. "고모, 그러지 말고 나가자. 맛있는 거 먹게." 큰어머니도 고모를 아가씨라고 부르지 않고 고모라고 불렀다. "고모, 그래요." 나는 고모의 손에서 숟가락을 빼앗았다. "이 밥은 어쩌고." 고모가 말하자, 간이침대에 누워 휴대폰을 보던 보호자가 벌떡 일어났다. "걱정 말아요. 내가 먹을게요." 그러면서 말을 덧붙이길, 병원 정문에서 왼쪽으로 오십 미터만 가면 도가니탕을 잘하는 집이 있다고 했다. "그 맛을 못 잊어 다시 이 병원에 온다는 소문이 있을 정도라니까요." 보호자가 말했다.

나는 고모의 휠체어를 밀었다. 식당까지 자전거도로가 나 있어서 그 길을 따라 걸었다. "자전거가 오면 비켜줘야 하나? 내 것도 바퀴가 있긴 한데." 고모가 농담을 했다. 식당은 환자복을 입은 사람들로 가득했다. 고모가 속삭이듯 말했다. "나도 몰랐는데, 이 병원이 나이롱 환자들로 유명한 곳이래요." 휠체어에 앉아 혼자 밥을 먹는 중년 남자도 있었다. 세상에 왼손에 수액까지 꽂고 어떻게 혼자 왔는지 모를 일이었다. 도가니탕은 만이천원이었다. 수육은 이만삼천원. 나는 도가니탕 다섯 그릇을 시켰다. "수육도 시켜." 큰어머니가 말했다. 종업원이 겨자소스 다섯 종지와 깍두기와 배추겉절이와 부추무침을 가져왔다. 고모가 겨자소스를 젓가락으로 찍어 맛을 보고는 고개를 끄덕였다. 고깃집에서 오랫동안 일을 했던 고모는 소스만 보아도 그 집이 진짜인지 가짜인지 알 수 있다고 했다. 주방 옆 기둥에 '한 컵 2000원'이라고 적힌 종이가 보였다. 나는 종업원에게 저게 뭐냐고 물었다. 종업원이 무슨 비밀을 털어놓는 것처럼 허리를 숙이고 속삭였다. "소주를 물잔에 주는 거예요. 환자복을 입은 분들이 병째 내놓고 마시긴 그러니까요." 그 말을 듣자마자 우리 다섯 명은 동시에 고개를 돌려 식당을 둘러보았다. 그러고 보니 물잔이 두 개씩인 사람들이 꽤 보였다. "언니들, 우리도 해봐요." 고모가 말했다. 그러고는 종업원을 부르더니 아무 말 하지 않고 손바닥을 펴 보였다. "네?" 종업원이 눈을 동그랗게 떴다. 그러다가 이내 알아듣고는 고개를 끄떡였다. 잠시 후 종업원이 물잔 다섯 개를 가져왔다. 소주는 물잔의 반 정도 차 있었다. "그럼, 건배." 고모가 물잔을 들었다. "고모, 이거 먹고 얼른 나아요." 큰어머니가 말했다. 나는 소주로 입술만 살짝 축이고는 내려놓았다. 술을 잘하는 작은어머니가 한 모금 마시고는 수육 한 점을 소스에 찍어 먹었다. 나는 수육을 부추에 싸서 먹었다. 어머니는 도가니탕 국물을 숟가락으로 떠먹더니 고개를 끄덕였다. "큰오빠 집 사던 날, 정말 술 많이 마셨었는데." 고모가 말했다. "고모부가 양주를 두 병이나 가져왔었지.” “형님, 전 태어나서 처음으로 양주 먹어봤잖아요.” 작은어머니는 자신의 주량이 상당하다는 걸 그날 알았다고 했다. “언니들, 난 우리 넷이 여행 가서 먹은 멍게가 생각나요. 요샌 아무리 먹어봐도 그런 향이 안 느껴져.” 네 분이 같이 여행을 갔었다는 것은 처음 듣는 이야기였다. 언제 여행을 갔었느냐고 묻자 고모가 비밀이라고 대답했다. “우리 집안은 어째 며느리들이 술이 세. 영민이댁도 그렇죠?” 큰어머니가 고개를 끄덕였다. 큰아버지와 아버지와 작은아버지는 술에 약했다. 조금만 먹으면 얼굴이 붉어지고 목소리가 커졌다. 그러다 이내 잠이 들었다. 그 술버릇을 아들들이 물려받았다. 반면 며느리들은 모두 술이 셌다. 영민 오빠의 부인도, 작은집 영훈 오빠의 부인도 모두 술을 즐겼다. “니 새언니도 술 잘하냐?” 나도 고모에게 적어도 오빠보다는 잘 마신다고 했다. 수육이 다섯 점 남자 고모가 다시 한번 건배를 했다. “한 모금씩 하고 한 점씩 먹어요.” 고모가 말했다. “그리고, 집에 돌아가거든 오빠들한테 전해요. 술 마실 정도로 멀쩡하다고. 병문안 안 온 거 하나도 안 섭섭해했다고.”

*

작년 5월 3일 토요일. 아버지의 칠순 잔치가 있었다. 원래 아버지의 생일은 보름 전이었는데, 오빠가 귀국할 수 있는 시간이 그날밖에 없었다. 어머니는 그런 것도 다 자식들에게 부담이라며 생일날 아침 미역국이나 끓여먹고 조용히 보내자고 했다. 소고기 비싼 걸로 사다 끓여주겠다고 약속도 했다. 나는 이박 삼일 온천 여행이나 다녀오시라고 권했다. 삼 년 전에 칠순 잔치를 했던 큰아버지는 생일날에도 얼굴을 못 보고 살면 이젠 장례식장에서나 만난다며 중국에 있는 오빠에게 전화를 걸어 서운함을 내비쳤다. 이 년 후에 칠순이 될 작은아버지는 아버지에게 전화를 걸어 형이 칠순 잔치를 안 하면 내 자식들도 그걸 핑계로 안 해줄 것이라며, 만약 그렇게 된다면 그건 모두 다 형 탓이라고 말했다. 나는 즉석갈비 코너가 괜찮다는 소문이 난 호텔 뷔페를 예약했다. 손님들에게 돈을 받아야 할지 말아야 할지에 대해 의논하다 어머니와 아버지는 싸움을 했다. 5월에 돈 쓸 일이 얼마나 많은데 조카들에게까지 돈을 받아야겠느냐고 어머니는 말했다. "걔들 고등학교 졸업할 때까지 이십 년 가까이 세뱃돈을 주었는데 그것도 못 받아?" 아버지가 짜증을 냈다. 어머니가 그 말을 듣고 비웃었다. 나이 칠십이 되어 세뱃돈으로 생색을 내다니. 새언니와 조카들은 오지 못하고 오빠 혼자 나온다는 소식을 전해들은 게 잔치 일주일 전이었다. 아버지는 오빠에게는 알았다고 말해놓고 내게 전화를 걸어 식당 예약을 취소하라고 통보했다. 그러면서 아버지는 이렇게 말했다. "손자 손녀도 없이 무슨 칠순이냐." 나는 중국으로 전화를 걸어 새언니는 못 나오더라도 아이들은 데리고 와야 한다고 알렸다. 결국, 오빠네 식구들이 모두 귀국했다. 큰아버지와 아버지와 작은아버지가 나란히 앉았다. 멀리서 세 분을 보니 할아버지가 살아 계셨다면 뿌듯해했을 거라는 생각이 들었다. 자신과 똑 닮은 아들 셋이 의좋게 늙어가는 모습을 보면 가슴이 벅찰 것 같았다. 그날 나는 작은아버지에게 재미난 이야기를 들었다. 작은아버지는 쌍둥이로 태어났는데, 그중 한 아이가 일 년을 넘기지 못하고 죽었다고 한다. 죽은 아이는 동생이었다. 여자

아이였지. 이란성쌍둥이. 옆에 앉아 계신 큰아버지가 한마디를 보탰다. 그때 큰아버지는 여섯 살. 기저귀를 갈아주던 기억이 난다고 했다. 아버지는 너무 어려 기억하지 못했다. 물론, 작은아버지도. 암튼, 막내딸을 잃은 할아버지가 어찌나 상심했는지 곡기를 끊고 한 달 넘게 막걸리만 마셨다. 남편이 알코올중독자가 될 것만 같아 덜컥 겁이 났던 할머니가 할아버지에게 꼭 딸을 낳아주겠다고 약속을 했다. "그렇게 해서 태어난 게 니 고모란다." 작은아버지가 말했다.

고모는 한 시간이 지나서야 나타났다. 나는 내가 앉았던 자리를 치우고 거기에 고모를 앉혔다. 그리고 고모의 손자를 데리고 사촌들과 조카들이 있는 자리로 갔다. 거기에서 나는 사촌오빠와 사촌동생들에게 작은아버지에게 들었던 이야기를 다시 해주었다. "그럼 우린 다른 고모를 만날 뻔했네." 영훈 오빠가 농담을 해서 웃었다. 음식은 나쁘지 않았다. 오십 명을 예약했는데 모두 마흔아홉 명이 참석했다. 테이블마다 간간이 웃음소리도 들렸다. 잔치가 거의 끝날 무렵이었다. 아버지가 자리에서 일어나 한마디를 했다. 모든 집이 무탈하게 살게 되어 행복하다고. 이만하면 우리 집안도 성공한 거 아니겠냐고. 큰아버지가 자리에서 일어났다. 작은아버지도 자리에서 일어났다. 갑자기 세 형제가 서로 껴안고 눈물을 흘리기 시작했다. "이렇게 잘살게 된 게 모두 형 덕분이에요." 동생들이 흐느끼며 말했다. 어디선가 본 장면인 것 같아 생각해보니 삼 년 전 큰아버지의 칠순 잔치 때와 똑같았다. "부끄러운 줄도 모르고." 그때 맞은편에 앉아 있던 고모가 말했다. "부끄러운 게 뭔지도 몰라, 오빠들은." 그렇게 말하고 고모는 자리에서 일어났다. 가방에서 봉투 하나를 꺼내 테이블에 올려놓았다.

"어쨌든 생일 축하해." 고모가 손자의 손을 잡고 식당을 나가는 동안 입을 연 사람이 아무도 없었다. 그건 당황해서가 아니라 고모가 한 말의 뜻이 무엇인지 짐작할 수 없었기 때문이었다.

*

어머니가 반찬을 가져가라고 전화를 했다. 나는 아버지에게 용돈을 드릴 겸 집으로 갔다. 다음주가 아버지 생일이었다. 아버지는 이젠 생일이라면 지겹다며 미역국도 먹지 않겠다고 선언했다. 그러면서 생일날 일찍 온천에 갈 거니까 오지도 말라고 했다. "어차피 그날 하루 종일 수업 있어서 못 와요." 나는 십만원을 봉투에 넣어 아버지께 드렸다. 싱크대 위에 반찬 그릇들이 죽 늘어서 있는 게 보였다. 나는 손으로 반찬들을 집어먹었다. 꽈리고추볶음은 방금 했는지 따뜻했다. 된장에 무친 취나물도 보였다. "혹시 시간 되면 고모한테 들렀다 갈래?" 어머니가 물었다. 나는 오이지가 있으면 그것도 무쳐달라고 했다. 어머니가 오이지를 무치는 동안 창고에 가보았다. 천혜향이 한 박스 보였다. 하나가 비어 있었다. 이제 끝물일 텐데. 나는 박스를 가지고 나왔다.

고모는 잠을 자고 있었다. 초록매실 음료수 꽃병이 다섯 개로 늘었다. 거기에 내가 지난번 사온 프리지어가 나뉘어 꽂혀 있었다. 나는 고모가 잠에서 깰 때까지 의자에 앉아 기다렸다. 침대 옆 서랍장에 초등학교 문제집이 꽂혀 있는 게 보였다. 그중 하나를 꺼내 펼쳐보았다. 글씨가 예뻤다. 특히 ㄹ과 ㅂ을 반듯하게 잘 썼다. 나는 서랍을 열고 음료수를 꺼내 마셨다. 환자 중 누군가가 텔레비전을 틀었다. 텔레비전에서 여자의 울음소리가 들렸다. 그 소리에 고모가 잠에서 깼다. "언제 왔어?" "방금. 한 오 분 되었나. 고모가 좋아하는 오이지 가지고 왔지." 나는 식탁을 올렸다. 그러고는 반찬 그릇들을 죽 펼쳐 보였다. 고모가 반찬들을 손가락으로 집어먹었다. "맛있다. 점심시간이 되려면 한 시간이나 남았는데, 벌써 배고프다." 오이지를 먹으면서 고모는 오이지를 가장 맛있게 먹는 법이 뭔지 아느냐고 물었다. 나는 물에 밥을 말아 함께 먹는 거라고 했다. "아니." 고모가 고개를 저었다. "맥주랑 먹는 거지. 한여름에. 오이지만큼 좋은 안주가 없단다." 나는 여름이 되면 맥주를 사가지고 놀러가겠다고 했다. 치킨도 아니고, 오징어도 아니고, 오이지 안주로 술을 먹자고 약속했다. 나는 반찬들을 다시 쇼핑백에 담았다. 가방에서 볼펜을 꺼내 쇼핑백에 고모의 이름을 적은 다음 공용냉장고에 넣어두었다. 공용냉장고에는 상추가 있었다. 병실에서 상추쌈을 싸먹는 사람을 상상해보니 웃음이 났다. 나는 고모에게 집에서 훔쳐온 천혜향을 보여주었다. 천혜향은 모두 일곱 개였다. 나는 그중 세 개를 꺼내 병실에 남아 있는 환자분들에게 드렸다. "난 귤은 질색이야." 한 아주머니가 싫다 하셔서 도로 가져왔다.

천혜향을 까려 하자 고모가 밖에 나가서 먹자고 했다. 벤치에 앉아 꽃구경을 하면서 드시고 싶다는 거였다. 소풍 온 사람처럼. 나는 휠체어에 고모를 태워 병원 밖으로 나왔다. 주차장 한쪽에 등나무가 보였다. 나는 그쪽으로 휠체어를 몰았다. 담배를 피우는 남자들이 보이자 고모가 다른 쪽을 손가락으로 가리켰다. 나는 주차장을 반 바퀴 돌아

반대편으로 갔다. 가지 하나가 거의 바닥에 닿을 정도로 기울어진 나무가 보였다. 나는 그 나무 옆 벤치에 앉았다. 고모가 엉덩이 시리다며 무릎담요를 주려 하는 걸 괜찮다고 했다. 나는 천혜향을 까서 고모에게 건네주었다. "달지 않다. 좀 쓰네." 그렇게 말하면서 고모는 연신 먹었다. 천혜향을 다 깐 다음 손톱을 보았다. 손톱 밑이 주황색으로 물들었다. 어릴 적 귤을 먹고 귤껍질로 손등을 문질렀던 기억이 났다. "고모, 레몬 열 개 먹던 거 기억나요?" 나는 천혜향 껍질로 휠체어 바퀴를 문질러보았다. 사방으로 귤냄새가 번지는 것 같았다. "그럼, 기억나지. 니 큰아빠가 백만원 준다 그랬으면 백 개도 먹었을걸." 십 년도 더 된 일이었다. 아마 할아버지의 생신날이 아니었나 싶다. 큰집에서 저녁을 먹는데, 텔레비전에서 레몬을 벌칙으로 먹는 장면이 나왔다. 그때 텔레비전을 보던 고모가 저런 벌칙은 몇 번도 하겠다고 말했다. 그 말을 들은 큰아버지가 거짓말 말라고 했다. "오빠는 참. 난 열 개도 먹을 수 있어요." 고모가 대꾸했다. 결국 큰아버지가 지갑에서 십만원을 꺼내더니 이런 제안을 했다. "니가 열 개를 먹으면 이 돈 준다." 영민 오빠가 마트로 달려가 레몬 스무 개를 사왔다. 고모가 열 개 도전. 나머지 사람들도 레몬 하나에 만원씩. 단, 침을 흘리면 안 된다. 큰아버지가 조건을 내걸었다. 고모는 그날 레몬 열 개를 먹었다. 나는 하나를 겨우 먹고 만원을 받았다. 태우 오빠가 세 개를 먹었다. 누군가 유전인가봐, 라고 말을 했다가 그럼 고모는 누구에게 물려받은 거냐는 질문이 나왔다. 남자들은 레몬을 한 조각도 입에 대지 못했기 때문이었다. "니 엄마가 신 포도를 좋아했지." 할아버지가 결론을 내려주었다. "우리 엄마가 내게 두 가지를 물려주었어. 하나는 신거 잘 먹는 거. 다른 하나는 못생긴 거." 고모가 웃었다. 웃을 때 눈이 작아졌다. "그 못생긴 얼굴을 태우 오빠가 안 닮고 내가 닮았잖아요." 내 말에 고모가 맞다, 맞다, 하고 맞장구를 쳤다.

고모가 담장에 깔린 것은 운동화 한 짝 때문이었다. 손자를 학교까지 데려다주고 집으로 돌아가는 길이었다. 학교 가는 길에 손자는 요즘 휘파람을 연습하는데 잘 안 된다는 말을 했다. 고모가 그런 건 배우지 말라고 말했다. 그랬더니 휘파람으로 노래를 부르면 혼자여도 심심하지 않을 것 같다고 손자가 대답했다. 고모는 집으로 돌아가는 길에 손자가 했던 그 말을 곱씹어 생각해보았다. 그러다 어느 담장 아래에서 파란색 운동화 한 짝을 보았다. 잃어버린 손자의 운동화하고 비슷해 보였다. "어느 날 운동화를 한 짝만 신은 채 집에 왔더라고. 어디서 잃어버렸냐고 물으니 애가 말을 안 하네. 그래서 내가 묻지 않고 더 좋은 신발로 하나 사주었지." 고모가 신발을 들어 살펴보았다. 손자가 신던 것보다 더 작은 것도 같았고 아닌 것도 같았다. "그런데 갑자기 애가 잃어버린 게 오른쪽이었는지 왼쪽이었는지 생각이 안 나는 거야." 신발은 진흙이 묻어 있었다. 고모는 흙을 털기 위해 신발 바닥을 담벼락에 두드렸다. 그때였다. 담장이 무너진 건. "근데 말이다. 돌에 머리를 맞는 순간 생각나지 뭐니. 오른짝. 우리 애가 잃어버린 건 오른짝인데 그 신발은 왼짝이었거든." 나는 바람에 날리는 고모의 머리카락을 손가락으로 정리해드렸다. "오빠들한테 화냈다고 벌받았나 보지." 고모가 말했다. 나는 고모의 볼에 난 상처를 보았다. 꽤 깊게 파여 흉터가 남을 것 같았다. 나는 고모에게 그날 왜 아버지에게 화를 냈는지 물어보려다 말았다. 고모가 주차장 쪽으로 눈길을 돌렸다.

나도 고개를 돌려 고모의 눈길이 향한 곳을 보았다. 흰색 소형차가 후진 주차를 하고 있었다. 어어. 저대로 후진하면 옆차를 긁을 텐데. 나는 중얼거렸다. 차가 아슬아슬하게 멈추었다. 그리고 앞으로 전진. 그리고 다시 후진. 간신히 주차를 마쳤다. "고모, 퇴원할 때 내가 올까요?" 나는 고모에게 물었다. 고모는 택시를 타면 된다고 신경쓰지 말라고 했다. 그러더니 대신 다른 부탁이 하나 있다고 했다. "오후에 시간 있니? 오늘 학교에서 미니 체육대회인가 뭐 그런 거 하는 날이라는데, 마음에 걸려서." 고모는 아이가 백 미터 달리기를 할 때 결승점에서 기다렸다 박수를 쳐주는 할머니가 되고 싶었다고 했다.

초등학교 교문 위에 미니 체육대회라고 적힌 플래카드가 걸려 있었다. 나는 사람들에게 물어물어 이학년 이반이 앉아 있는 곳을 찾아갔다. 스탠드에는 아이들이 한 명도 앉아 있지 않았다. 스탠드 뒤쪽에 서 있는 학부모들에게 물어보니 이인삼각 경기를 하러 운동장으로 나갔다고 했다. "저기 있네요." 학부모 한 명이 손가락으로 가리켰다. 아이들이 서로의 발목을 묶고 어깨동무를 한 채 뛰고 있었다. 넘어지면 안 돼, 라고 중얼거리며 박수를 치는 엄마도 있었다. 너무 멀어서 누가 수연인지 알아볼 수 없었다. 갑자기 겁이 덜컥 났다. 그런데 아이가 어떻게 생겼더라. 수연을 가까이서 봐도 알아볼 자신이 없어졌다. 누군가 내 어깨를 두드려 뒤를 돌아보니 학부모 한 분이 냉커피를 건네주었다. "누구 엄마예요?" 여자가 물었다. 나는 수연이 고모라고 대답했다. "수연이요? 어떤 수연이요?" 여자가 다시 물었다. "최수연이요." 내가 대답했다. 여자가 고개를 갸웃했다. 경기가 끝났고, 아이들이 두 줄로 맞춰 걸어들어왔다. 아이들이 스탠드에 앉자 엄마들이 자기 아이를 찾아가 물을 건네주고 땀을 닦아주었다. 걸어들어올 때는 수연을 알아보지 못했는데, 이상하게도 자리에 앉고 난 다음에야 짐작이 갔다. 뒤통수를 보는 순간 태우 오빠의 모습이 연상된 것이다. 수연은 두번째 줄 가장자리에 앉아 있었다. 내가 다가가자 아이가 나를 알아보고는 놀라는 눈치였다. 하지만 같은 반 아이들에게 그 모습을 들키고 싶지 않아 태연하게 구는 게 내 눈에는 보였다. "누구?" 담임선생님이 나를 보더니 수연에게 물었다. "고모예요." 내가 대답했다. 백 미터 달리기는 언제 하느냐고 수연에게 물었더니, 이학년들은 오십 미터만 달린다고 했다. 그것도 아까 이미 끝났다고. 오전 열한시에 시작했다는 체육대회는 이제 마지막 경기만을 남겨두고 있었다. 계주였다. 수연은 대표가 아니었다. 세번째 주자가 역전을 할 뻔하자 나도 모르게 아, 하고 탄성을 내뱉었다. 마지막 주자가 역전을 했다가 결승점 앞에서 다시 뒤집혔다. 이게 뭐라고 손에 땀이 다 나는지. 나는 손바닥을 바지에 문질렀다. 모든 경기가 끝났다며 학생들과 학부모들은 다 같이 운동장으로 모이라는 안내방송이 나왔다. 반별로 원을 만들어 강강술래를 했다. 쑥스러운 마음이 들었지만, 이 아이가 태어났을 때 보름달을 보며 잘 자라달라고 기도했던 마음을 떠올리며 열심히 원을 돌았다.

"떡볶이 먹을래?" 수연에게 묻자 자기는 떡볶이를 싫어한다고 했다. 그럼 뭘 좋아하는지 물어보니까 학교에서 급식을 먹었다고 했다. 우리는 고모네를 향해 걸었다. 책가방은 내가 들었다. 수연은 신발주머니를 들었다. 걸을 때마다 신발주머니를 무릎으로 툭툭 쳤다. "휘파람 얼마나 늘었어?" 내가 물었다. 아이가 휘파람을 불었다. 도. 레. 미. "여기까지밖에 안 돼요. 휘파람 불 줄 알아요?" 나는 수연에게 노래를 부를 수는 없다고 말해주었다. 오직 한 음밖에 불 줄 모른다고. "대신 나는 휘파람을 오래 불 수 있단다." 내가 휘파람을 불었다. 아이가 멈춰 서서 손가락을 접어가며 수를 세었다. 열다섯. 손가락이 열다섯 번 접히는 걸 보고 난 다음 휘파람 부는 것을 멈추었다. 집으로 가는 길에 담장이 무너진 집을 보았다. "저기니?" 내가 묻자 아이가 그렇다고 대답했다. 나는 그 앞에 서서 무너진 담장을 오랫동안 바라보았다. "이 집 주인은 병문안도 안 왔어요." 수연이 말했다. 나는 작은 자갈 하나를 들어 무너진 담장 잔해 위로 던졌다. 탁, 소리가 났다. "예의가 없네. 사람들이." 내가 말했다. 수연이 나를 따라 했다. "예의가 없네. 사람들이." 우리는 편의점에 들러 아이스크림을 사먹었다. 자주 오는 편의점인지 아르바이트 학생이 수연에게 알은체를 했다. "작년에 말이에요." 아이스크림을 혓바닥으로 핥아먹으며 수연이 말했다. "우리 할머니 때문에, 죄송해요."

손자의 손을 잡고 호텔을 나온 고모는 버스정류장에 오랫동안 앉아 있었다고 한다. 버스가 서른 대도 넘게 지나갔다. 아무 말 없이 정류장에 앉아 있던 고모가 벌떡 일어나더니 지나가는 택시를 향해 손을 흔들었다. "가자." 택시를 타고 가면서 고모는 손자에게 몇 년 전에 죽은 친구 이야기를 해주었다. 고깃집에서 십 년을 넘게 같이 일을 했던 동료였는데 위암 말기가 되어서야 병을 발견했다. 자식이 하나밖에 없었는데 그나마 결혼을 안 해 장례식장은 문상객이 별로 없었다.

장례식장에서 고모는 넋을 놓고 우는 친구의 아들에게 말했다. "어떻게 하냐. 그래도 기운내라. 산 사람은 살아야지." 고모가 손자의 손을 잡았다. "그렇게 말해선 안 된다는 걸 그때는 이 할미가 몰랐단다. 그건 부끄러운 말이란다. 그건 예의가 없는 말이란다." 고모는 손자에게 말했다. 수연은 할머니가 하는 말이 무슨 뜻인지 알 수 없었지만 알아들은 척 고개를 끄떡였다고 한다. "그날 택시에서 할머니가 그랬어요. 그래서 화를 냈다고요. 우리 모두 그렇게 늙어버렸다고 하면서요." 나는 아이스크림을 반 정도 먹다 쓰레기통에 버렸다. 그리고 수연이 아이스크림을 마저 다 먹는 걸 지켜보았다. "근데요, 고모님." 나는 수연에게 제발 고모님이라고 하지 말고 그냥 고모라고 불러달라고 했다. "근데요, 고모." 수연이 작은 목소리로 고모라 불렀다. "우리 할머니는 어떤 분이었어요?" 나는 수연에게 고모는 세상에서 목련꽃 풍선을 가장 잘 불던 사람이라고 말해주었다. 고모는 내게 목련꽃으로 풍선 만드는 법을 가르쳐준 사람이었다. 나는 열 개를 불어 하나를 겨우 만들까 말까 했다. "그런데 우리 고모는 말이야. 열 개를 불면 아홉 개는 풍선이 되었지. 너네 할머니는 그런 사람이야." 수연이 환하게 웃었다. "내년 봄엔 꼭 할머니한테 풍선 만들어달라 그래. 알았지?" 수연이 알았다고 했다. 우리는 편의점에서 일어났다. 조금 걸으니 연립주택이 보였다. 수연이 손으로 베란다에 빨래가 널려 있는 곳을 가리키며 저기가 집이라고 했다. "근데요, 고모." 집 앞에 다 와서 수연이 조심스럽게 나를 불렀다. "왜?" "제 이름은 수현인데, 왜 자꾸 수연이라고 불러요?" "미안. 몰랐어." 나는 사과를 했다. 수현이 오늘 체육대회에 와주었으니 용서해준다고 대답했다.

못생겼다고
말해줘

"오늘 저녁엔 삼계탕이나 먹자." 어머니가 김빠진 맥주로 벤자민 잎을 닦으며 말했다. 화분은 모두 열세 개였고, 어머니는 아침마다 두 그루씩 물을 주고 잎을 닦았다. 오른쪽부터 두 개씩. 그렇게 일요일이 되면 벤자민 화분 하나만 남았다. 열세 개의 화분 중에서 내가 이름을 아는 유일한 나무였는데, 천장에 닿을 정도로 커서 잎을 닦는 데만 두 시간이 족히 걸렸다. 거실에 술냄새가 은은하게 퍼졌다. 나는 발톱을 깎으며 탁, 탁, 소리에 맞춰 침을 삼켰다. 엄지발톱이 안쪽으로 파고들었다. 손가락으로 발톱을 눌러보았다. 아직까진 아프지 않았다. 맥주로 잎을 닦으면 진딧물이 끼지 않는다는 기사를 본 뒤 어머니는 매일 저녁 맥주를 한 잔 마셨다. 내가 퇴근길에 맥주 한 캔을 사가지고 오면 어머니는 늘 똑같은 질문을 했다. 정민이네서 샀어? 나는 늘 똑같은 대답을 했다. 응. 정은이네서. 정은이는 초등학교 동창인데 P시에서 남편과 세탁소를 한다는 소문을 들었다. 초등학교 삼학년 때인가 사학년 때인가 캐러멜을 훔친 적이 있었다. 저녁밥을 지으러 간 정은이 어머니 대신 정은이가 가게를 보고 있었을 때였다. 초등학교를 졸업하고 각자 다른 중학교로 진학한 뒤, 어느 날, 나는 짓다 만 상가 건물에서 담배를 피우고 있는 정은이를 본 적이 있었다. 그때 나와 눈이 마주친 정은이가 말했다. 비밀이야. 난 너 캐러멜 훔친 거 여태 아무한테도 말 안했거든. 그때, 내가 담배 피운다는 사실을 고자질했다면 그 아이의 인생이 달라졌을까? 그렇다면 정은이 어머니가 천자문만 들여다보면서 하루를 보내지는 않았을지도 모르지. 어쩌다, 내가 퇴근이 늦거나, 일찍 가게문을 닫을 일이 있거나, 그런 날이면, 정은이 어머니는 맥주 한 캔을 검정 비닐봉지에 넣어 가게문에 매달아놓았다. 어머니는 맥주를 세 모금만 마셨다. 안주는 김 한 장이면 끝. 그리고 남은 맥주를 식탁 위에 올려두었다. 다음날, 어머니는 미지근한 물에 맥주를 섞어 세수를 했다. 아침밥을 먹고 설거지를 마친 뒤 남은 맥주로 화초의 잎을 닦았다. 그렇게 이 년이 지나자 뱃살이 늘었다. 맥주로 세수를 한 덕분에 피부가 좋아졌다고, 어머니는 우겼다. 내가 사준 화장품 덕이라고, 나는 우겼다. 분리수거를 하는 화요일이면 어머니는 일곱 개의 캔을 재활용 쓰레기통에 버렸다. 내가 한다고 해도 한사코 당신이 한다고 우겼다. 사는 건 니가. 버리는 건 내가. 어머니는 잎이 반들반들해진 벤자민을 뿌듯하게 바라보았다. "그럼 점심은?" 내가 물었다. "아무거나 먹어. 배 안 고파." 그렇게 말하고 어머니는 화장실로 들어가 오랫동안 나오지 않았다. "변비야?" 내가 소리쳤다. "손 닦아." 어머니가 말했다.

나는 깎은 손톱과 발톱을 모아 화분 속에 파묻었다. 앞집 아주머니가 옥상에서 빨래를 널고 있었다. 팬티 일곱 장. 수건 열 장. "내가 저 여편네 저러고 살 줄 알았어." 어머니가 소파에 앉으면서 중얼거렸다. 팔걸이 부분 가죽이 동그랗게 벗겨져서, 그걸 볼 때마다 나는 눈사람이 생각났다. 어머니는 검지로 8자 모양의 자국을 반복해서 따라 그렸다. 그러다보면 저절로 잠이 온다고 했다. 어머니는 앞집 아주머니와 말을 하지 않았다. 내가 태어나기 전부터 그랬다니 삼십 년도 더 지난 일이다. 무슨 일이 있었냐고 물어보면 어머니는 이렇게 대답했다. 이런저런 일들. 비가 오는 날도 우비를 입고 옥상에서 국민체조를 하던 앞집 아저씨는 이제 어떻게 하루를 견딜까. 이제는 아저씨 대신 아주머니가 옥상에서 국민체조를 했다. "환기 좀 시켜요?" 어머니는 고개를 저었다. 죽을 때 깨끗한 속옷을 입고 있어야 하는데. 어머니는 앞집 옥상을 보며 중얼거렸다. 나는 텔레비전을 틀었다. 광대 복장을 하고 노래를 부르는 남자를 보고 어머니가 웃었다. 그러고는 언제 웃었냐는 듯 이내 코를 골기 시작했다. 리모컨의 '조용히' 버튼을 눌렀다. 소리없이 사람들이 노래를 불렀다. 나는 입모양만 보고 어떤 노래인지 맞혀보다가, 깜빡 잠이 들었다.

바람이 차네, 하고 어머니가 말했다. 나는 목도리를 풀어 어머니의 목에 둘러주었다. "이젠 개나리가 피었잖니." 어머니가 목도리를 도로 내 목에 둘러주었다. 어머니는 개나리가 피면 시장에 가서 달래니 냉이니 씀바귀니 하는 봄나물을 잔뜩 사와 일주일 내내 그것만 먹었다. 그러고는 내복을 벗었다. 꽃샘추위가 찾아와도 다시 내복을 꺼내 입지 않았다.

삼계탕을 파는 식당은 걸어서 십오 분쯤 걸리는 곳에 있었다. 삼계탕으로 업종 변경을 하기 전, 칼국수를 팔았을 때, 우리들은 그 식당에 자주 갔다. 애호박. 표고버섯. 달걀지단. 고명을 어찌나 가지런하게 올려놓는지 젓가락으로 모양을 흩뜨리는 게 미안할 정도였다. 마지막으로 갔던 게 이 년 전 여름이었나. 정전이 두 번이나 될 정도로 폭우가 내리던 날이었다. 바람 때문에 우산이 자꾸만 뒤집어졌다. 우비를 입고 횡단보도를 건너는 아이들을 보면서 웃었던 기억이 아직까지 남아 있다. 니들은 좋겠다. 어머니가 그렇게 중얼거렸던 것도. 비에 젖은 양말을 벗고 맨발로 가게 안으로 들어갔을 때 가게 주인은 이젠 칼국수를 팔지 않는다고 했다. 어머니가 돌아가셨다고. 이십 년 동안 국수 반죽을 하면서 밤마다 손목과 어깨 통증에 시달렸다고. 저도 이제 오십이 넘었거든요. 가게 주인이 말했다. 난 삼십 년도 넘게 이 집에서 칼국수를 먹었어. 이젠, 안녕이네. 어머니가 말했다. 어머니는 비에 젖은 양말을 다시 신었다. 나는 젖은 양말을 신기 싫어 우산살에 양말을 매달았다. 집에 돌아오니 발가락이 퉁퉁 불어 있었다. 그 발을 보면서 어머니는 짬뽕이나 시켜먹자, 하고 말했다. "다신 그 집에 안 간다면서요?" 내가 물었다. 어머니의 숨소리가 가빠졌다. "이젠 걷는 것도 힘드네." 어머니의 발걸음에 맞추다보니 이십 분이 넘게 걸렸다. 갑자기 허기가 졌다.

메뉴를 한참 들여다보던 어머니가 전복 하나와 보통 하나를 주문했다. 오천원이나 가격 차이가 났다. 나는 가위와 집게를 들고 깍두기와 배추김치를 잘랐다. "잘게 잘라라." 어머니가 말했다. 종업원이 전복삼계탕을 어머니 앞에, 보통 삼계탕을 내 앞에 놓았다. 맛있게 드세요, 라는 말을 들릴락 말락 한 목소리로 말했다. 종업원이 가고 나자 어머니는 당신의 삼계탕과 내 삼계탕을 바꾸었다. 나는 닭을 먹기 전에 전복을 먼저 먹었다. 이렇게 작은 게 한 개에 오천원이나 하다니. 전복 껍데기는 푸른색이었다. 껍데기를 집어 그걸 숟가락 삼아 삼계탕 국물을 떠먹었다. 자연산과 양식은 껍데기의 색깔을 보고 구별할 수 있다고 들었는데, 푸른색이 자연산이었는지 양식이었는지는 기억나지 않았다. 어머니는 음식을 남겼다. 나는 어머니의 것까지 닭다리를 세 개 먹었다. 가게 주인이 서비스라며 인삼주를 내왔다. 더이상 칼국수 반죽을 하지 않아서인지 가게 주인은 턱선이 사라질 정도로 살이 쪘다. 인삼주를 한잔 마시고 어머니가 말했다. "맛이 없어." 그래도 가게 주인은 웃었다. "또 오세요. 다음엔 맛있게 해드릴게요." 어머니는 빈말이라도 또 오겠다는 말을 하지 않았다. 맛이 없는데도 맛있게 먹었다고 말하는 게 예의인 줄 아는 사람들 때문에 우리나라가 맛없는 식당 천지가 된 거라고 어머니는 말했다.

우리는 왔던 길을 다시 걸었다. 어머니가 트림을 했다. 나도 트림을 했다. 어머니가 걷다 멈추고는 손가락을 들어 하나, 둘, 셋, 넷, 다섯, 여섯…… 하고 숫자를 세었다. "하나가 많네." 나는 고개를 들어 어머니가 가리킨 곳을 보았다. 전신줄이었다. "다섯 개면 좋을 텐데." 어머니는 다시 길을 걸었다. 또 전선이 보였고 이번에는 줄이 아홉 개나 되었다. 줄이 다섯 개면 어머니는 전신줄을 오선지 삼아 〈학교종〉이란 노래의 악보를 상상하고는 했다. 아주 오래전부터. 우리들이 〈학교종〉이란 노래를 배우기도 전부터. "잘 기억은 안나지만 니들이 뱃속에 있었을 때부터였는지 몰라. 다 내 덕에 머리가 좋은 거야."

어머니가 말했다. 외할아버지가 애를 지우라며 욕을 할 때마다 어머니는 〈학교종〉의 악보를 머릿속으로 떠올리며 노래를 불렀을까? 바람은 찼지만 어디선가 꽃향기가 나는 듯했다. "신발끈 풀어졌네." 어머니가 오른쪽 발을 살짝 들었다. 나는 쪼그리고 앉아 어머니의 신발끈을 묶었다. 운동화 끈이 파란색이었다. 파란색 리본을 한참 들여다보다 왼쪽의 신발끈도 풀어 다시 묶었다. 양쪽의 리본 크기가 달랐다. 이번에는 오른쪽을 풀어 다시 묶었다. "이상하지. 이 신발은 언제나 오른쪽 끈만 풀려. 한 번도 왼쪽 끈이 풀린 적이 없단다. 한 번도." 어머니가 내 머리를 쓰다듬었다. 나는 신발끈을 묶는 이 시간이 한없이 길게 느껴졌다. "이게 내 꿈이었어. 신발끈을 묶어주는 자식을 두는 거."어머니가 제자리걸음을 걸으며 웃었다. 나는 어머니의 팔짱을 끼었다. "얼른 가요. 추워요." "정말이야. 신발가게에서 운동화를 살 때였어." 화장품가게를 하던 친한 언니를 따라 단풍 구경을 가기로 한 어머니는 큰맘을 먹고 운동화를 사러 갔다고 한다. 신발가게에는 잘생긴 청년이 있었는데 무릎을 꿇고 신발끈을 묶어주었다. "그 남자 가마가 세 개인 게 지금도 기억나." 남동생 부부가 지방으로 이사를 간 뒤 하루에 담배 두 갑을 피우고 막걸리 세 통씩을 먹는 아버지와 단둘이 남게 된 마흔네 살의 노처녀에게는 기쁜 일이 별로 없었다. "그래서 생각했어. 이렇게 신발끈을 묶어주는 근사한 아이를 하나 낳아야겠다고. 정말이야." 정말이라니까, 하고 어머니가 다시 말했다. 나는 속으로 믿어요, 하고 말했다. 마흔다섯 살의 미혼모가 될 생각은 아무나 하는 게 아니니까. 숲. 꼬깃꼬깃. 도마뱀. 단어들이 마법의 주문처럼 느껴졌다. 매일매일 중얼거리다보면 하늘을 날 수 있을지도 모르지. 정은이네가 보이자 나는 어머니의 팔짱을 풀고는 가게로 뛰어들어갔다. 집에 돌아와 어머니는 맥주를 세 모금 마셨다. 김 한 장도 세 번에 나눠 먹었다. "그런데 왜 하필 〈학교종〉이에요? 〈얼룩송아지〉나 〈산토끼〉도 있는데." "응. 〈학교종〉은 음표에 꼬리가 안 달렸거든." 어머니가 깔깔거리며 웃었다. 어머니의 말이 무슨 뜻인지 몰라 나는 웃지 않았다. 그러다 잠들기 전에, 무슨 말인지 깨닫고, 혼자 웃었다.

*

자동차 뒷좌석에 앉아서 점심을 먹었다. M의 자동차는 조수석이 너무나 더러워 앉을 수가 없었다. 매주 월요일은 '나트륨을 덜 먹는 날'이었고 그래서 음식들이 싱거웠다. 시금치무침은 그냥 데친 시금치를 먹는 기분이었다. 수출 물량이 늘면서 회사는 공장을 증축했다. 직원이 늘자 구내식당에 앉을 자리가 모자랐다. 늦게 가면 이삼십 분은 줄을 서야 했고 그러다보니 열한시 사십분부터 식당으로 가는 직원들이 늘었다. 식당을 새로 짓거나 점심시간을 부서별로 달리해야 한다는 건의가 게시판에 올라왔다. 그때 누군가 이런 의견을 냈다. 식당을 새로 짓는 대신 원하는 사람들에게 도시락을 싸주었으면 좋겠다고. 주방용 밀폐용기와 도시락 용기를 파는 회사의 점심 풍경으로는 괜찮은 아이디어였다. 의견이 채택되었고, 우리 팀은 구내식당용 도시락을 디자인했다. 2단 도시락으로 하자는 의견과 식판에 투명한 뚜껑을 덮자는 의견으로 나뉘었다. 도시락이라면 모름지기 2단이나 3단이어야 해요. 그게 아니면 도시락이 아니에요. 신입사원 L은 2단 도시락이 채택되지 않으면 앞으론 점심시간에 햄버거만 사먹겠다며 우겼다. 중학교. 고등학교. 대학교. 그리고 군대. 지금까지 계속 식판이에요. 식판! 하지만 L이 햄버거를 사먹은 건 겨우 삼 일뿐이었다. 식판 모양의 도시락이 채택된 이유는 간단했다. 식당 아주머니들이 그렇게 주문했으니까. 싸기도 편하고 식기 세척기에 넣기도 편한 걸 만들어줘. M이 도시락을 들고 걸어오는 것이 보였다. 나는 손을 흔들었다. M은 고개를 흔들었다. "오늘 반찬 맛있어?" "응. 차문 좀 잠그고 다녀." 나는 M이 자리에 앉는 동안 M의 도시락을 들어주었다. M이 문에 등을 기대 앉아 내 쪽으로 다리를 뻗었다. 나는 M의 무릎에 도시락을 올려주었다. 나도 반대편 문에 등을 기대고 앉았다. "일부러 니가 디자인한 걸로 골라왔어." M이 도시락 뚜껑을 벗기면서 말했다. "근데 이걸 디자인이라고 하다니. 나랑 부서 바꾸자." 식판 도시락은 별다른 디자인이 필요하지 않았다. 국물이 새지 않게 만드는 게 더 중요했으니까. 일반 식판보다 더 작고 더 오목하게 만들었다. 그리고 뚜껑은 밥과 국과 반찬의 경계선마다 패킹 처리를 해서 식판에 밀착이 되도록 했다. 시제품을 만들어보니 뜨거운 수증기 때문에 압축이 되어 뚜껑이 잘 열리지 않았고, 뚜껑에 수증기 배출구를 만드는 것으로 해결을 했다. 팀장은 팀원들에게 도시락 뚜껑에 마음껏 그림을 그려 넣으라고 했다. 천장에 매달린 굴비를 그려넣은 직원도 있었고, 자기가 좋아하는 노래의 가사를 적어넣은 직원도 있었다. 반찬이 입에 안 맞으면 이 생선을 드세요. 밥을 다 먹고 노래 한 곡을 부르세요. 그런 문구들과 함께. 그렇게 뚜껑 그림이 다른 일곱 종류의 도시락이 완성

되었다. 나는 투명한 뚜껑 위에 밥, 국, 반찬, 반찬, 반찬, 김치, 라고 적었다. "아줌마들이 제발 김치라고 써진 칸에 김치를 담아주었으면 좋겠어. 참, 그런데 김치는 반찬이 아닌가?" M은 밥을 몇 번 씹지도 않고 삼켰다. 그럴 줄 알았다면 뚜껑에 이렇게 적을 걸 그랬다. 백 번씩 씹으세요. 어떤 직원은 내게 반찬이라고 하지 말고 갈비찜이라고 적었어야 한다고 투덜댔다. 오곡밥. 고깃국. 생선구이. 제철 나물. 불고기. 국산 김치. 이런 식으로. M은 내가 남긴 시금치무침을 가져다 먹었다. 밥을 다 먹은 다음 우리는 트렁크에서 버너와 코펠을 꺼내 물을 끓였다. 나는 녹차를, M은 커피를 마셨다. M은 회사 기물을 훼손했다는 이유로 징계위원회에 회부된 적이 있었다. M은 화장실 문에 붙어 있는 광고판을 유성펜으로 검게 색칠을 하다 걸렸다. 사장 전용 화장실을 빼고 회사 내에 있는 모든 화장실을 그렇게 했다. 남자 화장실까지. M이 광고판을 망가뜨린 이유는 거기 적힌 문구가 마음에 들지 않았기 때문이었다. '행복해서 웃는 게 아니라 웃어서 행복한 것입니다.' 그 글을 볼 때마다 M은 과연 그럴까 하는 의문이 들었고 그래서 변비까지 걸리게 되었다. M은 밀폐용기 생산라인에서 일을 했다. 뚜껑이 제대로 맞는지 맞지 않는지를 검사하는 일을 십오 년이나 했는데, 남들보다 두 배는 빠른 속도로 불량품을 찾아냈다. 그것 때문에 회사에서는 M을 자르지 못했다. 그 사건 후, 나는 M에게 쪽지를 보냈다. 실은 나도 그랬다고. 고맙다고. 사람들이 빈 도시락을 들고 회사로 돌아오고 있는 것이 보였다. 공원에서 도시락을 먹는 직원이 늘어났다. 우리는 언제나 주차장이었지만. 추울 때는 뒷좌석에서. 따뜻한 날에는 자동차와 자동차 사이에서. 도마뱀. 삽. 나는 두 단어가 들어가는 문장을 생각해보았다. "도마뱀 본 적 있어?" M은 어렸을 때 계곡에 놀러갔다가 도마뱀을 잡은 적이 있었다고 했다. 꼬리가 잘려도 또 자란다는 이야기가 생각나 도마뱀의 꼬리를 잘랐다고. "난 꼬리가 잘리면 바로 자라는 줄 알았거든. 십 분이나 붙잡고 있어도 꼬리가 안 자라길래 놔줬어." 숲. 꼬깃꼬깃. 도마뱀. 삽. 네 개의 단어들을 연결해보니 숲속에 버려진 산장이 떠올랐다. 십 년, 이십 년, 아무도 찾지 않는 산장. "가는 길에 내가 반납할게." M이 자신의 도시락 위에 내 도시락 그릇을 올려놓았다. 사무실로 들어가기 전에 목소리를 몇 번 가다듬고는 어머니에게 전화를 걸었다. "엄마. 나. 점심 먹었어?" 나는 목소리 끝을 올렸다. 조금 더 가늘게. "응. 미역국에 밥 말아 먹었어." 어머니가 말했다. 어머니는 공부만 하지 말고 건강도 챙기라고 잔소리를 했다. 잔소리는 늘 똑같았다. 하지만 짜증을 내면 안 된다. 언니는 늘 친절하고 착한 딸이었으니까. "참. 거긴 밤이지. 얼른 자라." 어머니가 전화를 끊었다. 나는 통화가 끊어진 전화기에 대고 학교종이 땡땡땡, 하고 노래를 불러보았다. 계이름으로 다시 한번 부르려 했는데 계이름이 생각나지 않았다.

형부에게 메일이 한 통 왔다. 살이 오 킬로그램이나 늘었다고 했다. 하루 세끼를 다 챙겨먹어. 그러니 걱정 마. '왕성한 식욕'이라는 제목으로 된 첨부파일을 열어보니 접시가 작아 보일 정도로 커다란 스테이크를 썰고 있는 사진이 보였다. 한 손에는 포크를 들고 다른 손에는 나이프를 들고. 나는 배가 나온 중년 아저씨가 되면 재혼도 못할 거라는 답장을 보냈다. 형부와 언니가 결혼을 하기 전, 우리 셋은 자주 여행을 다녔다. 미국으로 유학을 떠나기 전에 남해의 모든 섬을 가보는 게 언니의 소원이었고, 그러자니 하루나 이틀은 섬에서 잠을 자야 했고, 그러자니 어머니에게 핑계를 대기 위해서는 내가 필요했다. 언니의 결혼식 날, 여태까지 내가 남자친구가 없는 이유는 모두 언니 때문이라며 나는 투덜댔다. 니가 못생겨서 그래. 언니는 말했다. 니가 더 못생겼어. 내가 말했다. 쌍둥이 자매들이 서로의 얼굴을 보면서 못생겼다고 싸우는 걸 형부는 재미있어했다. 그때마다 형부는 늙으면 더 못생겨질 텐데, 하고 놀렸다. 그건 세상의 곱지 않은 시선을 견디는 우리만의 주문이었다. 넌 너무 못생겼어. 넌 너무 못됐어. 넌 너무 뚱뚱해. 그렇게 둘이 서로에게 욕을 하면서 우리들은 초등학교를 졸업하고, 중학교를 졸업하고, 고등학교를 졸업했다. 언젠가, 외할아버지의 제사가 있던 날, 술에 취한 외삼촌이 어머니에게 이렇게 물었다. 누나, 내 자식들은 왜 하나같이 속을 썩이지? 내 자식들은 엄마 아빠가 다 있는데. 외삼촌은 아들 둘과 딸 하나를 두었는데 자식들이 너무 속을 썩여 불면증 환자가 되었다. 큰오빠는 대학에 들어가자마자 연애를 하더니 군대도 가기 전에 애아버지가 되었고, 둘째 오빠는 오토바이를 훔치다 걸려 퇴학을 당하더니 결국 퀵서비스 기사가 되었다. 우리보다 한 해 늦게 태어난 외삼촌의 늦둥이 딸은 너무나 공부를 못했다. 걔는 하루종일 거울만 들여다봐요. 외삼촌이 한숨을 쉬었다. 우리는 외삼촌 앞에서 반듯하게 보이기 위해 허리를 꼿꼿이 세우고 설거지를 했다. 어머니가 외삼촌에게 말했다. 넌 효자였잖니. 난 불효녀였고. 그러니 자식들이 거꾸로 된 거야. 균형을 맞추려고. 그렇게 말하고는 어머니가 목소리를 낮춰 이렇게 덧붙였다. 비결이 하나 있긴

해. 재들 어렸을 때 난 질문을 자주 하지 않았어. 난 어른들이 어린아이들에게 왜 그리 유치한 질문을 자주 하는지 이해하지 못하겠더라고. 좋아? 사랑해? 이런 걸 안 물었더니 알아서 크던데. 어머니는 우리에게 그런 질문을 하지 않았지만 거꾸로 우리는 자주 어머니에게 그런 질문을 했다. 엄마, 이 옷 좋아? 엄마, 공부 잘하니 좋아? 엄마, 화장품 사주니 좋아? 그때마다 어머니는 어린아이처럼 대답했다. 응. 좋아. 아주 많이 많이 좋아. 나는 인터넷을 검색해서 〈학교종〉의 악보를 찾았다. 프린트를 해서 다이어리 사이에 끼워넣었다. 그리고 어린이용 숟가락과 젓가락 세트 디자인을 조금 손보았다. 분홍색 아니면 파란색. 지난 십 년 동안 그 색을 벗어나려 노력했지만 결국 팔리는 건 분홍색 아니면 파란색이었다. 어렸을 때 나는 포크가 붙어 있는 숟가락으로 밥을 먹는 걸 좋아했다. 그것 때문에 젓가락질을 남들보다 늦게 배웠다. 젓가락과 숟가락이 하나로 붙어 있는 제품을 인터넷에서 팔길래 하나 사봤는데 포크와 숟가락이 하나로 붙어 있는 것보단 못했다. 무엇보다 예쁘지가 않았다. 녹차를 네 잔 더 마시고, 화장실을 다섯 번 왔다갔다했더니 퇴근시간이 되었다. 셔틀버스를 타지 않고 사거리까지 걸었다. 삼십 분에서 사십 분이 걸리는 거리였다. M이 태워주겠다고 했지만 나는 한 번도 M이 운전하는 차를 탄 적이 없었다. 내 차가 소파인 줄 알아. 얘도 달릴 줄 알아. M이 말했지만, 나는 그 낡은 차의 뒷좌석에서 밥을 먹을 때면 영원히 움직이지 않았으면 좋겠다는 생각이 들곤 했다. 그곳에서 도시락을 먹고, 낮잠을 자고, 차를 마시면서 늙어가고 싶었다. 길을 걸으면서 눈에 보이는 전신줄을 세어보았다. 다섯 개보다 많거나 적었다. 사람들이 길게 줄을 서 있길래 따라가보았더니 닭강정을 파는 가게였다. 오픈 기념으로 오십 퍼센트 할인을 한다고 써 있었다. 나는 십 분을 기다렸다가 오천원어치를 샀다. 매운맛과 중간맛을 선택하게 되어 있어서 반반 섞어달라고 했다. 버스정류장에서 오선지 모양의 전신줄을 발견했다. 줄의 간격도 일정했다. 거기 비둘기가 앉을 때까지 기다리다가 버스 두 대를 그냥 보냈다. 마침내 비둘기 세 마리가 줄에 앉았다. 나는 휴대폰을 꺼내 사진을 찍었다. 정은이네 가게에서 맥주 한 캔을 사고 집에 돌아오니 닭강정이 차갑게 식었다. 차가운 닭강정에 어머니가 맥주를 마셨다. 나는 휴대폰에 찍힌 사진을 어머니에게 보여주었다. 땡땡땡이네. 어머니가 말했다. 무슨 뜻인지 몰라 오랫동안 사진을 들여다보았다. 두번째 줄에 두 마리. 첫번째 줄에 한 마리. 솔솔미. 나도 노래를 불렀다. 마지막 새가 흰색이면 더 좋았을 텐데.

*

일요일이 되자 어머니가 누룽지 삼계탕을 먹으러 가자고 했다. 나는 식당 검색을 했다. 조금 멀리 떨어진 곳에 별표가 평균 네 개나 되는 식당이 있었다. "택시 부를까요?" 어머니가 이왕이면 모범택시를 부르라고 했다. 요금이 팔천원이 나왔는데 만원을 내고 거스름돈을 받지 않았다. 어머니는 닭다리 하나를 먹더니 더이상 고기에는 손대지 않았다. 대신 누룽지탕을 세 그릇이나 비웠다. 나는 어머니가 남긴 닭다리를 마저 먹었다. 동치미는 별맛이 없었다. 돌아올 때는 버스를 탔다. 정류장에 내려 집까지 걸어오는 길에 어머니가 하늘을 가리켰다. "달 봐라." 보름달은 보름달답게 크고 둥글었다. 우리는 제자리에서서 한참 달을 바라보았다. "달빛에도 무지개가 생길까요?" "그럼." 어머니가 고개를 끄떡였다. "봤어요?" "아니. 달 무지개는 들어본 적도 없어. 그래도 있다고 생각할래. 뭐, 돈 드는 것도 아닌데." 우리는 다시 길을 걸었다. 주말농장을 지날 때 어머니가 퀴즈를 냈다. "저 모종은 뭘까?" 나는 고추라고 대답했다. "땡. 틀렸으니 이따 맥주는 니가 사렴." 나는 맥주는 늘 내 돈으로 샀다고 말하려다 말았다. 나무로 만든 푯말들이 가지런히 꽂혀 있었다. "저기는 형민이네. 그 옆은 윤희 윤정이네." 어머니는 푯말에 적힌 열두 가족의 이름을 모두 외우고 있었다. 막상 형민이네는 만나본 적도 없으면서. "윤희 윤정이는 자매겠지? 그 집은 지난주에 방울토마토를 심었더라." 나는 주말농장 사이를 걸어다니면서 고추 모종이 자라는 걸 구경하는 어머니의 모습을 상상해보았다. 아마도 어머니는 상추가 자라는 걸 보면서 한 번도 얼굴을 본 적이 없는 윤희 윤정 형민이를 상상해보았겠지. 입이 터지게 상추쌈을 싸서 먹는 모습을. "노을이라고 이름표를 붙인 집도 있다. 노을이 아이 이름일까? 아니면 노을을 좋아해서 그렇게 지었을까?" 노을이네는 농사를 짓는 데 게으른 집이어서 이 주 전에 고추 모종 열 개를 심고는 아직까지 무소식이라고 했다. 바람이 불었다. 바람 끝에는 아직 찬 기운이 남아 있었다. "있잖니. 지난번 뉴스를 보니까 텔레비전 공개방송을 구경하던 방청객이 애를 낳았다고 하더라. 웃다가 애를 낳았다니." 그건 지난주 인터넷을 뜨겁게 달구던 뉴스 중 하나였다. 코미디 프로그램 공개 녹화장에서 일어난 일이었는데, 그 사건 덕분에 십이 년 동안 무명으로 지냈던 개그맨이 실시간 검색어 2위를 차지했다. 만삭의 여자가 아이가 나오는 줄도 모르고 웃었던 코너의 주인공이었다. 그 코미디 프로그램 중에 가장 재미가 없는 코너여서 여자가 왜 그때 웃었는지를 두고 의견이 분분했다. 앞에 봤던 코너를 생각하다 뒤늦게 웃음이 터진 것이라는 의견이 가장 많았다. 암튼, 여자 덕분에 검색어 2위에 오른 개그맨은 출산 선물로 유모차를 선물했다. "그 아이가 커서 개그맨이 되면 좋겠다." 나는 어머니와 팔짱을 끼었다. "그러게요." 어머니가 숨을 크게 쉬었다. 그러더니 들릴락 말락 한 소리로 이렇게 중얼거렸다. 니들이 뱃속에 있을 때 난 코미디는 빠짐없이 봤단다. "식당에서 점심을 먹을 때였어. 유명한 냉면집이라 점심시간이면 앉을 자리가 늘 부족했지." 한 모녀가 어머니에게 다가와 같이 앉아도 되겠냐고 물었다고 한다. 그때나 지금이나 어머니는 혼자서 밥을 잘 사먹었다. 혼자 식당에 못 들어가는 사람만큼 바보는 없다고 어머니는 늘 말했다. 고등학생이 된 딸들에게 혼자 밥 사먹기 훈련을 시키기도 했으니. 어머니 앞에 앉은 모녀는 비빔냉면과 물냉면을 시켰다. "무슨 일이 있는지 여자는 우울해 보였어. 비빔냉면을 먹으면서 눈물을 흘리더라니까." "혹시 매워서 그런 거 아니고요?" 어머니가 팔짱을 풀더니 넌 그래서 여태 애인이 없는 거야, 하고 말했다. 눈물을 흘리는 엄마 옆에서 말없이 물냉면을 먹던 아이가 갑자기 김수한무거북이와두루미…… 하며 어느 코미디언의 흉내를 냈다. 비빔냉면을 먹던 여자가 갑자기 웃음을 터뜨렸다. 씹던 냉면 가닥이 어머니의 얼굴 위로 튀었다. "그때 생각했어. 아이를 낳아야겠다고. 정말이야." 어머니가 말했다. "신발끈 때문이라면서요?" "내가 언제?" 어머니는 기억이 나지 않는다며 발뺌을 했다. 정은이네 가게는 문이

닫혀 있었다. 나는 입구에 매달린 검은 비닐봉지 안에서 맥주 한 캔을 꺼냈다. "정민이네는 어디 갔나보네. 오늘은 외상술을 먹네." 어머니는 어째서 아직까지 정민이네라고 부르는 것일까. 정은이네 어머니가 그토록 잊고 싶은 이름을.

어머니의 이야기는 매주 달라졌다. 다음 일요일이 되자 이번에는 오리 백숙이 먹고 싶다고 했다. 어머니가 다리 한쪽을 내가 다른 한쪽을 먹었다. 곁들여 나온 반찬이 맛있어서 두 번이나 반찬을 더 가져다 먹었다. 특히 오이무침과 동치미는 입맛을 돌게 해서 평소보다 과식을 했다. "맛은 있었지만 또 가고 싶지는 않네." 어머니가 집에 오는 길에 말했다. 주인이 종업원들에게 반말을 했다는 게 이유였다. 노을이네는 고추 모종을 심은 이후 아직까지 아무것도 심지 않았다. 어디 아픈 건 아닐까. 삽. 나는 삽이라는 단어의 모양을 생각해보았다. 삽이란 말을 처음 생각해낸 사람은 누굴까. 도마뱀. 삽. 바닥. 나는 손바닥을 펼쳐보았다. "손금은 참 신기해요." 나는 어머니에게 말했다. 어머니가 내 손바닥 위에 당신 손바닥을 올려놓았다. "그래서 내가 엄마가 되려고 한 거야." 어머니는 당신의 손금에는 자식운이 없다고 했다. 그건 어머니를 짝사랑했던 철물점 사장이 한 말이었다. 처음에는 어머니 손을 한번 잡아보려는 속셈이었는데 손금에 자식운과 결혼운이 없는 걸 보고는 같이 저녁 먹자는 말을 취소했다. "자기는 삼대 독자라나." 암튼, 그 말을 들은 어머니는 용하다는 점쟁이를 찾아가서 사주를 보았다. 사주에도 자식운이 없다고 나왔다. "그래서 결심했지. 아이를 낳아야겠다고. 정말이야." 그다음주에 들려준 이야기는 다음과 같았다. 친구들과 김밥을 싸서 꽃구경을 갔을 때였다. 호수가 있는 공원이었다. 친구들은 보트를 타자고 했다. 어머니는 물에 빠진 경험도 없는데도 불구하고 물에 빠져 죽는 악몽을 자주 꾸었다. 그래서 수영장은 물론이고 대중목욕탕도 자주 가지 않았다. 어머니는 돗자리에 앉아서 친구들이 배를 타는 것을 구경했다. 배가 고파서 김밥 하나를 몰래 집어먹었다. 그랬더니 더 배가 고파져서 또하나를 먹었다. 막 세 개째 먹으려 할 때였다. 배가 뒤집힌 건. 그 사고로 친구 둘을 잃었다. "친구들의 장례식을 치르는데 그냥 그런 생각이 들더라. 손가락 발가락 꼼지락거리는 아이를 낳아야겠다고. 정말이야." 또 그 다음주에 들려준 이야기는 이랬다. 자살을 하려다 끈이 끊어져 실패를 한 뒤 새로운 삶을 살게 된 한 여자를 알게 되었다. 친구의 친구의 친구였다나. 암튼, 술집 종업원에서 상가건물을 다섯 개나 소유하게 되기까지의 인생 이야기를 듣는 동안 어머니는 점점 술이 늘었다. 술에 취한 어머니에게 여자는 언니라고 불렀다. 동갑끼리 무슨 언니. 어머니는 손사래를 쳤지만 내심 기분이 나쁘지는 않았다. "그 여자한테 사기를 당하고 생각했단다. 세상에 내 편을 만들어야겠다고. 나에게 사기치지 않는. 정말이야." 설악산 단풍이 아름다워서 엄마가 되기로 결심했다는 황당한 이야기도 들려주었다. "그런 절경을 혼자 보는 건 죄인 것 같았어." 눈사람을 보다가 더 늦기 전에 아이를 낳아야겠다는 생각을 했다는 이야기도 있었다. 그때까지 나는 눈사람을 만들어본 적이 없었단다, 라고 어머니는 말했다. 그래서인지 우리는 폭설이 내리면 항상 눈사람을 만들었다. 하지만 어머니는 우리 키보다 큰 눈사람은 만들지 못하게 했다. 나는 아무리 눈사람이라도 내 자식보다 키가 큰 건 싫다. 그래서 우리가 자라는 속도에 맞춰 눈사람의 키도 커졌다. 고깃집에서는 일인분을 팔지 않아서라는 황당한 이유도 있었다. 그사이 산삼을 넣어준다는 삼계탕가게도 갔고, 녹두를 넣고 죽을 끓여준다는 가게도 갔다. 굴삼계탕. 추어삼계탕. 세상에. 상상도 못해본 삼계탕들도 먹어보았다. 일요일마다 외식을 했더니 만나는 사람들마다 얼굴이 좋아졌다는 이야기를 했다. 미국에서 언니의 이름으로 편지가 왔다. 어머니가 돋보기를 쓰고 편지를 읽었다. 어머니가 받았던 편지를 복사해서 보내달라고 했을 때만 해도 형부가 이렇게 오랫동안 가짜 편지를 쓰게 될 줄은 생각도 못했다. 형부는 언니가 어머니에게 보낸 편지 위에 투명종이를 올려놓고 글씨 연습을 했다. 이젠 언니가 쓴 편지보다 형부가 쓴 편지가 더 많아졌는데 섞어놓으면 어느 것이 진짜인지 구분할 수 없게 되었다. 노을이네는 더이상 텃밭을 가꾸지 않았다. 잡초가 무성했다. 나는 퇴근길이면 버스정류장에 앉아서 전신줄에 새가 앉기를 기다렸다. 한 시간. 두 시간. 버스가 지나갔다.

*

새들로 〈학교종〉 악보를 만드는 것은 생각보다 어려운 일이어서 두 달이 지나도 완성하지 못했다. 나는 M에게 그동안 찍은 사진들을 보여주었다. "곧 어머니 생신이거든. 이 사진들을 모아 선물할거야." 솔과 미를 만드는 것은 그나마 쉬웠다. 참새로 만든 솔솔. 비둘기로 만든 솔솔. 뚱뚱한 비둘기와 날씬한 비둘기로 만든 미미. 나는 사진들을 순서에 맞게 펼쳐놓았다. M이 노래를 불렀다. 아직 찍지 못한 부분은 허밍으로 불렀다. 솔솔음음 솔솔미 솔솔미미음. 솔솔음음 솔솔미 솔미음미음. "솔직히 라하고 레하고 도는 어떻게 찍어야 할지 모르겠어." 나는 고백했다. "그럼 라하고 레하고 도가 없는 동요를 찾아봐." M이 말했다. 나는 M에게 꼬리가 하나도 없는 악보를 찾는 건 쉬운 일이 아니라고 말해주었다. 꼬리. 꼬리. M이 고개를 갸웃하며 중얼거렸다. 그러다 갑자기 아! 하고 소리쳤다. "팔분음표 말하는 거야?" 나는 그렇다고 대답했다. 가난 때문에 초등학교를 다니다 그만두게 된 이야기는 하지 않았다. 그래서 할머니가 될 때까지 〈학교종〉이란 동요를 매일 불러본다는 말도 하지 않았다. "도는 어렵지 않을 것 같은데. 전선이 여섯 줄이면 되잖아. 저기도 여섯 개네." M이 회사 담장 밖을 가리켰다. 건너편 하늘을 전선 여섯 줄이 가르고 있었다. 우리는 M의 자동차에 기댄 채 맨 아랫줄에 새가 앉기를 기다렸다. "그런데 생각할수록 계이름이라는 말 좀 웃기다. 계는 무슨 뜻이지?" 우리는 계로 시작하는 단어들을 찾아보았다. 계획. 계산. 계란. 계속. 계절…… "혹시 계단?" 계단 모양을 생각해보니, 오선지 위를 마음껏 뛰어다니는 어린아이의 모습이 만화영화처럼 그려졌다. 아이는 고무줄 놀이를 하듯 선들을 밟고, 뛰고, 넘어진다. "음. 계단. 계명. 형제 같네." 점심시간이 지나도록 새가 한 마리도 날아오지 않았다. M이 빈 도시락 그릇들을 들고 공장으로 돌아갔다. 나는 운전석으로 자리를 옮겨 앉았다. 한 시간을 더 기다렸지만 새는 오지 않았다. 박차장이 왜 늦었느냐고 물어서 공장에서 시제품을 보고 왔다고 거짓말을 했다. 형부가 영양제를 사서 보냈다고 메일을 보냈다. 매일 저녁을 사먹는 단골 식당에서 친구를 사귀게 되었다는 소식도 알려왔다. 혼자 밥을 사먹는 두 남자는 가끔 합석을 하기도 했다. 하지만 아주 가끔이지. 어쩌다 맥주라도 한잔하고 싶을 때. 형부는 그렇게 덧붙였다. 퇴근을 하고 사무실을 나오는데 저멀리 낮부터 기다렸던 전선에 새 한 마리가 앉아 있는 게 보였다. 얼른 주차장 쪽으로 달려갔다. 휴대폰 버튼을 누르려는 순간 새가 날아갔다. 어머니가 전화를 걸어 만두가 먹고 싶다고 했다. 고기만두 일인분과 김치만두 일인분을 사서 택시를 타고 집으로 갔다. 나는 김치만두를 어머니는 고기만두를 먹었다. 잠들기 전, M이 문자메시지를 보냈다. 새 두 마리가 두번째 줄과 세번째 줄 사이를 날아가고 있는 사진이었다. 사진을 프린트해서 참새로 만든 솔솔 옆에 붙였다. 솔솔라라. M이 알려준 방법대로 새가 날아오르는 찰나를 기다렸다가 레음을 찍었다. 새가 날아가는 속도를 휴대폰의 카메라 속도가 따라가지 못해, 새의 날개가 오선지의 줄을 건드렸다. 나는 눈을 감고, 하늘을 향해 휴대폰을 들고는, 버튼을 눌렀다. 백 번 찍으면 그중 하나는 제대로 된 게 있겠지. 눈을 뜨고 찍은 걸 확인해보니 정말로 그랬다. 날이 더워져 자동차 창문을 열어놓아도 소용이 없었다. M의 자동차는 에어컨이 나오지 않았는데, 애당초 에어컨이 고장난 중고차를 샀기 때문이었다. 자기가 고장낸 것도 아닌데 자기 돈으로 고치는 게 아깝다며 M은 절대 에어컨을 고칠 생각이 없다고 말했다. "그럼 내 돈으로 고칠게. 이 뒷자리는 내 소파니까." "고마워. 사양 안 하고 받을게. 그건 그렇고 저거 봐." M이 회사 담장 밖으로 고개를 돌렸다. 거기 여섯 개의 전선 중 맨 아래에 커다란 새 한 마리가 앉아 있었다. 나와 M이 동시에 휴대폰을 꺼내 찰칵, 하고 사진을 찍었다. "도."

우리는 동시에 외쳤다. 어머니는 새들로 만든 악보를 선물받자 내게 노래를 불러주었다. 〈학교종〉일 것이라고 예상했는데 보기 좋게 빗나갔다. 처음 들어보는 노래였다. 눈을 감고 눈썹을 바르르 떨면서 노래를 부르는 어머니의 얼굴을 보고 있으니 어째서 어머니가 〈학교종〉이라는 동요를 부르지 않았는지 알 것만 같았다. 그것은 어머니가 어머니에게만 불러주는 노래였다. 어머니는 내가 선물해준 새 악보를 거실 벽에 길게 붙여놓았다. 아침에 일어나면 악보를 보면서 마음속으로 노래를 부르고 있는 어머니의 모습을 볼 수 있었다. 나도 마음속으로 이런 단어들을 중얼거렸다. 숲. 꼬깃꼬깃. 도마뱀. 삽. 바닥. 언니의 다이어리 맨 앞장에 적혀 있는 단어들. 자꾸 중얼거리다보면 이 단어들이 하나로 연결될까. 마치 별들이 별자리를 만드는 것처럼. 그때가 되면 언니가 왜 죽고 싶어했는지도 알게 될까? 나는 잘 모르겠다. 그래서 어머니의 옆에 서서 솔솔라라 솔솔미, 하고 계이름으로 노래를 불렀다. "엄마. 정말로 달빛에 무지개가 생겼대요. 어떤 사진작가가 그걸 찍었대요." 어머니는 놀라지 않았다. "거봐. 세상에 이런 게 있을까 싶으면 꼭 있더라." 어머니의 말처럼 세상에 이런 게 있을까 싶은 것들을 상상하며 늙어갔으면 좋겠다. 매일 맥주 세 모금을 마시며. 쌍둥이 딸이 있었다는 사실을 잊을 때까지. 밤에 잠이 오지 않으면 나는 자는 어머니를 깨워 윷놀이를 하자고 할 것이다. 어머니는 맞고를 싫어하니까. 고스톱은 셋이 쳐야 제맛이지. 나는 말 세 개를 엎어 한꺼번에 가다가 두 번이나 붙잡힐 것이다. 어머니는 윷도사다. 던졌다 하면 윷. 나는 개 아니면 도다. 다섯 판을 내리 진 나는 어머니의 저금통에 오만원을 넣는다. "이거 일 년 모았다가 우리 꽃놀이 가자."

머리가 하얗게 센 어머니가, 이가 몇 개 남지 않은 어머니가, 아이처럼 환하게 웃는다. "내 돈으로 가는 거랑 뭐가 달라요." 나는 괜히 심통이 나서 윷판을 뒤집는다. 열 번에 한 번 이길까 말까. 앞으로 내 기록이 그러할 것이다.

날씨
이야기

*

스물여섯에서 스물일곱이 되는 동안 언니는 슬리퍼만 신는 남자와 연애를 했다. 연애에 실패한 뒤 언니는 장마철에도 종일 빨래만 했다. "망할 자식. 늙어 대머리나 되어버려라." 언니는 빨래를 하면서 중얼거렸다. 둘이 어떻게 만나 어떻게 헤어졌는지에 대해 언니는 단 한마디도 하지 않았다. 하지만 남자가 어떻게 해서 슬리퍼만 신게 되었는지에 대해선 종종 우리에게 이야기를 하곤 했다. 구두 수선공의 막내아들로 태어난 남자는 구둣방에서 어린 시절을 보냈다. 출산 후 시름시름 앓기 시작한 어머니가 아이를 제대로 돌볼 수 없었기 때문이었다. 구둣솔과 모양이 다른 구두굽들이 남자의 유일한 장난감이었다. 슬리퍼를 신고 의자에 앉아서 구두가 수선되기를 기다리는 손님들에게 어린 남자는 난센스 퀴즈를 내곤 했다. 그건 초등학교에 다니는 셋째 형이 매일 저녁마다 동생에게 내던 문제였다. 손님들은 웃었고, 가끔 남자에게 백원짜리 동전을 주곤 했다. 웃는 사람들의 표정은 제각각이었다. 그때 남자는 생각했다. 우는 사람들의 얼굴은 비슷하지만 웃는 사람들의 얼굴은 다 제각각이라고. 그 이야기를 들은 나는 이렇게 생각했다. 그 남자가 우리 언니를 사랑한 건 아마도 웃는 얼굴이 예뻐서일 거라고. 남자는 낯선 사람들을 만나 어색한 분위기가 되면 난센스 퀴즈를 내곤 했다. 언니가 하나도 안 웃겨요, 라고 말해주기 전까지는. 군대에 간 남자는 부대에서 가장 군화를 잘 닦는 이병이 되었다. 남자가 상병이 되었을 때 행군 훈련중 아버지가 돌아가셨다는 연락을 받았다. 참외를 실은 트럭이 중앙선을 넘어온 오토바이를 피하려다가 아버지의 구둣방을 덮쳤다. 구두를 닦던 남자의 아버지는 즉사를 했고, 아들의 결혼식에 가기 위해 태어나서 처음으로 구두를 닦던 손님은 중태에 빠졌다. 장례식을 마치고 부대에 복귀를 한 남자는 더이상 군화를 닦지 않았다. 선임병에게 맞을 때마다 남자는 어떻게 죽는지는 인간이 결정할 수 없지만 그래도 구두를 닦다가 죽고 싶은 사람은 없을 거라고 울며 말했다. 그 이야기를 들을 때 언니는 자기도 모르게 남자의 손을 잡았다고 했다. 생각해보니 그게 처음이자 마지막으로 잡은 손이었다고 언니는 말했다. 암튼, 제대를 하고, 아버지의 기일이 다가왔을 때였다고 한다. 제사상을 차리기 위해 장을 보던 남자는 구두가 점점 작아지는 기분이 들었다. 발가락이 아파 참을 수가 없었다. 그다음 제삿날. 장을 보던 남자는 신고 있던 운동화가 점점 작아지는 기분이 들었다. 운동화 끝이 발등을 조이는 것 같았다. 설과 추석. 아버지의 기일. 제사를 지낼 때마다 신발은 점점 조여들었고 마침내 남자는 슬리퍼 말고는 아무것도 신을 수 없게 되었다. "전 아버지의 구둣방을 물려받고 싶었어요. 그렇게 야망이 없는 사람이에요, 제가." 남자는 언니에게 그렇게 고백을 했다. "야망도 없고, 욕심도 없지만, 당신에게만은 재미있는 사람이 되고 싶어요." 그 말이 빨래를 하는 동안 언니의 귀에 맴돌고 또 맴돌았다. 하도 빨래를 해서 손에 습진이 생겼고, 우리들은 언니가 빨랫감을 찾지 못하도록 벗어 둔 옷들을 감추어야 했다. 보다못한 어머니가 언니를 향해 물 한 양동이를 퍼부었다. "이년아! 정신 차려." 언니는 정신을 차릴 새도 없이 그날 밤부터 앓아누웠다. 독감에 걸린 딸을 위해 어머니는 백숙을 끓였다. 언니는 고기를 한 점도 먹지 못했고 국물만 겨우 넘겼다. 닭다리는 모두 남동생이 먹었다. 그래도 어머니는 계속 백숙을 끓였다. 인삼을 넣고 끓이고, 황기를 넣고 끓이고, 도라지를 넣고 끓였다. "잘됐어. 잘됐어." 어머니는 백숙이 끓고 있는 냄비를 보면서 중얼거렸다. "차라리 감기가 더 낫지." 열이 나는 몸에 열이 나는 음식을 먹은 언니는 이불이 젖을 정도로 땀을 흘렸다. 어머니는 그것도 모자라 보일러를 틀었다. "얘. 난 그때 평생 흘릴 땀은 다 흘렸나봐." 언니는 종종 내게 말했다. 독감을 앓고 나니 몸에 수분이 하나도 남아 있지 않은 것처럼 느껴졌고 그러자 더이상 눈물이 나지 않았다고. 눈물은 메말랐고, 그래서 어머니가 쓰러졌을 때도 언니는 울지 않았다. 어머니를 대신해 동생들의 학비를 벌었다. 어머니의 병간호를 했고, 적금을 부어 우리들의 결혼자금을 모았고, 다시는 연애를 하지 않았다.

*

새벽에 남동생에게 전화가 왔다. "왜? 무슨 일이야?" 전화를 받자마자 내가 물었다. 캐나다에 사는 남동생 부부에게 아들을 보낸 뒤로 새벽에 전화가 오면 가슴이 덜컥 내려앉곤 했다. 제 외숙모의 차를 몰래 타고 나가 사고를 낸 게 지난달의 일이었다. 그것 때문에 남동생 부부는 크게 싸움을 했고, 내가 전화를 해서 올케에게 세 번이나 사과를 했고, 아들은 공부를 마칠 때까지 절대 말썽을 일으키지 않겠다는 각서를 썼다. 그리고 차 수리비 대신 개 두 마리를 목욕시키고, 짝숫날 저녁마다 설거지를 하고, 사촌 여동생의 한글 공부를 봐주어야 했다. "별일 없어. 그냥 했어." 남동생이 수화기 저편에서 말했다. "너 술 마셨어?" 남동생은 아니라고 했다. 캐나다로 이민을 가면서 남동생은 술을 끊었다. 끊은 건 술만이 아니었다. 친구도 끊고, 농담도 끊고, 말끝마다 추임새처럼 붙이던 제기랄이란 단어도 끊었다. "작은누나. 작은누나." 남동생이 두 번 나를 불렀다. "큰누나한테 좀 가봐. 새벽마다 전화를 해서는 무슨 말인지 모를 말들만 해." 어머니가 돌아가시고 혼자 그 집에 남은 뒤로 언니는 우리에게 먼저 전화를 거는 법이 없었다. 어머니가 살아 계실 적에는 종종 전화를 걸어 소소한 사건들을 잘도 전해주던 언니였는데. 엄마가 냉이를 드시고 싶다길래 사다 무쳐드렸더니 밥을 반공기나 드셨다는 이야기들. 남동생이 이민을 가기 전에는 명절마다 만나곤 했는데 그것마저 끊어진 지 몇 년이 되었다. 시댁이 멀다는 게 핑계였지만 실은 남편이 언니를 만나는 걸 싫어했기 때문이었다. 언젠가 추석 연휴에 셋이 화투를 치다 사소한 말싸움을 하게 되었고 그후로 언니와 내 남편은 말을 섞지 않는 사이가 되었다. 그저 계절이 바뀌면 안부 전화를 하는 게 다였다. 추워졌어. 감기 조심해. 날이 더워졌다고 얇은 옷 입지 마. 아직 바람 끝은 쌀쌀해. 덥지? 음식 잘 챙겨 먹고. 이런 안부들. 동생의 전화를 끊고 캐나다는 지금 몇시인지를 헤아려보았다. 열두시 십오분. 점심시간이네. 나는 아들에게 점심 맛있게 먹으라는 문자메시지를 보냈다. 답장은 없었다.

아침에 일어나자마자 나는 언니에게 전화를 걸었다. 받지 않았다. 도대체 휴대폰은 왜 안 만드는 거야. 나는 통화연결음을 들으면서 중얼거렸다. 점심으로 비빔국수를 해먹고 난 다음 다시 전화를 걸었다. 전화를 받은 언니는 봉숭아물을 들일 생각이라 약국에 가서 백반을 사왔다고 했다. "얘. 백반이 명반이더라. 넌 알았니?" 언니는 말했다. 언니의 목소리는 약간 들떠 있었다. "뭐 좋은 일 있어?" 내가 물었다. "밖에 나갔다 하늘을 봤더니 구름이 선풍기 모양이더라. 참, 올여름 난 한 번도 선풍기를 안 틀었다. 이렇게 더운데 말이야." 그러고 언니는 깔깔깔 하고 웃었다. 나는 한번 내려가겠다고 말했다. 언니가 갑자기 목소리를 낮추더니 오지 말라고 말했다. "윗집 여자가 날 괴롭히려고 하루종일 마늘을 빻는다니까." 그러고 나서 더 작은 목소리로 무슨 말을 했는데 나는 하나도 알아듣지 못했다.

언니와 통화를 하고 난 뒤부터 나는 잠을 자면 늘 똑같은 꿈을 꾸었다. 시장 한가운데 서서 언니는 춤을 추었다. 춤도 잘 추고 노래도 잘 불렀지만 언니는 수줍음이 많아서 사람들 앞에 나설 사람이 아니었다. 언니의 춤은 마치 빙판 위에서 스케이트를 타는 것 같았다. 언니,

난 스케이트를 타본 적이 없어. 꿈속에서 나는 언니에게 말했다. 꿈속에서는 달리기를 해도 숨이 차지 않는 걸까? 언니는 아무리 춤을 추어도 힘들어하지 않았다. 꿈에서 깨고 나면 허벅지가 가려워 참을 수가 없을 정도가 되었다. 내가 아기였을 때 언니가 국그릇을 엎어서 생긴 흉터였다. 그것 때문에 언니는 나와 같이 목욕탕에 가는 것을 싫어했다. 아프지 않다고 내가 아무리 말해도 언니는 흉터에 비누칠을 하는 걸 볼 수가 없다고 했다. 잠에서 깨 홀로 거실 소파에 앉아 있다보면 언니가 깔깔깔거리며 웃던 소리가 귓가에 들려왔다. 언니는 그렇게 웃는 사람이 아니었다. 빙그레. 이 말이 가장 잘 어울리는 사람이 언니였다. 초승달이 보름달이 되었고 보름달이 다시 초승달이 되었다. 그사이 자동차 키를 세 번이나 잃어버렸다. 두 번은 찾았고 마지막 한 번은 찾지 못해서 새로 키를 만들었다. 컵을 뒤집어놓은 채 뜨거운 물을 부어 발등을 델 뻔했고, 화장실 변기에 치약을 넣고 물을 내려 변기가 막힐 뻔했다. 길 가다 자전거와 부딪쳐 물리치료를 받으러 다녔다. 내키는 대로 장을 봐서 냉장고를 가득 채웠다. 남편은 늘 늦었고, 나는 밥을 물에 말아 김치랑 먹었다. 대부분 음식들은 먹기도 전에 유통기한이 지나버렸고 나는 미련없이 쓰레기통에 버렸다. 그러곤 다시 장을 봐서 냉장고를 채웠다. 네번째로 자동차 키를 잃어버린 날, 나는 자동차 바퀴를 걷어차며 화풀이를 했다. 아무것도 시도하지 않았는데 실패한 기분이 들었다. 실패를 한 적이 없어서 실패한 기분이 들었다. 언니한테 가봐야겠어. 그제야 나는 그런 생각이 들었다.

초인종이 있어야 할 자리가 동그랗게 비어 있었다. 마치 일부러 떼어낸 것처럼. 503호. 어머니가 처음으로 가져본 당신 명의의 집이었다. 이 집으로 이사를 온 후 어머니는 5와 3 이 두 숫자가 들어가는 것이라면 무엇이든 좋아했다. 어머니는 시집살이를 혹독하게 시킨 할머니가 돌아가신 날이 음력 3월 5일이라고 했고, 결혼기념일이 5월 30일이라고 했고, 자신의 키가 153센티미터라고 했다. 나는 현관문을 두드렸다. 아무런 대답이 없었다. 괜히 잠긴 현관문 손잡이를 돌려보았다. 휴대폰 좀 만들면 어때서! 언니의 고집이 이해되지 않았다. 하긴 그 고집 덕분에 일 년을 넘기기 힘들다는 어머니도 십오 년이나 사셨지. 기적처럼. 삼 남매 중에서 어머니의 고집을 가장 많이 닮은 사람도 언니였다. 어쩌다 먼 친척의 결혼식이라도 가면 집안 어르신들 중 누군가는 꼭 우리들을 붙잡고 어머니의 이야기를 하곤 했다. 돌 천지인 땅을 한 달 만에 밭으로 만들었다느니, 군청을 찾아가 마을 입구까지 버스가 들어오도록 담판을 지었다느니, 멧돼지가 내려오자 몽둥이를 들고 밤새 밭을 지켰다느니. 아버지가 돌아가시기 전까지 살던 고향에는 어머니가 남긴 일화가 많았다. 그런 어머니였지만 쓰러진 뒤로는 사춘기 소녀처럼 변했다. 꽃만 보아도 아름답다며 눈물을 흘렸다. 남동생은 그게 무섭다고 했다. 병든 어머니와 노처녀가 된 큰누나와 전세도 나가지 않는 낡은 아파트가. 어머니가 돌아가시고 난 다음, 집 명의를 언니 이름으로 돌리자고 한 것도 남동생이었다. "넌 장남이잖니." 언니는 남동생에게 말했다. "누나, 난 막내잖아." 남동생이 말했다. 나는 복도 난간에 기대서 고등학생이었던 남동생이 가족들 몰래 담배를 피우고 술을 마셨던 놀이터를 바라보았다. 커다란 개 한 마리가 주인 없이 미끄럼틀 주변을 돌고 있었다. 훌라후프를 들고 놀이터에 온 아이들이 놀라 도망을 갔다. 훌라후프를 버려둔 채. 나는 계단을 천천히 걸어 내려갔다. 물리치료를 받았지만 무릎이 시큰거리는 증상은 나아지지 않았다. 자전거를 몰던 아이가 도망가는 바람에 병원비도 고스란히 내가 내야 했다. 놀이터에 가보니 개는 사라지고 없었다. 나는 훌라후프를 돌려보았다. 몇 바퀴 돌리지 못했다. 줄넘기. 훌라후프. 이런 것들은 도대체 누가 발명했을까? 돌리다 멈추고. 다시 돌리고. 또다시 돌리고. 나는 계속 훌라후프를 돌렸다. 그러다 인기척이 느껴져 뒤를 돌아보니 노란색 유치원복을 입은 아이가 나를 보고 있었다. "너도 할래?" 아이가 고개를 끄떡였다. "몇 살이야?" 훌라후프를 건네주며 내가 물었다. 아이는 대답하지 않았다. 수줍은 듯 고개를 숙이고는 훌라후프를 받았다. 아이는 훌라후프를 잘했다. "너 잘하는구나." 내가 칭찬을 하자 아이가 한 시간도 할 수 있다고 대답했다. 그러고는 팔짱을 끼고 고개를 빳빳이 들었다. 아까와는 다르게 자신감에 찬 표정이었다. "대단하다." 나는 박수를 쳐주었다. "뭘 이걸 가지고 그러세요." 십 분이 지나고, 이십 분이 지나고, 삼십 분이 지났다. 아이는 계속 훌라후프를 돌렸다. 언니가 검은 비닐봉지를 들고 걸어오고 있는 것이 보였다. 나는 언니에게 손을 흔들었다. 언니는 나를 알아보지 못했다. 그래도 나는 계속 손을 흔들었다. 마침내 나를 알아본 언니가 뛰어왔다. "언제 왔어?" "조금 아까." "밥은?" "먹어야지." "덥지?" "괜찮아." "혼자 왔어?" "응." 언니와 나는 그렇게 말을 주고받으면서 걸었다. 엘리베이터가 없는 오층 건물. 계단 하나에 질문 한 번씩.

언니는 가방에서 열쇠 뭉치를 꺼냈다. 스무 개가 넘어 보이는 열쇠들 사이에서 언니는 능숙하게 현관 열쇠들을 찾아냈다. 나는 언니가 네 개의 현관 자물쇠를 차례대로 여는 것을 지켜보았다. 우리가 처음 이 집으로 이사를 왔을 때 현관 열쇠는 두 개였다. 그나마 하나는 고장이 나서 하나만 잠그고 다녔다. 어머니가 돌아가시고 난 뒤로 언니는 훔쳐갈 것도 없는 집이라며 문도 안 잠그고 다녔다. 한번은 저녁밥을 짓다 말고 두부를 사러 갔는데 돌아와보니 옆집 아이가 집을 뒤지고 있었다고 했다. "가져갈 게 있으면 내가 이러고 살겠니?" 현관문을 열고 밖에 서서 언니는 아이에게 말했다. 놀라 언니를 밀치고 도망가는 아이의 뒤통수에 대고 언니는 이렇게 소리쳤다고 했다. "안 이르마. 그러니 가출은 하지 마." 명절날 식구가 모여 밥을 먹을 때면 언니는 꼭 그 이야기를 꺼냈다. 그 아이가 언니에게 화장품을 선물하기도 했다고. 그때마다 나는 기껏해야 과일 한 박스를 사가지고 오는 나 자신이 부끄러워졌다. 화장품보다 더 좋은 선물을 사오라는 뜻은 아닐까? 내가 이러고 살겠냐고 말한 건 무슨 뜻이었을까? 언니는 남동생에게 전화를 해서는 새벽이면 누군가가 현관문 손잡이를 잡아당긴다고 말했다. 누구세요? 하고 물으면 아무 대답도 하지 않는다고. "누나, 그럴 땐 경비를 불러야지." 언니는 너 바보구나, 하고 대답했다. "경비가 올 때면 도망가고 없겠지. 너라면 거기 그대로 있겠니? 참, 거기도 덥니? 여긴 오늘 33도였어." 그러고 언니는 남동생의 대답도 듣기 전에 전화를 끊었다. 남동생은 너 바보구나, 하는 말을 매일 새벽마다 들어야만 했다. 한국의 날씨도 매일 전해들었다. 현관에는 신발이 한 켤레도 없었다. 거기에 나와 언니의 신발 두 켤레가 나란히 놓였다.

거실은 변한 게 하나도 없었다. 내 아들이 초등학생 때 만들어준 부채까지 그대로 있었다. 아들은 부채에 사람들이 수박을 먹는 그림을 그렸다. 사람들 손가락이 세 개씩밖에 없었는데, 언니는 그래도 손가락마다 손톱을 그려넣었다며 아들을 칭찬했다. 언니는 부엌으로 가서 쌀을 씻었다. 그러고는 냉장고를 열어 한참 동안이나 안을 들여다보았다. 나는 소파에 앉아 길 건너 공사중인 아파트를 보았다. 저 아파트가 다 지어지면 이제 맞은편에서 여기가 훤히 들여다보일 것이다. 커튼을 새로 달아야겠어. 이 소파도 이십 년은 족히 넘었지. 곧 아날로그 방송이 끝나는데 저 텔레비전은 어쩌지. 시계는 두시 오십분에 멈추어져 있었다. 고장난 건지. 건전지가 없는 건지. 이런저런 생각을 하다 깜빡 잠이 들었다. 언니가 흔들어 깨울 때까지 단잠을 잤다. "전화하고 오지. 반찬이 없네." 나는 상을 보았다. 언니 말대로 반찬이 없었다. 감자볶음, 김, 김치찌개가 전부였다. "밥하기 지겨울 때도 되었지. 언니, 나도 그래." 나는 말했다. 흰밥을 김에 싸서 그 위에 감자볶음을 올려 먹었다. 맛있었다. "어디 갔다 왔어?" 내가 물었다. "불구경 갔다 왔어. 정확히 말하면 불난 집 구경이지만." 언니가 말했다. "누구네?" 나는 김치찌개를 한 숟가락 떠먹었다. 엄마 맛이 났다. 엄마는 김치찌개를 잘하는 편이 아니었다. 아주 맛있지도 그렇다고 맛없지도 않은 중간 맛. 그 맛이었다. "어떤 남자가 아들의 복수를 위해 불을 질렀다고 하더라고. 거기 구경 갔다 왔어." 언니가 말했다. "그게 무슨 말이야?" 내가 물었다. 언니는 나보고 뉴스 좀 보고 살라고 구박을 했다. 왕따를 당하던 아들이 자살을 하자 아이의 아버지는 가해자의 집을 찾아가 불을 질렀다고 한다. "어젯밤 뉴스에 나왔어. 그 아버지가 그러더라고. 세 집을 더 불질러야 하는데 벌써 잡혀서 원통하다고. 얘, 나도 모르게 눈물이 나더라. 내가 대신 복수해주고 싶은 마음이 들더라니까." 언니는 밥을 먹다 말고 숟가락을 내려놓았다. 나는 언니가 남긴 밥을 마저 먹었다. "얘. 살쪄." 언니가 내 손등을 살짝 쳤다. 언니는 버스를 세 번이나 갈아타고 불이 난 집을 보러 갔다. 뉴스 화면에 언뜻 비친 옆집의 간판을 보고서 위치를 알아냈다고 했다. 이층짜리 상가 건물이었는데, 일층까지 불이 번졌는지 가게의 셔터가 내려져 있었다. 언니는 불이 난 이층으로 올라갔다. 거실은 성한 가구 하나 건질 수 없을 정도로 불에 탔지만, 아이의 방은 문짝만 반쯤 타다 말았다. 중학생 아이의 방 벽에는 축구선수들의 포스터가 붙어 있었다. 책상에 붙여놓은 포스트잇에는 '하면 된다!!'라는 문구가 적혀 있었다. "느낌표가 두 개더라. 두 개." 언니가 가방을 뒤지더니 반으로 접힌 포스트잇을 꺼냈다. 하면 된다!! ㄴ 받침을 ㅇ처럼 써서 우스꽝스러운 모양이었다. 나는 그 글씨를 오랫동안 보았다. 왕따를 주도한 아이의 방에 붙어 있는 것치고는 좀 이상했다. "꼭 기집애가 쓴 글씨 같지." 언니가 깔깔깔거리며 웃었다. 한 시간이나 훌라후프를 할 줄 안다고 자랑을 하던 여자아이의 얼굴이 떠올랐다. 생각해보니 그 아이가 언니의 딸이라고 해도 믿을 만큼 어린 시절의 모습과 닮았다. 예뻤던 언니. 생일이면 선물 대신 근사한 노래를 불러달라고 말할 줄 알던 언니. 나는 언니의 얼굴을 쳐다보았다. 그 안에는, 어머니의 얼굴도, 아버지의 얼굴도, 보이지 않았다. 불난 집 구경은 왜 갔던 걸까? 언니에게 묻고 싶었지만 묻지 않았다. "언니? 나 자고 갈까?" 언니가 포스트잇을 내 손등에 붙였다. "니 맘대로."

*

새벽에 일어나보니 소파에 언니가 앉아 있었다. "뭐 해?" 언니가 날 보더니 그냥 있어, 하고 말했다. "넌 왜 안 자고?" 나는 오줌이 마렵다고 말했다. "너 아직도 자다 말고 화장실 가는 버릇 못 고쳤구나." 자다 말고 화장실에 가던 사람은 남동생이었지만 나는 그렇다고 대답했다. "세 살 버릇 여든까지 가는데." 언니가 뜬금없는 말을 중얼거렸다. "언니 그 속담은 좋은 거야. 어쨌든 여든까지 산다는 말이잖아." 내 말에 언니가 웃었다. 나는 언니의 옆에 앉았다. 언니처럼 팔짱을 끼고 언니가 보고 있는 곳으로 짐작되는 곳을 멍하니 바라보았다. 대형 크레인의 꼭대기에서 빨간 불빛이 반짝였다. 나는 불빛이 반짝이는 간격에 맞춰 눈을 감았다 떴다를 반복했다. 그러면 시간은 나와 상관없이 알아서 흘러갔다. 어렸을 때부터 내가 좋아하던 놀이였다. 불빛이 반짝이는 걸 보면서 숨을 참았다 쉬는 것. 넌 등대지기에게 시집가라, 하고 언니는 농담을 하곤 했다. 지금 생각해보니 그럴 걸 그랬다. 하늘이 점점 파래졌다.

언니는 아이스크림이 먹고 싶다고 했다. "아침부터 무슨 아이스크림이야?" 언니는 찬 음식을 그다지 좋아하지 않았다. 찬 음식은 싫은데 단 음식은 좋다고 했다. "찬 것과 단것 중 하나를 선택하라면 단거지." 그렇게 말하고는 언니는 냉장고로 향했다. 냉동실을 열자 거기 아이스크림이 가득 들어 있었다. 나는 호두맛 아이스크림을 먹었다.

언니는 체리맛. 언니는 아이스크림을 먹으면서 아이스크림이 녹을까봐 뛰어오던 남자의 이야기를 해주었다. 슬리퍼를 신고 달리기를 하는 모습은 귀여웠다고. 둘은 늘 무슨 백화점 앞 광장에서 만났는데 남자는 항상 십 분씩 지각을 했다. 언니는 저멀리서부터 달려오는 남자에게 천천히 오라고 손짓을 하는 순간이 좋았다고 했다. 그 순간만큼은 자신이 꽤 좋은 인간처럼 느껴졌다고. 어쩌면 자신이 사랑한 건 그 남자가 아니라 그 순간이었을지도 모른다는 생각이 들기도 했다. 남자의 손에는 항상 무언가 들려 있었다. 봄에는 풀빵. 여름에는 아이스크림. 풀빵이 식을까봐, 아이스크림이 녹을까봐, 남자는 버스정류장에서 약속 장소까지 뛰었다. 어떤 날은 발가락 끝이 새까매지기도 했다. 어떤 날은 슬리퍼가 벗겨지기도 했다. "아마 겨울이 되면 군고구마도 들고 뛰었겠지. 난 그 생각만 하면 군고구마는 먹고 싶지도 않아." 언니가 말했다. "난 쓰레빠 한 짝도 안 사줬단다." 언니는 아이스크림을 쪽쪽 빨아먹었다.

언니가 맞은편 공사중인 아파트를 가리켰다. "저게 일층이었는데 지금은 십육층이 되었어. 너무 금방이라 깜짝 놀랐단다. 요즘은 엽서가 오는 속도보다 더 빨라." 언니는 내게 잘못 배달된 엽서 이야기를 들려주었다. 분양이 끝나고 땅을 파기 시작했을 즈음, 언니 앞으로 엽서 하나가 배달되었다. 보낸 사람은 김연경이었고 받는 사람은 김철민이었다. "둘 다 모르는 사람인데 주소는 우리집이 맞더라고." 거기에는 널 평생 미워하겠다고 적혀 있었다고 한다. 언니는 엽서를 읽고 또 읽었다. 보낸 사람 주소가 없어서 되돌려줄 수도 없었다. 설령 주소가 있다 하더라도 언니는 되돌려보내지는 않았을 것이다. "널 평생 미워하겠다는 말을 어떻게 되돌려줄 수 있겠니." 언니는 공사중인 아파트 현장을 보면서 어쩌면 이 엽서는 저기 허물어진 집 중 한 곳으로 배달되어야 했던 게 아닌가 하고 생각했다. 김철민이 살았던 집이 사라지고 없다고 생각하자 김연경이란 아가씨가 안쓰러웠다. 다음달에 또 엽서가 왔다. 지금이라도 사과를 해야 하는 거 아니냐고 적혀 있었다. 다음달에 또 엽서가 왔다. 꿈에서도 널 미워할 거야. 엽서는 계속 왔다. 미워하는 마음이 사라지지 않는다고 썼다. 이제 사과를 해도 늦었다고 썼다. 아름다운 기억들은 모두 악몽으로 변했다고 썼다. 죽을 때까지 아무도 사랑하지 않을 거라고 썼다. 그 엽서를 받을 때마다 언니는 이제는 얼굴조차 기억나지 않는 한 남자를 떠올렸다. 야망도 없고, 욕심도 없지만, 당신에게만은 재미있는 사람이 되고 싶어요. 그렇게 고백하던 남자를. 키가 작고 못생겼던 남자를. 그래도 아이스크림이 녹을까봐 달려올 때는 귀엽게 보였던 남자를. 언니는 내게 말했다. "생각해보니, 그 사람은 그렇게 재미있지도 않았어. 야망도 욕심도 없는데 재미있지도 않은 남자라니." 언니는 엽서를 기다리고 기다렸다. 아마도 그 엽서는 503호로 배달된 최초의 손글씨 편지일 것이다. 직장을 그만둔 언니는 하루의 대부분을 소파에 앉아 아파트가 올라가는 것을 구경했다. 고등학교를 졸업하고 단 한 번도 일을 쉬어본 적이 없던 언니였다. 언니가 일을 그만두었다고 했을 때 나는 잘했다고 대답해주지 못했다. "어쩌려고?" 그렇게 물었다. "걱정 마." 화가 난 언니는 전화를 끊었다. 언니는 동생들의 전화를 기다리는 대신 엽서를 기다렸다. 겨울이 지나고, 봄이 지나고, 여름이 지나고, 가을이 지나고. 또 겨울이 지나고. 그러면서 언니는 생각하고 또 생각했다. 미움에 대해서. 시멘트가 굳는 걸 상상하면서, 화장실이 만들어지고 부엌이 만들어지는 걸 상상하면서, 언니는 미워한다는 것에 대해 생각했다.

언니는 아침밥을 먹지 않겠다고 했다. 나는 어제 남은 찬밥을 물에 말았다. 김치통 뚜껑을 열자 쉰내가 확 났다. 갑자기 식욕이 사라졌다. 언니가 안방으로 들어가 옷을 갈아입고 나왔다. 그러고는 내게 아무 말도 하지 않고 현관에 앉아 신발을 신었다. "어디 가?" 내가 물었다. 언니는 어디서 소리가 나는지 모르겠다는 듯 천장을 바라보았다. 내가 다시 한번 어디 가냐고 물었다. 그제야 언니가 뒤돌아 부엌을 보았다. 언니가 싱크대 앞에 서 있는 나를 처음 보는 사람처럼 쳐다보았다. "아, 너구나. 니가 있다는 걸 깜빡했어." 언니는 싱크대 앞에 서서 밥을 먹는 사람은 자기 혼자뿐이라서 잠시 유령이 아닌가 하는 생각이 들었다고 했다. "어찌나 나랑 비슷한지 내가 죽었는 줄 알았다, 얘." 어린 시절 우리들은 닮은 데가 하나도 없어서 자매라고 하면 사람들이 잘 믿지 않았다. 그런데 이상하게도 언니와 남동생이 길을 가도 누구나 남매인 줄 알았고, 나와 남동생 둘이 있어도 누구나 남매인 줄 알았다. 그래서 우린 남동생을 교집합이라고 부르곤 했다. 결혼하고 살이 찌면서 남동생은 다른 얼굴이 되었다. 그리고 얼굴의 주름이 늘수록, 시끄러운 게 싫어질수록, 멍하게 있는 시간이 길어질수록, 나와 언니는 점점 닮은 얼굴이 되어갔다. "어디 가냐니까?" 내가 다시 한번 물었다. "산책." 언니가 말했다. "나도 같이 가." 나는 얼른 물에 말은 밥을 먹었다. 반찬도 없이.

언니는 아파트 후문으로 나가 길을 건넜다. 그 길로 한 십오 분쯤 걸으면 우리가 졸업한 고등학교가 나왔다. 버스를 타기도 애매한 거리라서 우리는 늘 걸어다녔다. 나는 늘 지각을 했다. 언니가 길가에 핀 꽃을 꺾어 씹었다. "먹는 거야?" 내가 묻자 언니는 몰라, 하고 대답했다. "몇 번 먹었는데 아직 안 죽었으니 독은 없나봐." 언니가 휘파람을 불었다. 고등학교 앞에 도착하자 학생들이 등교를 하고 있었다. 아이들이 등교하는 걸 구경하는 게 산책의 마지막 코스였다. "여기 있으면 세상은 하나도 안 변한 것 같아." 언니는 문방구 앞 벤치에 앉았다. 나도 언니 옆에 앉았다. 머리를 감고 미처 말리지 못한 아이들. 그래서 교복의 어깨 부분이 축축이 젖어 있는 걸 보고 있으니 언니 말이 무슨 말인지 알 것 같았다. 언니가 고개를 길게 빼고는 교문 오른쪽에 세워진 시계탑을 보았다. 이제 오 분 남았다. 언니가 중얼거렸다. 아이들의 발걸음이 빨라졌다. 삼 분. 이 분. 일 분. 교문 앞에 서 있는 선생님이 찻길 건너편에서 신호를 기다리는 아이들에게 소리쳤다. "일 분 남았다. 니들은 지각이야." 그 말에 한 학생이 빨간불인데도 길을 건넜다. "너, 무단횡단이야." 선생님이 아이를 붙잡으려 했지만 아이는 전속력으로 뛰어 교문을 통과했다. 언니가 박수를 쳤다. "잘했어. 잘했어." 언니가 아침마다 학교에 오는 이유는 지각하는 아이들을 보기 위해서였다. "남학교도 가봤는데 생각보다 재미없더라고. 뭐, 한 대 맞지. 이런 표정들이야. 남자아이들이란." 언니와 나는 버스에서 내려 뛰어오는 아이들을 구경했다. 언니가 늦었어, 늦었어, 하고 고개를 흔들었다. "언니, 난 지각을 하면 했지 뛴 적은 없어." 나는 말했다. 등교시간이 이십 분 지났다. 그때 저멀리서 천천히 걸어오는 아이가 보였다. 언니의 말에 의하면 매일 이십 분씩 지각을 하지만 한 번도 뛴 적이 없는 아이라고 했다. “쟤랑 친구해라.” 언니가 말했다. 아이가 우리 앞을 지나가면서 말했다. “또 여기 계시네요. 오늘은 제가 몇번째예요?” 언니가 아이에게 손가락을 펼쳐 보였다. “니가 스물다섯번째 지각생이야.” 언니가 자리에서 일어났다. “저 아이가 오면 이제 끝이야.” 나는 언니를 따라 학교 담장을 반바퀴 돌았다. 예전에 정문이었다가 새 도로가 나면서 폐쇄된 문 앞에 다다르자 언니가 말했다. “곧 여기로 한 놈이 올 거야.” 언니의 말대로 눈썹을 진하게 그린 여학생이 한 명 나타났다. 능숙하게 담을 넘었다. 치마를 입고도 저렇게 담을 잘 타다니. 나는 놀라웠다. 아픈 무릎이 다시 시큰거리는 것만 같았다. 언니가 박수를 쳤다. 학교 앞 분식집에서 떡볶이를 먹고 싶은 생각이 들었지만 이른 시간이라 그런지 아무 곳도 문을 열지 않았다. 하긴 누가 아침 일찍 나와 떡볶이를 먹고 등교를 할까. 어차피 몇 년 후면 지하철역 앞에서 샌드위치를 사먹고 출근을 하는 직장인이 될 텐데. 학교에서 1교시를 알리는 종이 울렸다. 학교 앞에 살면 매일 수업 종소리를 들을 수 있을 것이다. 그런 생각을 하자 학교 앞으로 이사를 가고 싶다는 생각이 들었다.

언니와 나는 편의점에서 우유를 사먹었다. “지각하는 아이들을 보지 않으면 난 미쳤을 거야.” 우유를 마시면서 언니가 말했다. 새벽마다 우두커니 홀로 앉아 미움에 대해 생각하다보면 미워하지 않을 것도 미워해야만 할 것 같다는 생각이 든다고 했다. “그러니 전속력으로 달리기를 해 아슬아슬하게 교문을 통과하는 아이들이라도 봐야 해.” 나는 언니의 말이 무슨 뜻인지 몰랐지만 이해한다는 듯 고개를 끄덕여주었다. 집으로 되돌아가는 길에 언니가 무슨 노래인지 알 수 없는 노래를 흥얼거렸다. 언니가 앞에서, 내가 뒤에서 걸었다. 어찌나 나랑 비슷한지 내가 죽었는 줄 알았다, 하던 언니의 말이 자꾸만 생각났다. 훗날, 아주 훗날, 언니의 장례식장에서 나랑 똑같이 생긴 영정 사진을 봐야 하는 일이 생긴다면 어쩌지. 언니의 그림자가 점점 희미해져갔다. "같이 가." 내 말에 언니가 뒤돌아보았다.

잘못 배달된 엽서를 받고서야 언니는 지금까지 진심으로 누굴 미워해본 적이 없다는 걸 알게 되었다. 이유 없이 자신을 떠난 남자를 욕하기는 했지만 그게 다였다. 언니가 괴로운 건 그 남자가 미워서가 아니었다. 왜 남자가 자기를 떠났는지 이유를 몰랐기 때문이었다. 지금처럼 휴대폰만 있었어도. 그러면 언니는 전화를 해서 물어봤을지도 모른다. 왜? 소리를 한 번이라도 질러보았을 것이다. 헤어지고 난 뒤에야 언니는 남자에 대해 아는 거라곤 이름밖에 없다는 사실을 알게 되었다. 전화번호도, 집주소도, 몰랐다. 일 년이 지나고, 이 년이 지나고, 삼 년이 지나고 그러자 남자의 얼굴은 기억에서 사라졌다. "어떨 때는 그런 생각이 들어. 그 사람은 정말 살아 있던 사람일까. 내가 유령을 짝사랑한 건 아니었을까?"

작년 가을. 언니는 새로 문을 연 가게 앞을 지나가다 열쇠고리를 하나 선물받았다. 부엉이가 새겨진 열쇠고리였는데 그걸 손에 쥐는 순간 왠지 기분이 좋아져 저절로 가게 구경을 하게 되었다. 이런저런 잡동사니를 파는 가게였다. 심지어 가게 이름도 '잡동사니'였다. 거기서 언니는 언니가 태어난 해에 만들어진 화로를 발견했다. 화로 뚜껑에 연도가 새겨져 있었다. 언니는 그 뚜껑이 갖고 싶었다. 그래서 뚜껑을 팔 수 없느냐고 물었더니 가게 주인은 그럼 몸통 살 사람을 소개해 주세요, 하고 말했다. 언니는 아는 사람이 없었으므로 할 수 없이 화로를 통째로 샀다. 화로는 낡아서 그 안에 귀신 서너 명이 살고 있다고 해도 믿겨질 듯했다. 막상 사고 보니 언니는 그게 마음에 들었다. 화로 귀신이라니. 손발이 차서 고생인 언니에게는 더할 나위 없이 좋은 친구가 되어줄 수도 있을 것 같았다. "그게 어디 있는데?" 언니가 작은 방을 가리켰다. 문을 열어보니 방 한가운데 화로가 있었다. "이래 보여도 몽골에서 온 거야. 이걸로 온 식구가 먹을 차를 끓였을 거야. 나중에 이걸 설치할 수 있는 집으로 이사를 갈 거야." 언니가 말했다. 그러고는 갑자기 검지를 입술에 대고는 조용히 하라는 시늉을 했다. "쉿, 윗집 여자가 들을지도 몰라. 날 괴롭히는 게 인생의 즐거움인 여자니까." 나는 화로 뚜껑을 열어보았다. 텅 비어 있을 줄 알았는데 장작이 가득 들어 있었다. 나는 화로에 두 손바닥을 올려놓았다. 손바닥이 따뜻해지는 것 같았다. 언니도 손바닥을 펼쳐 난로를 쬐는 시늉을 했다. 나는 언니 손을 잡았다. 손은 차가웠다. 언니 위층에는 아무도 살지 않아. 나는 속으로 그렇게 말했다. 어쩌면 언니 말대로 화로 귀신들이 정말로 있어서 가끔 언니에게 장난을 치는 건지도 모른다고 생각해보았다. "언니, 여기에 불은 지르지 마." 나는 말했다. "내가 미쳤니!" 언니가 말했다.

늦은 아침 겸 점심으로 우리는 부침개를 부쳐먹었다. 김치가 너무 쉬어서 물에 헹군 뒤 고춧가루와 참기름으로 다시 양념을 했다. 혼자 살면 못 해먹는 음식 중 하나가 부침개라고 언니가 말했다. 우리는 부침개를 열 장이나 부쳤다. 부침개를 부치면 한 번에 서른 장은 부칠 정도로 손이 컸던 어머니는 지금 우릴 보면 뭐라고 할까. 어쩌다 언니가 이렇게 되었는지 어머니라면 알 수 있지 않을까. 나는 부침개를 다섯 장이나 먹었다. 언니는 두 장. 언니는 세 장을 접시에 담아 경비실에 갖다주었다.

*

욕실 거울은 Y자 모양으로 금이 가 있었다. 세수를 하고 고개를 들어보면 코를 기준으로 얼굴이 정확히 삼등분이 되어 보였다. 자기 얼굴이 가장 예뻐 보일 때가 막 세수를 하고 난 다음이라는데. 나는 언니가 낮잠을 자는 동안 유리가게를 찾아갔다. 옛 기억을 더듬어 찾아가보았더니 부동산으로 바뀌었다. 하는 수 없이 부동산 안으로 들어갔다. 예쁘게 생긴 아가씨가 샌드위치를 먹고 있었다. 왜 드라마에서는 부동산이 나오면 항상 짜장면을 먹는 아저씨들이 등장하는지 모를 일이었다. 여자가 상냥하게 인사를 했다. 대뜸 유리가게 위치를 물어보기 민망해서 언니가 사는 아파트 시세를 물어보았다. 생각보다 가격이 많이 나가서 깜짝 놀랐다. "재개발이 된다는 소문이 있거든요, 그곳은." 나는 여자가 준 명함을 받아 지갑에 넣었다. 여자는 유리가게의 약도를 꼼꼼하게 그려주었다. "직진을 하다 리모델링중인 건물이 나오면 거기서 우회전. 큰길이 나올 때까지 직진. 꽃집 옆이 죽집. 죽집 옆이 유리가게입니다." 여자 말대로 유리가게는 거기 있었다. 약도를 잘 그리는 여자라니. 왠지 내가 남자라면 그 여자를 사랑할 것만 같았다. 아니 내가 지금보다 조금만 더 젊었더라면 사랑에 빠졌을

지 모를 일이었다. 유리가게에 가서 나는 얼굴이 예쁘게 보이는 욕실 거울을 사고 싶다고 말했다. 유리가게 사장님은 심각한 표정으로 코를 한 번 긁적였다. "음. 보통 예뻐 보이는 거울이 있고, 많이 예뻐 보이는 거울이 있는데요." "어떻게 달라요?" 사장님은 내 앞에 카탈로그를 펼쳤다. "이건 자기 얼굴보다 예쁘게 보여요. 좀더 환하게 보이죠." 사장님은 카탈로그를 한 장 넘겼다. "이건 자기 얼굴이 아닌 것처럼 보여요. 음, 자기보다 열 살은 어려 보인다고 할까요." 나는 사장님처럼 심각한 표정을 지으며 코를 한번 긁적였다. 하지만 이미 마음속으로 보통으로 예뻐 보이는 거울을 사야겠다고 생각했다. 세수를 할 때마다 거울 속에 있는 이 예쁜 여자는 누구지, 하고 놀라면 안 될 테니까. 자기를 못 알아본 나머지 혹시 내가 치매에 걸린 건 아닌가, 하는 의심이 들게 되면 안 될 테니까. 사장님은 어딘가로 전화를 걸더니 한 시간 후에 설치가 가능하다고 했다.

집에 돌아와보니 언니는 여전히 잠을 자고 있었다. 나는 그 옆에 쪼그리고 앉아서 언니가 뭐라 중얼거리는 소리를 들었다. 자기 잠꼬대를 녹음해서 그걸 책으로 만들면 어떨까 하는 생각이 들었다. 그게 성공한 사람들의 자서전보다 훨씬 재미있을 것 같았다. 그런데 혼자 사는 사람들은 어떻게 자기가 잠꼬대를 하는 걸 알까? 나는 언니의 어깨를 가만히 흔들었다. "그만 자. 머리 아파." 나는 언니에게 스케이트를 배우러 다니자고 말했다. 두 팔을 벌린 채로 빙판 위를 빙그르 돌아보자고. 언니는 스케이트는 싫다고 차라리 겨울이 되면 썰매를 타러 가자고 했다. "얘. 이제부터 우린 넘어지면 끝이야." 나는 시큰거리는 무릎을 생각해보고는 맞는 말이라고 맞장구를 쳤다. "차라리 썰매장을 차릴까?" 나는 언니와 둘이 논두렁에 물을 대는 장면을 상상해보았다. 괜찮았다. 언니는 만국기를 달자고 했다. "눈이 내리는 날이면 엄청 힘들겠지. 그거 이름이 뭐더라? 눈 치우는 거." 우리는 세 글자인 건 확실하다고 중얼거리며 이름을 생각해냈다. "넉가래. 맞다 넉가래." 넉가래, 하고 발음해보니 음식 이름 같다는 생각도 들었다. "얘. 썰매장 이름도 넉가래로 하자." 언니가 말했다. "논두렁 옆에 비닐하우스를 치고 거기에 화로를 설치해야지." 우리는 곧 썰매장을 차릴 사람들처럼 세세한 것들을 정하고 또 정했다. 어묵은 팔 것인지 말 것인지. 썰매는 얼마에 빌려줄 것인지. 입장료는 얼마로 할 것인지. 그런 것들을 생각하는 사이에 욕실 거울이 도착했다. 설치기사는 다른 사람이었다. 나는 언니에게 생일 선물이라고 말했다. 생일은 비록 두 달 전에 지나갔지만. "얼굴이 예뻐 보이는 거울이래." 내 말에 설치기사가 킥킥거리며 웃었다. 나는 설치기사를 째려보며 틀림없이 부인은 안 예쁜 사람일 거라 생각했다. 아직 안 했다면 아주아주 못생긴 여자랑 결혼해라. 나는 주문을 외우듯 중얼거렸다.

새 거울을 설치한 기념이라며 언니는 세수를 했다. 나는 세수를 마친 언니 옆에 서서 말했다. "반드시 세수를 마치고 거울을 보면서 볼을 두 번 두드릴 것. 음. 괜찮군. 그렇게 말하고." 언니는 그렇게 하겠다고 약속을 했다. 그리고 약속대로 거울을 보며 볼을 두 번 두드렸다. "이 정도 얼굴이면 아직 쓸 만하군." 언니가 말하면서 웃었다. 저녁을 먹고 가라고 했지만 나는 해가 지기 전에 언니네 집에서 나왔다. 언니는 버스정류장까지 데려다주겠다고 했다. 아파트 입구에서 장난감 자동차를 타고 있는 사내아이를 보았다. 장난감 자동차에는 벤츠

로고가 붙어 있었다. 그걸 보는 순간 저절로 웃음이 났다. 그때 갑자기 언니가 아이에게 말했다. "어머, 넌 좋겠다. 차도 있고." 아이가 자동차 핸들을 꽉 쥐었다. "정말 좋겠다. 외제차네." 내가 말했다. 그리고 언니와 나는 동시에 웃었다. 깔깔깔 웃었다. 아이가 자동차 핸들을 돌려 우리 곁을 지나갔다. "저 아이는 좋겠지." "응, 좋겠어." 이런 말을 주고받으면서 우리는 버스정류장까지 걸었다.

휴가

*

그거 참 이상한 질문이구나. 액자를 떼어내며 어머니가 말했다. 나는 어머니가 넘어지지 않게 의자를 붙잡고 있었는데, 어머니가 움직일 때마다 치맛자락이 얼굴에 닿아 재채기가 나려 했다. 내가 무엇을 물어봤는지는 기억이 나지 않는다. 하지만 어머니의 목소리만은 어제 들은 것처럼 생생하게 떠올랐다. 평소에도 다정하게 말하던 분은 아니었지만 그날의 목소리는 유난히 차가웠다. 겨울이라 그렇게 느껴졌는지도 모르겠다. 마루에는 보일러가 설치되어 있지 않아서 겨울이면 입김이 보일 정도로 냉기가 돌았다. 난로가 있었지만 어머니는 연탄값이 아깝다며 기온이 영하로 내려가는 날이 아니면 때지 않았다. 아홉 살 때였을 것이다. 어쩌면 열 살이거나 열한 살이었을 수도. 아니면 내가 가짜로 만들어낸 장면이거나. 동네에 수프 전문점이 생긴 이후로 나는 일요일이면 슬리퍼를 신고 이곳에 와서 늦은 아침을 먹었다. 따뜻한 수프가 식도를 넘어갈 때면 이상하게도 어머니의 말이 환청처럼 들려왔다. 억양이 느껴지지 않는 목소리로. 그거 참 이상한 질문이구나. 아홉 살짜리가 한 이상한 질문은 과연 무엇이었을까? "서비스예요." 날이 더워지니 장사가 안 된다며 가게 주인이 수프 한 그릇을 더 가져다주었다. "안 팔리는 거 주는 거죠?" 내가 웃으며 말했다. "우리집 음식은 전부 다 안 팔려요." 주인도 웃으며 대답했다. 하지만 나는 따라 웃지 않았다. 정말로 장사가 안 되었으니까. 주인은 이 주 동안 가게문을 닫는다고 했다. 스킨스쿠버 동호회 회원들과 동남아로 휴가를 떠난다고. 장사가 안 되는 가게의 주인치고는 좀 느긋한 편이었다. "나도 내일부터 휴가예요. 밥하기 싫어 자주 오려 했는데 안 되겠네." "저기 찻길 건너 죽집 생겼어요. 거기 맛있어요. 우리 옆집 돈가스도 맛있고요. 음, 콩국수 맛있는 집도 있는데 가게 이름이 생각 안 나네. 동사무소 옆에 있는데." 나는 주인에게 휴가 내내 혼자 밥해 먹는 일도 고문이라고 말해주었다. 며칠 만에 회사 급식이 그리워질지도 모르겠다고. 수프 두 그릇을 먹으려니 배가 불러왔다. 그래도 바게트를 추가로 주문해서 수프에 적셔먹었다. 그때마다 엄지와 검지에 수프가 묻었다. 나는 손가락을 빨았다. 그러면 기분이 좋아졌다. 내가 이곳에 오는 이유가 어쩌면 이것 때문일지도 모른다는 생각이 들 때가 있다. 일부러 손가락에 음식을 묻히기에는 수프만큼 좋은 게 없으니까.

집으로 돌아와 샤워를 했다. 세탁기를 돌리는 동안 잠깐 침대에 누웠는데 그사이 잠이 들고 말았다. 일어나보니 두시가 지나 있었다. 자는 동안 땀을 흘려 온몸이 끈끈했다. 다시 샤워를 했다. 이러다간 휴가 내내 샤워만 하는 건 아닌지. 에어컨이 없는 집에서 휴가를 보내는 것보다는 차라리 회사가 더 나을지도 모른다는 생각이 들었다. 그 사이 박에게 전화가 와 있었다. 왜? 메시지를 보냈다. 박이 곧바로 전화를 걸었다. "밥 먹으러 와. 장모님이 토종닭 보냈어." 나는 작년 여름에도 박의 장모님이 보낸 토종닭을 얻어먹었다. 삼계탕을 좋아하는 편이 아니어서 그다지 맛있게 먹지는 않았다. 생각해보니 재작년 여름에도 얻어먹었다. "싫어. 나 휴가야. 일주일 동안 집에 콕 박혀 잠만 잘 거야." 그러자 박이 삼계탕에 낙지를 넣어주겠다며 나를 꼬셨다. 나는 낙지가 들어간 음식이라면 뭐든지 좋아하지만, 그래도 그걸 먹기 위해 집밖에 나가고 싶지는 않다고 했다. 전화를 끊고 한참 지나 박에게 메시지가 왔다. 휴가 기념! 아이스커피 모바일 상품권이었다. 역시 올해의 영업왕을 삼 년 연속 탈 만한 녀석이었다.

쿠폰을 보니 갑자기 아이스커피가 먹고 싶어졌다. 커피도 배달이 되면 얼마나 좋을까? 짜장면 한 그릇도 배달되는데. 냉동실을 뒤져봤더니 얼음이 없었다. 얼음통에 물을 채워넣고, 인터넷으로 얼음을 얼리는 데 걸리는 시간을 검색해보았다. 세 시간에서 네 시간이 걸린다는 답이 있었다. 리모컨으로 텔레비전 채널을 하나씩 위로 올렸다. 152번이 끝이었다. 다시 채널을 아래로 내리다가 중간쯤에 멈추었다. 블랙박스에 찍힌 사고 영상이 방송되고 있었다. 수십 건의 교통사고 현장을 보고 있자니 얼마 전에 회사를 그만둔 최종민 대리가 생각났다. 같은 부서는 아니었는데, 이상하게도 화장실에 갈 때마다 만나게 되었다. 오줌을 누고 있을 때 옆에 와서 구십 도로 인사를 하는 후배였다. 그때마다 여간 불편한 게 아니었다. 한번은 퇴근길에 편의점에서 우연히 만나 술을 같이 한 적이 있었다. 장차장님, 하고 누군가 불러 뒤를 돌아보니 최대리가 편의점 야외 테이블에 앉아 내게 손을 흔들고 있었다. 회사에서는 구십 도로 인사를 하더니. 그런 생각이 잠깐 스쳐 지나갔다. 테이블에는 맥주 한 캔이 놓여 있었다. 최대리가 내게 잠깐 기다리세요, 하고 말하더니 편의점 안으로 뛰어들어갔다. 잠시 후 맥주 한 캔과 안주를 사가지고 나왔다. "이게 편의점에서 제일 맛있는 안주예요." 최대리가 말했다. 세 알씩 진공포장된 메추리알조림이었는데 사실 나도 좋아하는 안주였다. "이거 세 알과 맥주 한 캔이면 딱이지. 내 친구 중에는 이거 세 알로 맥주 세 캔을 먹는 놈도 있어." 내가 말했다. 최대리가 자기 친구 중에도 그런 녀석이 있다고 맞장구를 쳤다. 그날 나는 최대리의 취미를 알게 되었다. 최대리는 편의점 야외 테이블에 앉아 맥주를 마시며 지나가는 사람들의 수를 세었다. 보이는 모든 사람의 수를 세는 것이 아니라 매일 주제를 정해 거기에 해당되는 사람들의 수만 세는 것이었다. 이를테면 흰색 티셔츠를 입은 사람을 찾기로 결정한 날은 흰색 티셔츠를 입은 사람만 세는 식으로. 그는 지갑만한 크기의 수첩을 늘 가지고 다녔는데 거기에 매일매일의 기록을 적었다. 최대리가 내게 수첩을 보여주며 말했다. "어젠 유모차를 끌고 다니는 여자를 여덟 명 보았어요. 그제는 생수병을 손에 든 사람. 다섯 명이네요. 날은 더운데 생각보다 많지 않더라구요. 제가 이상하게 보이죠?" 나는 최대리의 수첩을 만져보았다.

그러곤 이상하다는 생각이 들지 않지만 참 쓸모없는 취미라는 생각이 드는 것은 사실이라고 말해주었다. "맞아요. 하지만 얼마나 많은 사람들이 쓸데없는 짓들을 하면서 행복해하는지 알면 깜짝 놀랄 거예요." 그러면서 최대리는 자신의 아버지 이야기를 들려주었다. 아침이면 신문을 뒤져 전날 몇 명이 죽었는지를 세었다고. 그게 하루의 시작이었다고. 젊은 시절에 죽을 고비를 세 번이나 넘겼다는 최대리의 아버지는 신문 부고란을 읽을 때만이 자신이 살아 있는 게 느껴진다고 했다. 그래야 그날 하루가 안심이 된다고 했다. "아버지는 아직 정정하세요. 어머니는 해마다 약해지는 게 눈에 보일 정도인데, 아버지는 그 반대예요. 어떨 때는 그게 좀 징그럽다는 생각이 들기도 해요." 최대리가 말했다. 최대리가 사표를 냈다는 소식을 들었을 때 나는 놀라지 않았다. 그 소식을 전한 직원에게 그럴 것 같았어, 라고 대답했다. 그날 우리는 한 사람당 다섯 캔의 맥주를 마셨다. 물론 메추리알도 열다섯 알씩 먹었다. 언젠가 나도 뉴스에서 전하는 교통사고 소식을 들으며 하루를 시작하게 될까? 저 사고 현장에 내가 없어 다행이다, 이런 생각을 하면서 위로를 받을까? 더 나이가 들면? 아니, 아니. 나는 고개를 저어보았다.

냉동실을 열어보니 얼음은 아직 얼지 않았다. 지난여름 백만 관중이 들었다는 영화를 뒤늦게 보았다. 뻔한 내용인데도 재미가 있었다. 영화를 다 보고 나니 배가 고파졌다. 참치 통조림을 프라이팬에 붓고 김치를 가위로 잘게 잘라넣었다. 참치와 김치가 볶아지는 동안 즉석밥을 전자레인지에 데웠다. 그릇에 밥을 담고 그 위에 참치김치볶음과 고추장을 한 숟가락 얹었다. 마지막으로 참기름 약간. 밥을 비벼

그릇을 들고 선 채로 먹었다. 창밖으로 고등학교 건물의 뒤편이 보였다. 전망은 근사하지 않지만 그래도 앞집 담벼락을 보는 것보다는 낫지 않습니까, 라고 부동산 중개인은 말했다. 그 말에 이사를 결심한 것은 아니지만 그래도 중개인의 말은 맞았다. 저 고등학교에는 야구부가 있다. 언젠가 학교 운동장에서 연습중인 야구부를 본 적이 있었다. 등번호 89번. 이름 이대호. 키가 작고 마른 선수였다. 자신과 똑같은 이름의 선수가 유명한 4번 타자라면 기분이 어떨까? 89번은 누구보다 슬라이딩을 잘했다. 베이스를 향해 미끄러지는 모습을 보다 나도 모르게 아, 하는 짧은 감탄이 나왔다. 슬라이딩을 하는 동안은 몸의 무게가 느껴지지 않았다. 어찌나 빠른지 엉덩이가 땅에 전혀 닿지 않는 것처럼 보였다. 그 선수를 본 뒤로 나는 창 너머 고등학교를 볼 때마다 기도를 하게 되었다. 오 년 후 도루왕이 되거라. 밥을 다 먹고 설거지를 했다. 그리고 아이스커피를 타서 한 잔 마셨다. 해가 졌다. 몇 편의 예능 프로그램을 보니 밤이 되었다. 일요일이 지나갔다.

*

늦잠을 자려고 마음먹었지만 일찍 눈이 떠졌다. 휴가 첫날인데 출근하는 날보다 더 일찍 일어나다니. 뭔가 억울한 생각이 들었다. 꿈속에서 할머니를 만났다. 할머니는 해마다 여름이면 꿈에 나타나 늘 똑같은 말을 하고 사라졌다. 물 조심해라. 마치 내가 물에 빠져 죽을 운명을 타고난 사람처럼. 내가 열네 살 때 돌아가신 할머니는 생의 마지막 몇 년 동안 정신이 온전치 않았다. 허공을 보며 중얼거리곤 했는데, 보이지 않는 누군가와 대화를 하는 것 같았다. 나는 할머니와 같이 밥도 먹지 않았다. 귀신이 내게 옮겨올 것만 같아서. 그런 할머니를 무서워하지 않는 사람은 누나뿐이었다. 심지어 누나는 할머니의 말을 노트에 받아적기도 했다. 누나 말에 의하면 그걸 두세 번 반복해서 읽다보면 슬퍼진다고 했다. 누나는 아버지에게 미친년이란 욕을 자주 들었다. 할머니 꿈을 꾸고 나니 누나가 보고 싶어졌다. 더 자려고 눈을 감아보았지만 잠은 오지 않았다. 더웠다. 아침해가 뜨자마자 더워지다니. 오후에는 얼마나 찌려고. 샤워를 하고, 냉장고를 뒤져 유통기한이 아직 지나지 않은 우유를 마셨다. 누군가 초인종을 눌렀다. 아침부터 날 찾아올 사람은 없었다. 어쩌면 휴가철 빈집털이범일지도 몰랐다. 빈집인 걸 확인한 후 현관 어딘가에 동그라미나 세모 같은 표시를 남겨둘 것이다. 그리고 내일 다시 오겠지. 나는 아무도 없는 척했다. 다시 한번 초인종이 울렸다. 그와 동시에 휴대폰도 울렸다. 박이었다. "나야. 문 열어." 문을 열어보니 박과 그의 첫째 아들이 서 있었다. "서형아, 웬일이야?" 첫째가 폴짝 뛰어 내게 안겼다. 무거워서 몸이 휘청거렸다. "삼촌. 놀러가자." 첫째가 말했다. 박은 자기도 이번 주가 휴가라고 했다. "집사람한테 너도 휴가라고 말했지. 그랬더니 같이 가자네. 고속도로 진입 전에 차 돌려 온 거야." 나는 내가 아무리 외로워도 가족 여행에 따라가 눈칫밥을 얻어먹는 사람이 되고 싶지 않다고 했다. 박이 신발을 벗고 집안으로 들어왔다. 그리고 방으로 들어갔다. 첫째가 앞머리를 까고 이마를 보여주었다. "만져봐, 삼촌. 튀어나왔지?" 이마를 만져보니 혹이 만져졌다. "아파?" 첫째는 아프지만 참을 만하다고 했다. "근데 이 혹에서 용기가 나오는 것 같아.” 첫째는 혹이 난 후에 갑자기 용기가 생겼다고 했다. 좋아하는 여자아이에게 고백까지 하게 되었다고. “그래서 이 혹이 영원히 안 없어졌으면 좋겠어.” 나는 혹을 살짝 눌러보았다. 그사이 방으로 들어간 박이 내 배낭을 메고 나왔다. “세면도구 챙겼어. 가자.” 박이 팔을 잡아끌었다. 첫째가 내 엉덩이를 밀었다. “할머니가 물 조심하랬어. 바닷가 가면 난 죽을지도 몰라.” 내가 말했다.

박의 아내가 나를 보자마자 검지를 입술에 대고 조용히 하라는 신호를 보냈다. 막내 민지가 품에 안겨 자고 있었다. 둘째 형민이도 자고 있었다. 나는 조수석에 앉았다. “잘 있었어요?” 박의 아내가 목소리를 낮춰 말했다. “꼽사리 끼어 미안해요.” 나도 낮은 목소리로 대답했다. 별말 다 한다는 듯 박의 아내가 내 어깨를 손으로 가볍게 두드렸다. 결혼 초기에 박은 아내와 자주 부부싸움을 했다. 친구야? 가정이야? 선택해. 박의 아내는 늘 같은 이유로 화가 났다. 박은 왜 둘 중 하나를 선택해야 하는지, 그게 왜 문제가 되는지를 전혀 이해하지 못했다. 나와 박과 대수는 열다섯 살에 만나 이십여 년을 뭉쳐 다녔다. 반 아이들은 우리 셋을 박장대소라고 불렀다. 우리 셋의 별명을 말해주면 사람들은 꼭 이렇게 대꾸했다. “그렇게들 웃겨요?” 우리는 유머 감각이라고는 전혀 없었는데, 이상하게 셋이 뭉쳐 있으면 웃긴 일이 생겼다. 우리의 의지와 상관없이. 처음에 그 별명은 대수 혼자만의 것이었다. 체육대회 날 대수가 전교생이 보는 앞에서 우스꽝스러운 자세로 넘어지는 바람에 박장대소라는 별명이 붙게 되었다. 그러다 시간이 지나자 그 별명은 자연스럽게 우리 셋을 가리키게 되었다. 대수 말고 나머지 우리 둘이 박씨와 장씨였기 때문이었다. 박의 아내는 우리를 '지긋지긋한 박장대소'라고 부르곤 했다. 그랬는데, 이제는 맛있는 음식이라도 하는 날이면 밥 먹으러 오라고 먼저 전화까지 했다. 왜 변했을까? 대수가 죽어서일까? 내가 파혼을 해서일까? 아니면, 세 아이의 엄마가 되니 마음이 너그러워진 걸까? 박이 담배 한 대를 피우고는 차에 올라탔다. "출발합니다." 박이 몸을 반쯤 뒤로 틀어 뒷좌석에 앉은 아들과 아내에게 말했다. 박은 예전부터 결혼을 하면 무조건 아이 셋을 낳는다고 말하곤 했다. 그것도 꼭 이남 일녀로. 박이 왜 이남 일녀의 아버지가 되고 싶어하는지는 나만이 알고 있는 비밀이었다. 성인이 된 아이들에게 술 한잔을 사주며 니들의 아버지가 왜 이남 일녀를 꿈꾸게 되었는지 말해주는 장면을 나는 종종 상상하곤 했다. 첫째는 박을 닮았으니 아마 술을 꽤 마실 것이다. 식탐이 있는 둘째는 안줏발을 세울지도 모르겠다. 지난달에 돌잔치를 한 막내는 나와 술을 마실지 모르겠다. 어떤 여대생이 늙은 남자와 술을 마셔주겠는가. 나는 룸미러로 박의 아내와 아이들을 보았다. 박의 아내가 잠든 아이들에게 부채질을 해주고 있었다. 첫째는 배트맨 모양의 선글라스를 끼고 팔짱을 낀 채 창밖을 보고 있었다.

차가 막혔다. 나는 잠깐 잠이 들었다. 눈을 떠보니 고속도로를 벗어나 국도로 가고 있었다. 박이 나를 보더니 말을 했다. "점심 먹고 가자. 이쪽에 맛있는 막국숫집 있거든." 소문난 가게답게 주차장이 차로 가득했다. 대기표를 받고 이십 분을 기다렸다. 박은 물막국수를 먹는다고 했다. 그러자 두 아이들 모두 나도, 하고 대답했다. 하지만 자기 엄마가 비빔막국수를 먹는다고 하자 둘째가 또 나도, 하고 대답했다. 첫째가 고개를 가로저으며 그럴 줄 알았다는 표정을 지었다. 둘째는 둘 중 하나를 고르는 일을 세상에서 가장 어려워했다. 나는 둘째에게 비빔막국수를 선택하라고 충고해주었다. "비빔막국수를 반 정도 먹어. 그리고 육수를 부으면 바로 물막국수가 되거든. 그럼 한 번에 두 가지를 먹는 거지." 내 말을 들은 둘째가 그럼 비빔, 하고 큰 소리로 말했다. 나도 둘째처럼 비빔을 시켜 반쯤 먹은 다음 육수를 부었다. 맛있었다.

다시 고속도로로 들어서자 오전보다 차가 더 막혔다. 박이 끝말잇기를 하자고 해서 다섯 명이 게임을 했다. 박은 끝말잇기를 좋아했다. 오죽하면 세 아이의 이름도 이렇게 지었을까. 서형. 형민. 민지. 첫째가 다섯 번을 이기고, 박의 아내가 세 번을 이기고, 박이 한 번을 이겼다. 나도 세 번 이겼다. 박은 운전에 집중해야 해서 한 번밖에 이기지 못한 거라고 말했다. 한 번도 이기지 못한 둘째가 화를 참지 못하고 울었다. 둘째가 우는 바람에 막내가 따라 울었다. 둘째는 사내 자식이 그까짓 것 가지고 운다고 아빠한테 혼나고, 동생을 울렸다고 엄마한테 혼났다. 그러자 둘째가 울며 내 어깨를 흔들었다. 마치 자기 편을 들어달라는 듯이. 나는 눈을 감고 자는 척을 했다.

펜션은 근사했다. 첫째와 둘째는 다락방을 보고는 서로 그곳에서 자겠다고 싸웠다. 아담한 수영장도 딸려 있었다. "지금부터 두 남자가 아이들 봐요. 난 이제 휴가예요." 박의 아내가 말했다. "선베드에 누워 책 읽으며 휴가를 보내는 게 소원이란다." 박이 나를 보며 눈을 찡긋거렸다. "이박 삼일 여행인데 책을 다섯 권이나 가져왔어." 아이들이 수영복을 달라며 소리쳤다. 박이 아이들에게 수영복을 입히는 동안 나는 튜브에 바람을 채웠다. 튜브 세 개와 공 하나를 불고 나니 어지러웠다. "이러려고 나 데려온 거지." 내가 투덜댔다. 박이 챙겨준 배낭을 열어보니 속옷 두 벌과 칫솔 한 개가 들어 있었다. 할 수 없이 박의 반바지를 빌려 입었다. 나한테 좀 컸지만 고무줄 반바지라 흘러내리지는 않았다. 태어나서 처음으로 수영장에 발을 담그는 거라며 박은 민지를 튜브에 앉히고 사진부터 찍었다. 물에 들어간 막내가 기분이 좋은지 발길질을 했다. 박은 물장구치는 솜씨가 예사롭지 않다며 수영선수를 시켜야겠다고 말했다. 선베드에 누워 있던 박의 아내가 그 이야기를 듣고는 호들갑 떨지 마, 하고 소리쳤다. 첫째와 둘째는 수영장을 한 달 정도 다니다 피부병에 걸려 그만둔 적이 있다. 그래서 손을 잡아주면 둘 다 조금씩 앞으로는 갔다. 나는 손을 잡고 있다 중간에 슬쩍 놓았다. 그러면 둘 다 몇 초도 버티지 못하고 가라앉았다. 그때마다 나는 거짓말을 했다. "저기부터 여기까지 혼자 왔어. 삼촌이 손 금방 놨는데." 첫째와 둘째가 한팀이 되어 나와 수구게임을 하기도 했다. 둘째가 어찌나 끈질기게 나를 붙잡고 늘어지는지 반바지의 고무줄이 끊어졌다. 박이 웃으면서 자기 반바지에 달려 있는 끈을 풀어주었다.

사소한 사고가 있기도 했다. 하나는 게임을 하다 내 안경이 수영장에 빠진 것이었고, 다른 하나는 곰돌이 모양의 젤리를 먹다가 첫째의 이가 빠진 것이었다. 안경을 찾기 위해 나는 할 수 없이 수영을 할 줄 모른다고 고백했다. 그러자 아이들이 놀렸다. "누구나 세상에서 어려운 게 있어. 삼촌은 그게 수영이야." 내가 말했다. 박이 잠수를 해서 내 안경을 찾아주었다. 첫째는 빠진 이를 보고도 울지 않았다. 이미 몇 번이나 유치가 빠지는 걸 보았으니까. 나는 빠진 이를 손바닥에 올려놓고 한참을 바라보았다. "첫번째 이는 축구장에 묻었어." 첫째가 말했다. "축구장? 새들이 물어간 게 아니고?" 옆에 있던 박이 부연 설명을 해주었다. 터키인가 어느 나라인가, 암튼, 그 나라에서는 유치가 빠지면 그걸 장래희망을 상징하는 곳에 파묻는다고. 축구선수가 되고 싶으면 축구장에. 교사가 되고 싶으면 학교에. 설명을 하다 말고 박이 아내가 있는 쪽을 힐끔 쳐다보더니 목소리를 낮췄다. "애엄마가 나보고 대학병원에 묻으라고 했는데 알았다고 하고는 축구장으로 갔지. 서형이 엄마는 아직도 이가 대학병원 화단에 묻혀 있는 줄 알아." 첫째가 내 허벅지를 손가락으로 찔렀다. 내가 고개를 숙이자 내 귀에 대고 속삭였다. "삼촌, 엄마한테 비밀인거 알지?"

저녁은 당연히 바비큐 파티였다. 돼지고기 알레르기가 있는 첫째 때문에 돈이 너무 많이 든다고 박이 투덜댔다. 첫째가 상추쌈을 싸서 고기를 굽고 있는 아빠의 입에 넣어주었다. "돈 들어 미안, 아빠." 둘째는 소시지를 젓가락에 끼워 왼손에 들었다. 소고기 한 점. 소시지 한 점. 번갈아가며 먹었다. 그러다 이유식을 먹는 동생을 보고는 불쌍하다고 중얼거렸다. "안됐다. 이렇게 맛있는 것도 못 먹고." 박이 호박과 양파와 토마토를 구워 아내의 접시에 올려놓았다. 막내가 손을 뻗어 음식을 만지려 했다. 못 만지게 접시를 밀어놓자 이내 눈물을 터뜨렸다. 그러자 박의 아내가 재빨리 열쇠고리를 손에 쥐여주었다. "저 열쇠고리만 주면 눈물을 뚝 그쳐. 정말 웃기지?" 박이 말했다. 박의 말처럼 정말 웃겼다. 열쇠고리가 변기 모형이었기 때문이었다. "이건 정말 아닌 거 같아요." 내가 낄낄거리며 웃었다. 그리고 휴대폰을 꺼내 막내가 변기 모형을 빨고 있는 모습을 찍었다. "이거 간직했다 민지 시집갈 때 팔아야지." 고기를 배 터지게 먹은 두 녀석들은 텔레비전을 봐도 좋다는 허락을 받고 방으로 들어갔다. 박의 아내도 맥주 한 잔을 마신 다음 자리에서 일어났다. "재우는 건 내가 할 테니 둘이 한잔 더 해요." 우리 둘이 동시에 고맙습니다, 하고 구십 도로 허리를 굽혀 인사를 했다. 아내가 숙소로 들어가자 박이 트렁크에서 양주 한 병을 꺼내왔다. 그러고는 고기를 겉만 살짝 익혀 내 접시에 올려주었다. "술안주는 이래야지. 아깐 애들 때문에 너무 바싹 구웠어." 우리는 건배를 했다. 박이 고추와 마늘을 된장찌개 뚝배기에 넣었다. 아이들이 먹다 남긴 고기들도 집어넣었다. 그리고 물을 더 부은 다음 불판에 올려놓았다. 나는 파김치를 젓가락에 감아 숯불에 살짝 익혀보았다. 의외로 맛있었다. 모기가 종아리를 물었다. 그때마다 손바닥으로 종아리를 때렸다. 고기가 떨어지자 우리는 된장찌개를 안주 삼아 술을 마셨다. "비싼 양주인데 안주가 된장찌개라니." 박이 투덜거렸다. 하지만 나보다 더 된장찌개를 맛나게 먹었다. 박은 취하면 취할수록 말수가 줄어들었다. 이십대에는 안 그랬는데 삼십대가 넘으면서 생긴 술버릇이었다. 영업하는 데 지장은 없는지 물었더니 술에 취해 실언을 하는 것보다는 낫다고 했다. "말실수해서 무너지는 인간 여럿 보았거든." 나는 달이 무지하게 크네, 모기가 무지하게 많아, 파김치가 무지하게 맛있어, 하고 중얼거렸다. "그리고 무지하게 더운 밤이고."

아침부터 짙은 구름이 보이더니 비가 오기 시작했다. 빗줄기가 눈에 보이지 않을 정도로 가느다란 안개비였다. 박이 썰매장에 가자고 했다. “눈도 안 오는데 무슨 썰매?” 내가 되묻자 첫째와 둘째가 그것도 모르냐며 핀잔을 주었다. “여름엔 물로 가. 눈썰매보다 물썰매가 더 재미있어.” 박이 말했다. “비 오니 더 재미있겠다.” 박의 아내가 두 아이들을 보며 박수를 쳤다. 비를 맞으며 썰매를 탄다니. 어떤 기분일지. 나도 얼른 가서 타고 싶은 생각이 들었다. 박의 아내가 막내와 숙소에 남아 있을 테니 실컷 놀다 오라고 했다. 어제 물놀이를 해서 그런지 막내에게 감기 기운이 보인다고 했다. 박이 막내의 이마를 짚어보았다. 나도 짚어보았다. 미열이 있는 것 같기도 하고 아닌 것 같기도 했다. “우리 걱정 말고 이 말썽꾸러기들이랑 얼른 나가주세요. 그게 날 돕는 거예요.” 박이 막내의 이마에 뽀뽀를 했다. “아가씨. 아빠랑 오빠들은 놀고 올게요.”

첫째와 둘째는 우비를 입었다. 공룡 모양의 우비였는데 엉덩이 부분에 꼬리도 달려 있었다. 똑같은 우비를 입은 두 아들을 세워놓고 박이 사진을 찍었다. 우리는 튜브처럼 생긴 썰매를 들고 언덕을 올라갔다. 비가 오는데도 놀러온 사람들이 꽤 있어서 우리 차례가 되기까지 조금 기다려야 했다. 출발선에 서자 둘째가 무섭다고 울먹였다. “막상 타면 안 무서워.” 첫째가 동생에게 말했다. 안전요원이 둘째의 튜브를 붙잡아주면서 안심을 시켜주었다. “너보다 더 어린 애들도 잘 탄단다.” 인공잔디 위로 물이 분수처럼 뿌려지고 있었다. 저 사이를 통과하는 거다. 나는 나 자신에게 말했다. 첫째가 출발과 동시에 몸을 뒤로 젖혔다. 나를 앞질렀다. 나는 결승선에 도착하자마자 첫째와 하이파이브를 했다. 첫째가 일등한 게 아무래도 이마에 난 혹 덕분인 것 같다고 말했다. 곧이어 박과 둘째가 도착했다. 나는 둘째와도 하이파이브를 했다. "하나도 안 무섭네." 둘째가 의기양양한 표정을 지었다. 좀 부끄러운 이야기지만, 몇 년 전부터 겨울이면 그렇게 눈썰매가 타고 싶었다. 텔레비전에서 눈썰매를 타는 장면이라도 나오면 저길 가는 사람들은 얼마나 재미있을까, 하는 부러운 마음이 들었다. 마흔이 다 되어 눈썰매가 타고 싶다니. 십대 시절에는 전혀 느끼지 못한 감정이었다. 몇 번 썰매를 타고 난 뒤 우리는 내기를 했다. 일등 한 사람을 나머지 세 사람이 안마해주기. 첫번째는 박이 이겼다. 두번째는 첫째가, 세번째는 다시 박이 이겼다. 나는 일부러 손끝에 힘을 주고 박의 어깨를 주물렀다. 박이 아프다는 내색을 하지 않았다. "좀 져. 형민이 저러다 또 일등 못하면 운다." 네번째 경기는 내가 이겼다. 원래는 형민이를 이기게 하려고 박과 첫째의 진로를 방해했는데 어쩌다보니 내가 먼저 들어왔다. 다섯번째는 첫째. 여섯번째는 박. 둘째가 거의 이길 뻔했는데 거의 다 와서 썰매가 뒤집혔다. 화가 난 둘째는 박의 어깨를 주먹으로 내리쳤다. "형민아, 안마 똑바로 해야지." 박이 말하자마자, 둘째의 눈에서 눈물이 떨어졌다. 게임에서 진 것 가지고 운다고 박이 둘째를 혼냈다. "꼭 아빠랑 형을 이겨야겠어?" 둘째가 울먹이며 말했다. "그게 아니야. 이기고 싶은 게 아니라 지고 싶지 않은 거라고." 둘째의 코에서 콧물이 나왔다. 박이 자신의 옷으로 콧물을 닦아주며 말했다. "인마, 그게 같은 말이지." 동생이 우는 걸 지켜보던 첫째가 동생의 편을 들었다. "아빠 그건 다른 말이에요." 첫째의 말에 둘째가 갑자기 눈물을 그쳤다. "맞아, 형."

우리는 매점으로 가서 사발면을 사먹었다. 첫째는 육개장 사발면을 골랐다. 첫째는 사발면 중에서는 오직 육개장 사발면만 먹었다. 박의 말에 의하면 그건 장인어른의 장례식 이후부터였다고 한다. 그때 장례식장 육개장이 유난히 매웠다. 그건 나도 기억이 난다. 슬퍼서 눈물이 나는 게 아니라 매워서 눈물이 나네, 하고 누군가 말하기도 했다. 육개장이 매워 박은 할 수 없이 첫째에게 사발면을 끓여주었는데, 그날 먹은 사발면이 육개장 사발면이었다. 그다음부터 첫째는 오직 그것만 먹었다. 다른 사발면은 입에도 대지 않았다. 둘째는 진라면과 짜파게티 사이에서 또 갈팡질팡했다. "삼촌 내가 퀴즈 하나 낼게요. 형민이랑 절대 가면 안 되는 곳은 어디게요?" 첫째가 내게 물었다. "음, 마트? 아님, 편의점?" "땡. 배스킨라빈스." 나는 둘째에게 진라면과 짜파게티를 둘 다 먹으라고 말해주었다. "반반씩 먹어. 남은 건 삼촌이 먹어줄게." 박이 못마땅한 표정을 지었지만 나는 모른 척했다.

숙소로 돌아오는 길에 박이 예전에 대수랑 눈썰매장에서 아르바이트를 한 적 있다는 이야기를 해주었다. "언제? 난 모르는 일인데." "너 군대 갔을 때." 둘은 썰매장에서 안전요원으로 일을 했다. 대수는 그곳에서 눈 둔덕에 처박힐 뻔한 여자를 구했다. 여자는 하이힐을 신고 있었다. 대수가 여자에게 발뒤꿈치로 브레이크를 걸어야 한다고 말했다. 다시 눈썰매를 탄 여자는 이번에도 대수 쪽으로 미끄러져내려왔다. 대수가 브레이크, 하고 소리쳤다. 여자가 뒤꿈치에 힘을 주었고, 눈보라가 주변으로 날렸다. 여자는 안전하게 착지를 했지만 하이힐의 굽은 떨어져나가고 없었다. 양쪽 다. 여기까지 이야기를 듣다 나는 웃음을 터뜨리고 말했다. "그 굽은 어디 간 거야?" 그다음 이야기는 이랬다. 대수가 눈 속을 뒤져 굽을 찾아왔다고. 그걸 인연으로 사귀게 되었다고. "얼마 못 사귀었어. 한 육 개월 정도. 진짜 이상한 여자였어. 내가 본 것만 해도 세 번인가 네 번인데 웃기게도 그때마다 굽이 부러졌어. 술집 계단에서 굴러 부러진 적도 있었고, 보도블록 틈에 끼어 부러진 적도 있었어." 나는 데이트를 할 때마다 굽이 부러졌던 대수의 애인을 상상해보았다. 그럼 집에는 어떻게 돌아갔을까. 절뚝이며? 대수라면 가방에 못과 망치를 넣어가지고 다니며 고쳐주었을지도 모를 일이다. 뒷좌석을 보니 두 녀석들이 서로 기댄 채 잠들어 있었다.

*

고등학생 때, 수학여행을 갔다가 범퍼카를 스무 번도 넘게 탄 적이 있었다. 줄 서기 싫어 사람이 별로 없는 놀이기구를 선택한 것이었는데, 한번 타고 나니 자꾸 타고 싶어졌다. 나는 한 사람만 선택해서 그 차만 집중 공격했다. 내 차와 상대방의 차가 박치기를 하는 순간, 온몸이 출렁거리던 그 순간, 이상하게도 마치 산 정상이라도 정복한 것처럼 자신감이 솟구쳤다. 여학생에게 인기가 없는 여드름쟁이 남학생이었기 때문일까? 그날 밤, 집에 와서 샤워를 하다 양쪽 어깨에 피멍이 든 것을 발견했다. 어디서 멍이 들었지. 곰곰 생각해보니 범퍼카 안전띠에 눌린 자국이었다. 저녁을 먹고 숙제를 하려고 책을 펼쳤는데 글자가 여러 겹으로 보였다. 잠을 자려고 자리에 누웠는데 속이 울렁거렸다. 그날 이후, 나는 멀미가 생겼다. 한창 심할 때는 차를 타고 십 분 거리도 가지 못했다. 고등학교 삼학년 때는 걸어서 학교를 다니기도 했다. 첫째가 내 말을 믿지 않았다. 범퍼카를 타다 멀미가 생겼다니. 그런 거짓말은 초등학생들도 하지 않는다는 거였다. 그리고 자기가 멀미를 하는 것은 아침을 안 먹었기 때문이라고 했다. "지금 식당 가는 길이야. 조금만 기다리면 세상에서 가장 맛있는 백반을 먹을 수 있어." 박이 내비게이션을 손가락으로 가리켰다. 박의 아내가 내게 글로브박스에서 껌을 찾아달라고 했다. 박스를 열어보니 몇 년 전 내가 잃어버렸다고 생각한 가죽장갑이 들어 있었다. "이거 여기 있었네." 나는 장갑을 꺼내보았다. 껌을 씹어도 계속 속이 울렁거린다고 첫째가 말했다. "그런데 삼촌, 왜 지금은 멀미를 안 해요?" "글쎄, 그냥 없어졌어." 멀미가 언제 생겼는지는 정확하게 기억이 났지만 멀미가 언제 사라졌는지는 기억이 나지 않았다. "그거 참 이상한 일이네." 휴대폰으로 게임을 하던 둘째가 혼잣말처럼 중얼거렸다.

박이 말한 세상에서 가장 맛있는 백반집에 도착해보니 다른 가게로 바뀌어 있었다. 박의 아내가 근처 아무 집이나 가서 먹자고 말했지만 박은 고집을 피웠다. 할 수 없이 우리는 세상에서 다섯번째로 맛있다는 돼지불고기 백반집으로 출발했다. 식당에 도착해보니 열한시도 안 되었는데도 빈자리가 거의 없었다. "불백 오인분이요." 박이 우리 의견은 묻지도 않고 주문했다. 고기는 맛있었다. 첫째와 둘째는 반찬으로 나온 달걀 프라이 다섯 개를 순식간에 먹어치웠다. 박은 달걀 프라이를 주지 않는 백반집은 엉터리라고 했다. 박이 생각하는 백반의 기준은 이랬다. 달걀 프라이를 일인당 하나씩 줄 것. 밥은 꼭 흰쌀밥일 것. 세 종류 이상의 나물이 나올 것. 박의 아내가 지나가는 종업원에게 달걀 프라이를 세 개만 더 해주면 안 되겠냐고 말했다. 그리고 소주도 한 병 주문했다. "반주 하고 싶죠? 운전도 안 하는데 한잔해요.” 박의 아내가 내게 술 한 잔을 따라주면서 말했다. “아침부터 혼자 마시면 청승맞아 보여요. 한 잔만 같이 해요.” 나도 박의 아내에게 술 한 잔을 따라주었다. 종업원이 달걀 프라이 세 개를 가져다주며 특별히 드리는 거예요, 하고 생색을 냈다. 박의 아내가 뒤돌아선 종업원을 보며 입을 삐죽 내밀었다. 둘째가 달걀 프라이를 먹으려고 하자 박의 아내가 그만, 하고 말했다. “어른들도 하나씩 먹자.” 박의 아내는 자신의 밥과 박의 밥 위에 달걀 프라이 하나씩 올려놓았다. 나도 달걀 프라이를 밥 위에 올렸다. 노른자가 터지면서 밥알이 노랗게 물들었다. 박의 아내가 술 한 잔을 마시고는 숟가락으로 노른자만 동그랗게 파서 먹었다. 나는 빈 잔에 술을 따라주며 같이 여행을 해서 즐거웠다고 말했다. “나도 고등학생 때 수학여행을 가서 범퍼카를 탄 적이 있었어요.” 박의 아내가 말했다. 고등학교 이학년 때였다고 한다. 십대 시절 박의 아내는 얼굴에 커다란 흉터가 있어서 늘 고개를 숙이고 다녔다. 수학여행을 가서 친구들과 범퍼카를 탔는데, 처음 보는 남자가 자기가 탄 차를 쫓아와서는 뒤를 박았다. 도망을 가면 쫓아오고 도망을 가면 쫓아왔다. 그 순간 박의 아내가 한 생각은 이랬다. 자신의 얼굴이 흉측해서 저 사람이 놀리는 거라고. 그날 이후 박의 아내는 심장이 두근거리는 병을 앓았다. 성형수술을 해서 흉터를 없앤 후에야 두근거림은 사라졌다. “대수씨 장례식을 치를 때였어요. 이 사람이 장례식장에서 밤을 새운다 해서 저는 아이들을 데리고 친정에 갔어요. 그런데 친정 엄마의 화장대 서랍에서 어린 시절 사진을 발견했어요. 성형수술을 한 뒤 옛날 사진을 모조리 태웠는데, 어찌해서 한 장이 남아 있더라고요.” 그 사진을 가만히 들여다보다 박의 아내는 자신도 모르게 대성통곡을 하며 울었다. 눈물이 멈춰지질 않았다. "그냥 그런 이야기예요. 내가 미안하다는." 나는 박의 아내가 술잔을 들었다가 마시지 않고 다시 내려놓는 것을 보았다. 흉터가 있었어도 예뻤을 거라는 생각이 들었다. 어색한 분위기를 참지 못하는 박이 농담을 했다. "그때 이 사람 범퍼카를 박은 사람이 너 아냐?" "그래, 나다. 어쩔래." 내가 웃으며 대답했다.

국도를 지나가다 폐교를 활용해 만든 미술관을 보았다. 박이 지나가는 길인데 잠깐만 들러보자고 했다. 박의 아내가 커피를 마시고 싶다고 대답했다. "미술관이라면 커피도 팔겠지." 박이 말했다. 나는 무조건 오케이, 하고 대답했다. 입장료는 이천원씩이었다. 아이들은 무료라고 했다. 커피 팔아요? 하고 직원에게 물었더니 자판기가 있다고 했다. "하지만 웬만한 커피가게보다 더 근사한 정원에서 마실 수 있어요." 직원이 조각공원으로 꾸며놓은 학교 운동장 끝을 가리켰다. 가보니 등나무 아래 벤치가 놓여 있었다. 신기하게도 아이스커피가 나오는 자판기였다. 박의 아내가 커피를 마시고 있을 테니 천천히 미술관 구경을 하고 오라고 했다.

미술관에 들어서니 복도 바닥에 수백 개의 실내화가 그려져 있었다. 어렸을 적 내가 신었던 실내화 모양도 있었다. 나는 그 위에 발을 대보았다. 작았다. 아이들이 첫번째 교실로 들어가더니 이게 뭐야, 하고 소리쳤다. 박이 재빨리 아이들의 입을 막았다. 하지만 나도 그림을 보자마자 속으로 이게 뭐야, 하고 생각했다. 두번째 교실에 전시된 그림들은 제목이 모두 똑같았다. 기억. 하지만 아무리 보아도 왜 기억이라고 제목을 붙였는지 짐작이 가지 않았다. 세번째 교실에서 휠체어를 탄 남자를 보았다. 남자의 휠체어 손잡이에는 빨간색 하이힐이 하나씩 걸려 있었다. 나는 그림을 보는 척하며 남자의 두 다리를 힐끔 보았다. 하이힐을 휠체어에 달고 다니는 남자라니. 남자는 천천히 그림을 보았다. 휠체어를 앞으로 밀었다가 뒤로 밀었다가 하면서. 그녀는 좋아, 라는 말을 자주 썼다. 내가 내일 영화 볼래? 하고 말하면 좋아, 좋아, 좋아, 하고 세 번 반복해서 말했다. 처음은 큰 소리로. 그다음 두 번은 점점 작게. 마치 메아리처럼. 그러면 그 말은 내 귀 안으로 들어와 끊임없이 울렸다. 어떤 날은 귓속에서 하루종일 좋아라는 말이 메아리치기도 했다. 그녀가 처음부터 나를 속일 생각은 아니었을 것이다. 그랬을 것이다. 그녀의 의지와 상관없이 거짓말이라는 놈이 스스로 제 몸의 부피를 늘려나갔을 것이다. 그런데 아직도 궁금한 게 하나 있긴 하다. 도대체 그녀가 늘 말하던 조카들은 누구였을까? 그녀가 그렇게 자랑하던 언니들은 존재하지 않았는데. 과학자가 되어 지구온난화를 막겠다는 조카는 어디에 존재하는 걸까? 충치 치료를 하러 치과에 갔다가 무서워 기절을 한 조카는 또 누구인가? 생일날 문방구에서 꽃반지를 사주었다는 조카와 같이 찍은 사진을 보여주기까지 했는데. 눈매가 정말 닮았었는데. 그럼에도 불구하고 내가 그녀를 원망하지 않는 것은 내가 바보 같기 때문이 아니다. 어렸을 때부터 나는 언젠가 다리를 절게 될지도 모른다는 생각을 해왔다. 길을 가다 다리를 절룩이는 사람을 보기만 해도 그 사람 얼굴에 내 얼굴이 겹쳐 보였다. 미술시간에 그림을 그리면 목발을 짚고 있는 사람을 한쪽 구석에 그려넣곤 했다. 누구에게도 말할 수 없는 막연한 공포를 오랫동안 안고 살다보니 실연의 상처 정도는 원래 내 것인 양 익숙해졌다. 다섯번째 교실로 가니 박과 아이들이 있었다. 누워보세요, 라고 바닥에 써 있었다. 나는 바닥에 누웠다. 첫째와 둘째도 누웠다. 박은 눕지 않았다. 그리고 서서 나를 내려다보았다. "뭐가 보여?" 나는 어떤 사람의 눈, 코, 입이 보인다고 말해주었다. 박이 휴대폰으로 내 얼굴을 찍었다. 마지막 교실을 둘러보고 나오는데 출구 앞에 어떤 여자가 앉아 있는 것이 보였다. 앉아 있는 것만 보아도 키가 아주 큰 여자라는 것을 알 수 있었다. 여자는 맨발이었다. 나도 모르게 당신이군요, 하고 말할 뻔했다. 하이힐의 주인이 당신이군요. 반가워요. 우리 악수할까요. 한 번 말을 시작하면 멈추지 않을 것 같았다.

밖으로 나오니 눈이 부셨다. 박의 아내가 유모차를 끌며 조각 작품들 사이를 산책하고 있었다. 첫째와 둘째가 그쪽으로 뛰어갔다. 박이 조심해, 하고 소리쳤다. 나는 자판기 쪽으로 걸었다. 아이스커피를 마실 생각을 하니 발걸음이 빨라졌다. 자판기 앞에서 등나무 뿌리에 다리가 걸렸지만 다행히 넘어지지는 않았다. 커피를 뽑으려고 지갑을 꺼내보니 잔돈이 없었다. 나는 괜히 거스름돈이 나오는 구멍에 손을 넣어보았다. 당연히 돈은 없었다. 더웠다. 나는 이마의 땀을 닦은 다음 운동장에서 아이들과 놀고 있는 박을 향해 소리쳤다. "동전 있어?" 박이 손을 흔들었다. 나는 내게 손을 흔드는 박을 보면서 생각했다. 셋 중 한 명이라도 실패하지 않아 다행이라고. 그리고 박에게 다시 한번 소리쳤다. 커피 마시게 얼른 뛰어오라고.

베개를
베다

*

아내는 여름방학 동안 필리핀으로 어학연수를 떠날 계획이라고 말했다. 나는 아내가 상추쌈에 생마늘을 네 조각이나 넣는 것을 보았다. 매운 음식은 입에도 대지 못하던 아내였는데. 내가 두어 벌의 옷만 들고 집을 나온 뒤, 어느 날, 회식을 하다 아내는 교감의 잔소리에 화가 나 고추 한 개를 우적우적 씹어 먹었다고 한다. 그런데 얼굴이 화끈 달아오르고 이마에 땀이 맺히는 그 순간이 나쁘지 않더라구. 그뒤로 아내는 매운 음식에 집착하게 되었다. 청양고추를 사놓고 끼니마다 먹었다. 영어는 뭐하러? 참, 필리핀에는 청양고추보다 더 매운 고추가 있을걸. 아내는 고등학교에서 윤리 과목을 가르쳤다. 평생 선생을 할 수는 없잖니? 아내가 말했다. 그러고는 주방을 향해 사장님 불고기 일인분 추가요, 하고 소리쳤다. 아내는 아들에게 종종 이렇게 말했다. 니가 공부하기 싫은 것만큼 엄마도 학교 가기 싫단다. 눈밑에 주름 하나 없는 아내는 학생들 사이에서 할멈이라는 별명으로 불렸다. 잔소리가 심하기 때문이었는데, 아내는 그래도 시어머니라고 안 부르는 게 어디냐며 위안을 삼았다. 할멈이란 별명으로 불린 후 아내는 이상하게도 날이 갈수록 젊어졌다. 처제는 나와 헤어졌기 때문이라고 했고, 장모님은 마침내 아파트 대출금을 갚았기 때문이라고 했고, 동료 교사들은 교감이 바뀌었기 때문이라고 했다. 사장님이 불고기를 접시 가득 담아왔다. 이인분은 족히 되어 보였다. 얼굴이 좀 탔네요. 사장님이 내게 말했다. 나는 요즘 테니스를 배운다고 대답해주었다. 그러고는 손목에 붙인 파스를 보여주었다. 아무리 연습해도 백핸드가 안 되네요.

우리 가족이 셋이었을 때, 우리는 종종 이 가게에 왔다. 특히 중간고사와 기말고사가 끝나는 날이면 아들이 시험을 잘 봤건 못 봤건 상관없이 꼭 불고기를 먹었다. 어릴 때 자주 가던 단골집이 있어야 나중에 어른이 되었을 때 너그러운 사람이 될 수 있다고 나는 아들에게 말했다. 너그러운 사람하고 단골집이 무슨 상관이야. 말도 안 되는 얘기 좀 그만해. 아내가 옆에서 핀잔을 주었다. 말도 안 되는 이야기! 아내는 늘 내게 그렇게 말했다. 그것 때문에 우리가 만나고 또 그것 때문에 우리가 헤어졌지만. 어제 버스를 탔는데 말이야. 어느 남자가 운전기사에게 이렇게 말하더라. 내가 돈 없어 마을버스나 탄다고 무시해서 오 분이나 늦게 온 거요? 그런 어른이 되는 건 순식간이란다. 나는 아들의 손을 잡고 아들의 눈을 들여다보며 말했다. 그때, 막 초등학교 육학년이 된 아들은 눈 한 번 깜빡이지 않고 나를 빤히 바라보았다. 한참을 그러고 있다 아들이 말했다. 걱정 마세요. 아빠. 절대 그런 어른은 안 될게요. 암튼, 아들에게 단골집을 만들어주기 위해 우리는 세 달 내내 주말마다 외식을 했다. 내가 내세운 조건은 다섯 가지였다. 첫번째는 맛있을 것. 이 조건에 맞는 집을 찾는 게 가장 어려웠다. 두번째는 집에서 걸어갈 수 있는 거리에 있을 것. 단골이란 집에서 입던 옷을 입고 산책하다 불쑥 찾아갈 수 있어야 한다고 나는 말했다. 세번째는 비싸지 않을 것. 그때나 지금이나 나는 늘 돈을 벌려고 노력했지만 잘되지 않았다. 네번째는 주인이 주방일을 할 것. 주인이 직접 음식을 만들지 않는 가게는 주방장이 바뀔 때마다 음식맛이 변해서 단골로 삼을 수가 없다고 나는 주장했다. 다섯번째는 가게 주인의 나이가 사십대 후반에서 오십대 초반일 것. 아내는 다섯번째 기준은 인정할 수 없다고 했다. 가게 주인의 나이와 단골이 무슨 상관인데? 나는 지금부터 삼십 년 후, 아들이 중년이 되어 무심코 옛 생각이 나 가게를 들렀을 때를 상상해보라고 했다. 그 주인이 백발의 노인이 되어 카운터에 앉아 있는 풍경을 그려보라고. 그때, 부모도, 아내도, 자식도, 해줄 수 없는 위로를 그 백발의 노인이 해줄 수도 있을 것 아니냐고. 아들은 백발의 노인이 카운터에 앉아 있는 모습은 상상할 수 있지만 마흔 살이 된 자신의 모습은 상상할 수가 없다고 했다. 마침내 다섯 가지 조건에 거의 들어맞는 집을 발견했다. 그리고 우리는 종종 밥을 먹으러 이곳에 왔다. 주문은 늘 똑같았다. 불고기 삼인분. 공깃밥 세 개. 사이다 한 병. 맥주 두 병. 아들의 키가 방학 동안 무려 십오 센티미터나 자라던 삼 년 전 여름의 주문은 이랬다. 불고기 오인분. 공깃밥 네 개. 사이다 한 병. 맥주 두 병. 그때 나는 웃으면서 말했다. 이러다 단골집을 김밥가게로 바꿔야 할까보다. 아들이 웃으면서 대답했다. 김밥이라면 제가 계산할 수도 있어요. 아내는 내 통장보다 아들의 통장에 돈이 더 많을 거라고 놀렸다. 버스비가 아깝다며 자전거를 타고 통학을 하던 아들이었다. 성년이 되는 날 자신에게 아주 근사한 선물을 사줄 거라고 했다. 그 선물이 무엇인지는 비밀이에요. 세뱃돈을 모으면서, 심부름한 뒤 잔돈을 챙기면서, 아들은 늘 말했다.

불판 가장자리에 고인 육수에 밥을 말았다. 밥이 죽이 될 정도로 끓여 먹는 걸 아내와 아들은 좋아했다. 나는 밥이 들러붙지 않도록 저어주었다. 불판에는 아직 불고기가 많이 남아 있었다. 둘이 와서 삼인분을 시킨 것은 처음이었다. 불고기 이인분. 공깃밥 하나. 그리고 맥주 여섯 병. 주문은 이렇게 바뀌었다. 내가 필리핀에 가 있는 동안 종종 집에 들러줄래? 물고기 밥 좀 부탁해. 아내가 내게 말했다. 그러고는 상추에 불고기를 가득 올려놓고는 쌈을 쌌다. 쌈이 커서 볼이 미어질 것만 같았다. 나는 쌈을 씹는 아내를 보며 미어지다라는 단어에 대해 생각했다. 볼이 미어지다. 가슴이 미어지다. 나도 아내처럼 불고기를 가득 넣고 상추쌈을 쌌다. 볼이 미어지다. 입이 미어지다. 주둥이가 미어지다. 나는 가슴을 주먹으로 쳤다. 헤어진 남편에게 집을 봐달라는 사람은 나밖에 없겠지. 아내가 말했다. 나는 아내를 보고는 이렇게 대답했다. 에어컨 설치해주면 일주일에 한 번씩 집 청소도 해줄 수 있어. 에어컨 없이 한여름에 걸레질을 하는 건 너무 힘들거든. 아내는 선풍기 틀고 해, 라고 말했다. 우리는 죽이 된 밥을 말없이 먹었다. 배가 불렀다. 2차 갈래? 내가 물었다. 아니. 아내가 불고기값을 계산하면서 말했다.

*

촬영장에 도착하니 새벽 다섯시 반이었다. 삼각김밥과 두유를 먹었다. 김밥은 유통기한이 네 시간이나 지났고, 두유는 유통기한이 세 달이나 남았다. 오전에는 죄수역을 맡아서, 가발을 쓰고 풀어헤친 머리로 분장을 했다. 그러자 봉두난발이란 사자성어가 불쑥 떠올랐다. 그런데 봉은 한자로 무슨 뜻일까? 주연배우가 다섯 번쯤 엔지를 낸 끝에 겨우 오케이 사인을 받아냈다. 내가 처음으로 맡은 역할은 가마꾼이었다. 겨울이었고, 짚신 사이로 눈이 스며들었다. 동상에 걸렸던 어린 시절이 떠올랐다. 마늘대 끓인 물에 발을 담그고 있으면 누군가 발바닥을 간질이는 것만 같았다. 재채기가 날 것만 같았다. 그러면 나는 발가락을 꼼지락거렸다. 대야 밖으로 물이 튀었다. 어머니는 부뚜막에 양말을 올려놓고는 저녁을 지었다. 김치찌개에 두부 많이 넣어줘. 나는 어머니에게 말했다. 족욕을 하고 난 다음에는 따끈따끈한 양말을 신고 김치찌개에 밥을 먹었다. 두부는 전부 내 차지였다. 돼지고기는 모두 동생 차지였고. 그때를 생각하니 가마가 그리 무겁게 느껴지진 않았다. 수염을 달았지만 그래도 알아보는 동창들이 있어서 몇몇은 연락을 해오기도 했다. 하나같이 내가 고등학교 때 담임선생님의 목소리를 잘 흉내냈다고 말했다. 교과서를 읽을 때도 성우처럼 읽었다고 했다. 나는 기억에 없는 일이었다. 어쨌거나 엑스트라는 대사가 없어. 나는 그렇게 말하고 전화를 끊었다. 전화해줘서 고맙다는 말은 하지 않았다. 백 부작 대하 사극을 찍는 동안 나는 수십 번 죽었다. 그게 마음에 들었다. 내가 태어나기 이전의 시대로 되돌아가서 죽는 것. 가슴에 활을 꽂고 구부정하게 누워 있으면 정말로 화살 하나가 심장을 관통한 기분이 들었다. 계곡에서 목욕을 하다 활에 맞아 죽기도 하고, 성곽을 오르다 돌에 맞아 죽기도 하고, 눈 오는 날 행군을 하다 얼어 죽기도 했다. 감독이 컷 소리를 외치기 전까지 나는 될 수 있으면 숨도 천천히 쉬었다. 아무 생각도 하지 않았다. 그 순간만큼은 내가 아니라 시체니까. 가끔 쓰러진 자리에 돌멩이라도 있으면 나는 이렇게 생각했다. 시체라도 등이 아픈 건 아픈 거구나. 그럴 때면 웃음이 날 것 같았다. 하지만 시체니까 진짜로 웃지는 않았다.

점심을 먹으려고 줄을 섰는데 아내에게 문자메시지가 왔다. 지금 공항이야. 집 비밀번호는 그대로고. 나는 잘 갔다 와, 라고 썼다가 이내 지웠다. 건강히 갔다 와, 라고 썼다가 지웠다. 걱정 마. 전송 버튼을 눌렀다. 응. 아내가 대답했다. 반찬으로 제육볶음이 나왔다. 밥 위에 고기를 올려 덮밥을 만들었다. 다른 반찬은 담지 않았다. 숟가락만 들고 그늘에 앉아서 천천히 밥을 먹었다. 수염에 고춧가루가 묻지 않도록 천천히. 내 옆에 앉아 있던 남자가 밥을 먹다 말고는 픽 하고 웃었다. 나는 남자를 보았다. 감옥 문지기를 했던 사람이었다. 남자가 소시지 반찬을 집어들었다. 그러고는 다시 픽 하고 웃었다. 왜요? 내가 물었다. 조선시대 옷을 입고 이런 반찬을 먹는다는 게 웃겨서요. 남자의 말을 들으니 좀 웃긴 것도 같았다. 그래서 나는 남자와 같이 웃었다. 남자는 밥을 다 먹고 담배 한 대를 피웠다. 연기가 내 쪽으로 향했고 나는 얼굴을 찌푸렸다. 그런데 두루치기랑 주물럭이랑 제육볶음이랑 뭐가 달라요? 남자가 물었다. 남자는 담배연기를 뱉으면서 동시에 말을 했는데 나는 어째서 그런 버릇이 생겼는지 그게 더 궁금했다.

오후에는 배우들의 단독 촬영이 이어졌다. 담벼락에 기대 졸다 깨다 졸다 깨다를 반복했다. 내가 엑스트라를 하겠다고 했을 때 아내는 믿지 않았다. 말도 안 되는 얘기 좀 그만해. 우리가 처음 만났을 때도 아내는 그렇게 말했다. 우리가 만난 곳은 간이 화장실이었다. 첫 출근 날, 아내는 버스 안내방송을 잘못 듣는 바람에 한 정거장 전에 미리 내렸다. 공원 너머로 아내가 앞으로 오 년 동안 다녀야 할 학교가 보였다. 아내는 공원을 가로질러 천천히 걷기 시작했다. 공원은 화장실을 새로 짓는 중이었고 그래서 그 옆에 간이 화장실을 임시로 세워두었다. 화장실을 보자마자 배가 사르르 아파왔다. 전날 밤, 첫 수업을 망치는 악몽을 꾸어 잠도 제대로 못 잔 상태였다. 아내가 화장실에서 일을 보는 동안 나는 공원을 세 바퀴째 뛰고 있었다. 동생을 꼬셔 대학등록금으로 포장마차를 차렸는데 세 달 만에 망하고 말았다. 그 결과 나는 살이 이십 킬로그램이나 쪘고, 캠퍼스 커플이었던 동생은 휴학한 사이에 여자친구를 복학생 선배에게 빼앗겼다. 동생은 선배 욕을 하지 않고 내 욕을 했다. 여자는 새로 사귀면 되지만 살은 다시 빼기가 너무 어렵단다. 나도 동생에게 화를 냈다. 아내는 간이 화장실에서 나올 수가 없었다. 문이 열리지 않았기 때문이었다. 아내는 화장실 문을 두드렸다. 누구 있어요. 생각보다 큰 소리가 나오지 않았다. 십 분이 지났다. 이십 분이 지났다. 아내는 새로 산 옷에 냄새가 밸까봐 걱정이 되었다. 그래서 겨우 용기를 내서 크게 소리쳤다. 거기 누구 없어요? 마침 그 앞을 지나가던 내가 대답했다. 여기 누구 있어요. 화장실에서 나온 아내를 본 순간 나는 살을 빼는 일보다는 연애를 하는 일이 더 중요하다는 생각이 들었다. 그래서 나는 아내에게 말했다. 오늘은 제가 구해줬으니 내일은 저를 구해주세요. 아내가 눈을 동그랗게 떴다. 그리 작은 눈이 아니었다. 내일은 제가 화장실에 갇힐 것 같아요. 그러니 그쪽이 열어주세요. 아내의 눈이 더 동그래졌다. 에이. 말도 안 되는 얘기 하지 마세요. 아내는 내 말을 믿지 않았지만 이상하게도 다음날 역시 안내방송을 잘못 듣고는 또 한 정거장 전에 미리 내렸다. 공원을 가로질러 가다 말고 아내는 간이 화장실 문을 한번 두드려보았다. 똑. 똑. 똑. 화장실 변기에 삼십 분이나 앉아 있던 내가 문을 두드렸다. 똑. 똑. 똑. 그날 이후로 아내는 늘 한 정거장 전에 내렸고 나는 비가 오는 날에도 아침 운동을 했다. 우리는 그걸 세상에서 가장 부지런한 데이트라고 불렀다. 새벽 여섯시에 같이 영어학원을 다니는 대학생 커플이 된 기분이었다. 계단에서 넘어져 다리가 부러졌다고 전화를 했을 때, 복권 삼등에 당첨된 기념으로 목걸이를 선물했을 때, 나는 간지럼을 타지 않는데도 팔짱을 끼면 이상하게 겨드랑이가 간지럽다고 고백했을 때, 아내의 첫마디는 늘 똑같았다. 말도 안 되는 얘기 좀 하지 마. 촬영용 옷을 입고 담벼락에 기대 해바라기를 하다보면 내가 지금 몇 살인지 종종 잊혀졌다. 누군가가 지금 나를 주인공으로 드라마를 찍고 있다면 마지막 장면이 이랬으면 좋겠다는 생각이 들었다. 할아버지가 된 내가 할머니가 된 아내에게 말한다. 여보, 나 아픈 것 같아. 여보, 나 죽을 것 같아. 옆에서 빨래를 개다 말고 아내가 눈을 흘기며 퉁명스럽게 대꾸한다. 말도 안 되는 얘기는 이제 그만해. 그런 상상을 하면서 나는 담벼락에 기대 오후를 보냈다. 기다리고 또 기다렸다.

두어 장면을 더 찍고 나니 밤이 되었다. 야간 촬영을 한 엑스트라들과 촬영을 올 때마다 머무는 찜질방으로 향했다. 나는 온탕과 냉탕을 번갈아가면서 반신욕을 했다. 야식으로 사발면을 사먹고 나니 맥주 한 잔이 간절히 생각났다. 하지만 참았다. 잠들기 전에 필리핀은 지금 몇시일까 생각해보았다. 휴대폰을 꺼내 시차를 확인해보려다가 관두었다. 뉴욕도 아닌데 시차가 무슨 상관이람. 여기가 낮이면 거기도 낮이고, 여기가 밤이면 거기도 밤일 텐데. 옆 사람이 코를 골아서 잠을 자다 말고 일어나 자리를 옮겨야 했다. 다음날, 다친 병사역을 해야 해서 왼쪽 다리를 절뚝이며 걸었다. 그 다음날, 갑옷을 입었다. 갑옷에선 냄새가 났고, 땀띠가 난 등과 엉덩이가 따끔거렸다. 삼 일 촬영을 하는 동안 나는 두 번 죽었다 살아났다.

국수를 먹으러 포장마차에 들렀다가 오래간만에 P를 만났다. 감기에 걸려 일주일이나 앓아누웠는데, 간신히 기운을 차리게 되자 딸이 가출을 해서 또 보름 넘게 PC방을 뒤지고 다녔다고 한다. 볼살이 빠졌네요. 나는 의자를 끌어와 P 옆에 앉았다. 주인이 국수 두 그릇과 소주 한 병을 내왔다. 그리고 단무지무침도. 가늘게 채를 썰어서 고춧가루와 참기름으로 무친 단무지는 주인이 특별히 우리에게만 주는 반찬이었다. 때론 다른 자리의 손님들이 왜 자기들은 단무지를 무쳐주지 않느냐고 항의를 하기도 했다. 그건 일주일에 한 번 이상 오는 단골 손님들만 먹을 수 있어요. 어쨌든 참기름이 들어가잖아요. 포장마차 주인은 손님들에게 말했다. 난 일주일에 두세 번은 오는데 그럼 더 특별한 반찬 만들어줘요. 내가 말했다. 주인이 내 잔에 소주를 따라주었다. 일주일에 일곱 번 오면 그땐 아주 특별한 거 만들어줄게요. 촬영을 하고 돌아오는 날이면 나는 포장마차에 들러 국수를 먹었다. 술도 한잔

했다. 삼 일 촬영하고 이틀 쉬고. 될 수 있으면 나는 그 규칙을 지키려고 노력했다. 모기가 P의 손등에 앉았다. P는 움직이지 않았다. 난 아무리 모기에 물려도 가렵지 않아요. P가 딸을 찾은 곳은 PC방이 아니라 찜질방이었다. 딸이 그러더라고. 저 게임 싫어하는 거 몰랐어요? PC방은 더더욱 싫어해요, 라고. 아무래도 애엄마한테 보내야 할까봐요. P는 어디서부터 잘못되었는지 아무리 생각해보아도 모르겠다며 한숨을 쉬었다. 그러고는 연거푸 소주를 두 잔 들이켰다. 중학교에 들어간 딸이 삐뚤어지면서 P의 가정은 금이 가기 시작했다. 처음에는 딸과 엄마 사이가 틀어졌고, 그러자 부부 사이가 틀어졌고, 그러자 장모와 사위 사이가 틀어졌다. 넷이 앉아 밥을 먹는 시간이 지옥 같았다. 넷이 소파에 앉아 텔레비전을 보는 시간도 지옥 같았다. 부모가 이혼을 하자 딸은 아버지를 선택했다. 그러곤 몇 달도 지나지 않아 아빠보단 엄마가 훨씬 괜찮은 사람이었어, 라는 말을 입에 달고 살기 시작했다. 국수를 다 먹을 때쯤 K가 콧노래를 흥얼거리며 들어왔다. 사장이 오이와 풋고추를 내왔다. K가 오이를 고추장에 찍어먹었다. 내가 소주 한 잔을 따라주었다. 우리는 작년 여름에 이곳 포장마차에서 만났다. 공통점이라곤 셋 다 이혼을 했다는 사실뿐이었는데 그 사실 하나만으로 아침이 될 때까지 술을 마셨다. 전화번호를 교환하지도 않았고, 어디에 사는지도 묻지 않았고, 나이를 따져 서열을 정하지도 않았다. 잔이 비면 따라주면서 시답잖은 농담을 주고받는 사이. 셋 다 그걸로 만족했다. 그런데 제육볶음이랑 두루치기랑 주물럭이랑 뭐가 달라요? 나는 포장마차 주인에게 물었다. 글쎄요. 그게 그거 아닌가요? 포장마차 주인은 음식 솜씨가 뛰어난 편은 아니었다. 국수는 그럭저럭 맛을 내지만 다른 안주들은 짜거나 맵거나 둘 중 하나였다. P가 그런 것도 모르면서 어떻게 포장마차를 하냐고 핀잔을 주었다. 그건 아주 간단해요. 제육볶음은 볶는 거고, 두루치기는 두루치는 거고, 주물럭은 주무르는 거지. P가 말했다. 그게 뭔 말이야? K가 어이없다는 표정을 지었다. 아내에게 이혼을 당한 K는 지금까지 아내가 왜 이혼을 요구했는지 그 이유를 전혀 모르고 있었다. 왜일까? 하는 질문이 머릿속에서 떠나지 않았다. 그가 콧노래를 부르는 건 그래서였다. 콧노래를 흥얼거리고 있으면 그런 의문이 떠오르지 않는다고. 어떻게 다른지는 모르겠지만 결국은 다 비슷한 모양 아닌가. 한번 만들어볼까요? 포장마차 주인이 냉장고에서 돼지고기를 꺼냈다. 우리 셋은 동시에 고개를 저었다. 배불러요. 오이나 조금 더 줘요.

K는 메뉴판 순서대로 음식 먹기에 도전중이라고 했다. 이십사 시간 하는 분식집인데, 어느 날 메뉴판에 적힌 음식을 세어보니 자그마치 아흔여덟 개나 되었다. K는 주방 쪽을 보았다. 거기에는 오십대가 넘어 보이는 아주머니가 마늘을 까고 있었다. 어떻게 혼자서 아흔여덟 개나 되는 음식을 만든다는 거지? K는 도통 이해가 되지 않았다. 메뉴판에 있는 첫번째 음식은 천오백원짜리 야채김밥이었고 마지막 음식은 만이천원짜리 돈가스 오므라이스 세트였다. K는 김밥을 시켰다. 그날부터 K는 메뉴판의 첫번째 음식부터 차례차례 먹는 중이라고 했다. K의 말을 들은 P가 자기 집 앞에는 백네 가지 종류의 음식을 파는 곳도 있다고 했다. 여름이면 콩국수까지 팔아서 백다섯 개로 메뉴가 는다고 했다. 그래서 오늘은 뭘 먹었어요? 내가 물었다. 쫄면이요. P는 물총쏘기 대회에 참가 신청서를 냈다고 했다. 물총쏘기 대회라니.

P의 말에 의하면, 한때 화목했을 적에 P의 가족들은 해마다 물총쏘기 대회에 나갔다고 한다. 동메달을 딴 적도 있었다고. 나는 복권 삼등에 세 번이나 당첨된 적이 있다고 말했다. 혹시 어떤 꿈을 꾸었어요? 카운터에 앉아서 우리 이야기를 엿듣던 주인이 물었다. 나는 너무 오래 전이라 기억이 나지 않는다고 말해주었다. 세 번 모두 같은 꿈을 꾼 다음이었는데, 나는 행운이 사라질까봐 꿈 내용을 아무에게도 이야기해 주지 않았다. 심지어 아내에게도. 그럼 그 돈으로 뭐했어요? 아마 친구들이랑 실컷 술이나 퍼마셨겠죠. 내 말에 P와 K가 고개를 끄덕였다. 나라도 그랬을 거예요. 그래서 우린 이혼이나 당한 걸까요. 첫번째 복권 당첨금은 백십만오천원이었다. 어머니께 드렸고, 어머니는 그 돈으로 도배를 하고 장판을 깔았다. 잠을 자려고 누워 있으면 사방이 모두 내 아들의 돈이구나, 하는 생각이 든다고 했다. 그렇지만 불면증을 치료하지는 못했다. 두번째 당첨금은 백구십만원이었다. 데이트중이었고, 그래서 모조리 아내 선물을 사는 데 썼다. 세번째 당첨금은 이백만원이 넘었다. 아내는 복권에 당첨될 때마다 당첨금이 조금씩 올라가는 건 아주 좋은 징조라고 해석했다. 언젠가는 일등도 될 수 있을 거라고. 나는 그걸 부인의 병원비 때문에 집을 팔아야 했던 동창에게 선물로 주었다. 당첨된 복권 종이를 배 모양으로 접어서. 집에 가서 펴봐. 절대 물에 띄워 보내지 말고. 동창의 부인은 위암 3기였지만 다행히 수술에 성공했다. 회복 속도도 놀라울 정도로 빨랐다. 하지만 아내가 살아난 뒤 동창은 일주일에 십만원어치씩 복권을 사기 시작했고, 결국 더 큰 빚을 지게 되었고, 아내와 헤어지고 말았다. 그 소식을 들은 뒤로 나는 꿈을 꾸어도 복권을 사지 않았다.

술 취한 남자가 포장마차로 들어오더니 구석에 서서 오줌을 누려 했다. 주인이 깜짝 놀라 달려갔다. 미친놈. P가 욕을 했다. 그제야 우리도 꽤 술을 마셨다는 걸 알아차렸다. 우리는 남자에게 다시 한번 욕을 한 뒤에 자리에서 일어났다. 각자 마신 만큼 술값을 냈다. 포장마차에서 나와 사거리까지 걸었다. 바람 빠진 축구공이 여전히 길에 버려져 있었다. 한 달 전에도 저 자리에 있던 공이었다. 꽃집 셔터문에는 '喪中'이라고 적힌 종이가 붙어 있었다. 지난주만 해도 분명히 세놓는다는 문구가 적혀 있었다. 그런데 봉두난발이 무슨 뜻인지 알아요? 내가 둘에게 물었다. 봉두난발? 이런 거요? P가 자기 머리를 헝클었다. P는 머지않아 대머리가 될 듯했다. K가 갑자기 쑥대머리, 하고 창을 불렀다. 꽃집 아가씨가 상중이라니 갑자기 슬퍼지려 그러네요. K가 이번에는 꽃집의 아가씨는 예뻐요, 하고 노래를 불렀다. 사거리에서 우리 셋은 헤어졌다. 잘 가요. 잘 자요. 또 봐요. P는 직진을 했고, K는 왼쪽 길로 들어갔다. 그 너머 어디로 가는지는 알 수 없었다. 나는 찻길을 건넜다. 방에 누우니 천장의 네 귀퉁이가 보였다. 고개를 돌리거나 눈동자를 굴릴 필요 없이 한눈에 들어왔다. 옆방에서 코 고는 소리가 들려왔다. 더웠지만 선풍기를 틀지 않았다. 거긴 더 덥겠지. 나는 천장을 보고 중얼거렸다.

*

비밀번호가 맞지 않았다. 분명 아내의 옛 무선호출기 번호였는데. 나는 현관문 앞에 쪼그리고 앉아서 엘리베이터가 올라갔다 내려갔다

하는 것을 무심히 바라보았다. 십사층으로 올라갔다 다시 일층으로 내려갔다. 이내 십사층으로 올라갔다 삼층에서 한 번 멈추고 다시 일층으로 내려갔다. 나는 아들의 생년월일을 입력해보았다. 문은 열리지 않았다. 내 생년월일을 입력해보았다. 그러고는 나 자신이 부끄러워졌다. 설마 전남편의 생일을 비밀번호로 쓰는 여자가 어디 있을까. 만약 그런 여자가 있다면 나는 절대 그 여자를 사랑할 수 없을 것만 같았다. 나는 엘리베이터의 내림 버튼을 눌렀다가 이내 취소를 했다. 그러고는 계단으로 내려갔다. 중간쯤에서 계단 청소하는 아주머니를 만났는데, 날 보더니 꼭 걸어가야 해요? 하고 물었다. 아래층부터 왁스칠을 하면서 올라오는 중이라고 했다. 나는 아주머니에게 가볍게 목례를 하고는 내려왔던 계단을 다시 올라갔다. 아내의 집 현관문 앞에 서서 손님인 것처럼 초인종을 눌러보았다. 초인종 벨소리를 듣자 조금 전에 누른 번호가 아내의 것이 아니라 내 옛 호출기 번호였다는 게 떠올랐다. 언젠가 한강에 던져버렸던 호출기. 그걸 버린다고 그 안에 들어 있는 음성메시지가 없어지는 것도 아닌데. 바보.

현관문을 열자 신발 두 켤레가 가지런히 놓여 있는 것이 보였다. 나는 그 옆에 내 운동화를 나란히 벗어놓았다. 베란다의 행복나무는 죽어 있었다. 집을 떠나기 전 내가 화분에 붙여놓은 메모도 그대로였다. 이놈은 일주일에 한 번씩 물 줘. 가끔 스프레이로 물도 뿌려주고. 오랜만에 보는 내 글씨체가 낯설어 나는 허공에 대고 내 이름을 한번 써보았다. 나무가 죽은 화분 옆에 어항이 있었다. 물고기 네 마리. 네 쌍둥이라고 해도 믿을 만큼 똑같이 생긴 놈들이었다. 아내는 무엇인가 키우는 걸 좋아하는 사람이 아니었다. 아내가 좋아하는 것은 칭찬을 하는 것이었다. 잘했군. 잘했어. 그런 말을 듣고 자란 아이들은 자신감이 넘친다는데. 다 헛소리였다. 아내가 좋아하는 것은 입술을 깨물고 무언가를 생각할 때 옆에서 아무 말도 하지 않는 거였다. 아내가 좋아하는 것은 하루종일 스팸문자가 오지 않는 거였다. 아내가 좋아하는 것은 알람시계가 울리기 일 분 전에 눈을 뜨는 거였다. 아내가 좋아하는 것은 이를 닦은 다음 거울을 보고 혓바닥을 내미는 거였다. 메롱. 자기 자신에게 하루에 세 번씩 그렇게 말하면 이상하게도 늙지 않는 기분이 든다고 했다.

아들의 방문에는 비상구 표지판이 달려 있었다. 뭐야. 불 나면 니 방으로 탈출해야 해? 아들에게 아내는 농담을 하곤 했다. 아들이 문을 쾅 하고 닫을 때면 비상구 표지판이 흔들렸다. 언젠가 비상구 표지판의 탈출 자세를 따라 하면 넘어진다는 기사를 본 적이 있었다. 사람으로서는 도저히 할 수 없는 자세라나. 나는 문 앞에 서서 탈출 자세를 해보았다. 그림처럼 왼쪽 다리를 똑바로 펴고 오른쪽 다리를 구십도로 꺾자 이내 몸이 균형을 잃었다. 차라리 조선시대 병사 옷을 입고 시체처럼 누워 있는 게 훨씬 쉬웠다. 돌멩이가 등을 눌러도, 나무뿌리가 옆구리를 찔러도, 가만히 있으면 되니까. 오줌을 누다가 변기 뚜껑을 올리지 않은 걸 알아차리고는 나도 모르게 뒤를 돌아보았다. 아무도 나를 보는 사람이 없었지만 아내에게 들킨 것만 같았다. 그래서 샤워기로 변기 청소를 했다. 화장실 문고리도 고장난 그대로였다. 세게 문을 닫으면 밖에서 누군가 열어주어야만 했는데, 아내는 옛날 생각이 난다며 고치지 않았다. 나는 물기가 묻은 변기에 앉아서 문이 닫히면 누구에게 부탁을 해야 할 것인지 생각해보았다. 필리핀에 있는 아내에게 전화를 할 수는 없으니까. 그런데 아내는 그동안 한 번도 화장실에 갇힌 적이 없었을까?

나는 장롱을 뒤져 베개를 찾았다. 베개에 얼굴을 파묻고 깊게 숨을 들이쉬었다. 아무 냄새도 나지 않았다. 굳이 말을 하자면 세제 냄새가 났다. 베갯잇을 벗겨보니 침으로 얼룩진 자국들이 보였다. 그제야 내 베개라는 생각이 들었다. 베개를 베다. 내가 좋아하는 말이었다. 받아쓰기를 할 때 나는 아들에게 종종 그 문제를 내곤 했다. 아들은 꼭 베게를 배다, 라고 썼다. 나는 거실에 누워 베개를 베다, 라고 중얼거렸다. 그러면 잠이 왔다. 마법의 주문처럼. 아내와 아들은 아무때나 아무 곳에서나 눕기만 하면 잠을 자는 나를 신기해했다. 나는 비법을 알려주지 않았다. 아내에게 왜 엑스트라가 되고 싶었는지도 말하지 않았다. 왜 헤어지자고 했는지도 말하지 않았다. 장모님의 칠순 잔치가 있던 날이었다. 시골에서 관광버스 두 대가 올라왔다. 칠십이 넘은 노인 오십여 명이 막걸리를 열 박스도 넘게 마셨다. 머릿고기와 홍어무침이 모자라 차리다 만 생일상이란 이야기를 들었다. 다들 노래를 불렀고, 다들 춤을 추었다. 새로 시작한 일이 그럭저럭 풀려서 장모님에게 용돈을 두둑하게 넣어드렸다. 잔치가 끝나고 집으로 돌아와 소파에 누워 프로야구 경기를 보다가 깜빡 잠이 들었다. 낮술이 과했는지 깨어보니 머리가 깨질 것 같았다. 창밖을 내려다보니 놀이터에서 아이 둘이 줄넘기를 하고 있었다. 나는 텔레비전을 틀어 놀이터의 CCTV 영상을 보았다. 하나. 둘. 셋. 발이 줄에 걸리지 않기를 기도하며 나는 속으로 숫자를 세었다. 작은 아이는 열 번을 넘지 못하고 자꾸 발에 줄이 걸렸다. 그때마다 큰 아이가 줄넘기를 멈추고 동생의 머리를 쓰다듬어주었다. 자매가 줄넘기하는 모습을 보다보니 마흔 살이 된 자신의 모습을 상상할 수 없다던 아들의 말이 생각났다. 얘야, 나도 너처럼 일흔 살이 된 내 모습을 상상할 수 없단다. 나는 중얼거렸다. 방으로 건너가 자고 있는 아내를 깨웠다. 여보. 난 무서워. 그런 말을 아내에게 하려 했다. 하지만 나도 모르게 다른 말이 튀어나왔다. 여보, 난 엑스트라가 되어야겠어. 거기 가서 나보다 늙은 사람이 될래. 나는 꿈속에서 필리핀에 있는 아내를 만났다. 아내는 대학 기숙사로 보이는 숙소에 있었는데, 막 샤워를 마치고 나왔는지 머리카락이 젖어 있었다. 화장솜으로 얼굴을 닦다 말고 아내는 전화를 받았다. 전화를 건 사람은 아마도 나인 것 같았다. 꿈속이었지만 상대방의 목소리가 생생하게 들렸는데 그건 내 목소리였다. 나는 아내에게 줄넘기를 하던 자매들에 대해 이야기를 해주었다. 그때부터 새벽에 홀로 깨어 놀이터 CCTV 화면을 멍하니 쳐다보는 일이 잦아졌다고. 바람에 그네가 흔들리는 것을 보고 있으면 거기에 귀신이 앉아 있는 게 차라리 낫겠다는 생각이 들었다고. 그래서 헤어지자고 말했다고. 말도 안 되는 이야기 좀 그만하고 이제 잠이나 자. 아내가 전화를 끊었다. 꿈에서 깨어보니 베갯잇이 조금 젖어 있었다. 나는 얼른 입을 훔쳤다. 침 흘리며 자는 걸 아내는 싫어했는데. 베개를 뒤집어 베고 다시 눈을 감았다. 이번에는 꿈속에서 아내가 내게 전화를 걸었다. 아내는 뜬금없이 내가 옥수수를 싫어하는 거 몰랐지? 하고 물었다. 나는 몰랐지만 알고 있었다고 대답했다. 아내는 사실 옥수수를 싫어하는 게 아니라 옥수수 속대를 싫어하는 거였다고 말했다. 알갱이를 다 먹고 난 다음의 옥수수 속대처럼 징그러운 건 없는 것 같다고. 나는 아내에게 〈옥수수

하모니카〉라는 동요를 불러주었다. 도레미파솔라시도 소리가 안 나 도레미파도레미파 말로 하지요. 그러자 아내가 이렇게 정정해주었다. 도레미파솔라시도 소리가 안 나 도미솔도도솔미도 말로 하지요. 아내는 노래를 잘했다. 음악선생님이 되었으면 더 어울렸을 텐데. 나는 아내의 노래를 듣고 싶어서 일부러 틀린 거라고 변명했다. 아내가 전화를 끊었고 나는 잠에서 깨었다. 베개를 뒤집어 베고 다시 눈을 감으면 또 졸음이 왔다. 꿈속에서 나는 아내에게 계속 전화를 걸었고 아내는 계속 전화를 끊었다. 자다 깨다, 자다 깨다, 하루가 지나갔다.

중국집에 전화를 걸었더니 한 그릇은 배달이 안 된다고 해서 할 수 없이 짬뽕 하나와 볶음밥 하나를 주문했다. 짬뽕은 먹고 볶음밥은 그릇에 옮겨 냉장고에 넣어두었다. 트림을 두어 번 한 다음 어항에 물고기 밥을 잔뜩 뿌렸다. 물고기들이 먹이를 향해 달려들었다. 입이, 무엇인가를 먹는 입이, 징그러웠다. 나는 죽은 화분에도 물을 주었다. 듬뿍. 물받이 아래로 물이 흘렀다.

종영을 앞두고 전쟁 촬영이 잦아졌다. 아르바이트를 하러 온 대학생들은 쉴 때마다 누군가와 통화를 했다. 갑옷을 입은 채 나무 그늘에 쪼그리고 앉아 애인에게 힘들어 죽겠다고 투정을 부리는 모습이 귀여웠다. 전쟁의 규모가 커지고, 단역배우들의 수가 늘고, 도시락은 형편없어져갔다. 반찬으로 나온 계란말이와 장조림이 상해 몇몇 엑스트라들이 밥을 먹다 말고 도시락을 집어던졌고, 조연출은 어딘가 전화를 해서 욕을 한바탕 퍼부었고, 나는 감독의 눈에 띄어 대사가 있는 역을 맡았다. 큰일났습니다. 그게 내가 해야 할 대사였다. 큰일났습니다.

큰일났습니다. 감독은 내게 큰일이 난 표정을 지어달라고 주문했다. 말이 쉽지. 나는 속으로 감독을 비웃었다. 내 얼굴을 내가 볼 수는 없으니 정말 큰일이 났을 때 내가 어떤 표정을 짓는지 어떻게 알까? 암튼 나는 나라를 잃은 병사의 심정을 상상해보려고 노력했다. 세 번이나 엔지를 냈다. 감독은 살면서 겪었던 가장 큰 일을 생각해보라고 내게 말했다. 나는 생각하지 않았다. 바보. 감독은 바보였다. 그래서 시청률이 그거밖에 안 나오는 거였다. 겪은 일을 생각하는 게 아니라 겪지 않은 일을 상상하는 게 진짜였다. 하지만 나는 감독에게 바보라고 말하지 않았다. 죄송합니다, 하고 말했다. 죄송합니다. 죄송합니다. 그리고 여덟 번 만에 오케이 사인을 받아냈다.

K는 메뉴판 음식을 반 이상 먹었다고 했다. 중간에 너무나 끔찍하게 맛이 없어서 포기할까 생각했지만 어쨌든 오십 개는 넘겨보자고 스스로에게 다짐을 했다. 그리고 오십 개가 넘자 포기하기가 아깝다는 생각이 들었다. 원래 줄을 설 때도 내 앞보다 내 뒤에 사람이 더 많으면 절대 포기하지 않는다네요. 그게 사람 심리래요. P가 말했다. 포장마차 주인이 서비스 안주라며 제육볶음을 내왔다. 오늘은 가게 개업 기념일이에요. 제육볶음이랑 주물럭이랑 두루치기랑 뭐가 다른지 알았어요. 주인이 말했다. 우리 셋이 동시에 말했다. 안 궁금해요. 소주를 한 잔 하고 서비스 안주를 한 점 먹었다. 맛있네요. P는 물총쏘기 대회 참가 신청서를 딸에게 보여주었다고 했다. 거길 왜 나가? 딸이 말했다. 이번에는 신청서를 카메라로 찍어서 전처에게 문자메시지로 보냈다. 미쳤어? 라는 답이 왔다고 한다. 미쳤어라니요. 제가 미쳐 보이나요. 솔직히 나는 P가 미쳐 보일 때도 있었다. 소주잔에 새끼손

가락을 담그고 있을 때나, 같은 의자에 앉으려고 집착을 할 때나, 술에 취하면 메뉴에 없는 안주를 만들어달라고 할 때나, 그럴 때, P는 정상처럼 보이진 않았다. 나는 P를 이렇게 위로했다. 그 말은 저도 제 아내에게 자주 듣던 말이에요. 누군들 정상이겠어요. K는 부모님께 안부 전화를 안 한 지 오래되었다고 했다. 전화만 하면 미친놈이라고 아버지가 욕을 하도 해서요. 그러자 포장마차 주인이 말했다. 미친놈이라고 욕 먹을 때가 좋은 거예요. 이젠 우리 식구들은 제게 욕도 안 해요. 우리는 각자 먹은 만큼 돈을 내고 사거리까지 나란히 걸어갔다. 바람 빠진 축구공이 여전히 그 자리에 있었다. 나는 축구공을 있는 힘껏 찼다. 멀리 가지 못하고 바로 앞에 떨어졌다. P가 우리에게 조심스럽게 물었다. 혹시 같이 물총쏘기 대회에 안 나가실래요? 나는 P의 얼굴을 가만히 들여다보았다. 나보다 나이가 많은 것 같기도 했고 한참 어린 것 같기도 했다. 싫어요. 나는 대답했다. K는 엄지와 검지를 벌려 손으로 총을 만들었다. 바람 빠진 공을 향해 빵, 하고 총 쏘는 시늉을 했다. 저도 싫어요. 나는 우리 셋이 우연히 지하철에서 마주치는 장면을 상상해보았다. 아마 아무도 알은체를 하지 않을 것이다.

베개는 가운데가 푹 들어간 채 거실 한가운데 놓여 있었다. 마치 방금 전까지 누군가 거기 누워 있던 것처럼. 나는 베개를 베고 누워, 베개 하나만 들고 집을 나가는 남자에 대해 생각해보았다. 그러다 깜빡 잠이 들어 아내에게 전화를 하는 꿈을 꾸었다. 고맙게도 아내는 계속 전화를 받아주었다. 나는 아내에게 물총쏘기 대회에 나갈 생각이라고 말했다. 거기 가서 금메달을 따오겠다고. 아내는 비웃었다. 나는 단골 분식집이 있는데 거기 있는 모든 음식 먹기에 도전중이라고 말했다. 메뉴가 자그마치 백 개가 넘는다고 말했다. 아내는 사실 단골이란 말을 싫어한다고 했다. 이제 와서 고백하지만 당신이랑 나랑 궁합이 별로래. 아내가 말했다. 우리 엄마가 그래서 결혼을 반대한 거야. 나는 아내에게 화를 냈다. 꿈속에서 화를 내니 영원히 꿈속에서 살아도 괜찮을 것 같다는 생각이 들었다. 나는 아내에게 처음으로 대사가 있는 역을 해보았다고 자랑을 했다. 그런데 그다지 근사한 일은 아니었다고. 실은 시체가 되어 누워 있으면 아무 생각도 나지 않는다는 말은 거짓말이라고 고백을 했다. 차가운 땅바닥에 누워 있으면 늘 같은 장면이 반복해서 생각났다. 옆집에 살던 아이가 우리집 대문 앞에 서서 학교 가자고 큰 소리로 나를 부르는 장면이었다. 먼저 가. 밥 먹는 속도가 느렸던 나는 아이와 등교시간을 맞추기가 힘들었다. 그래도 아이는 대문 앞에 서서 나를 기다렸다. 너 저게 뭔지 알아? 아이는 눈에 보이는 것마다 손가락으로 가리키며 질문을 했다. 코스모스. 저게 뭔지 알아? 굴뚝. 저건 알아? 홈통. 교문 앞에 도착할 때까지 그렇게 초등학교에 입학하지 않은 내 동생도 알 만한 것들을 물어봤다. 학교에 도착해서는 칫, 너도 다 아는구나! 하고는 뒤도 돌아보지 않고 교실로 뛰어갔다. 나중에 모욕이라는 단어를 알게 된 뒤 나는 녀석에게 이렇게 말했다. 넌 나에게 모욕을 주었어. 나중에 꼭 갚아줄 거야. 시체가 되어 눈 위에 쓰러져 있는 연기를 할 때마다 녀석을 찾아가 더한 모욕을 주고 싶다는 생각이 들었다. 죽기 전에 꼭 갚을 거야. 아내는 윤리 선생님처럼 나를 달랬다. 얘야. 그런다고 분노가 가라앉는 건 아니란다. 성년의 날 아들은 무얼 사려 했을까? 자기 자신에게 어떤 걸 선물하려 했을까? 나는 아들이 스무 살이 되면 복권 삼등을 세 번이나 당첨시켜준 행운의 그 꿈을 팔려고 했다. 단돈 천원에. 이제 대신 아내에게 팔겠다고 하자 아내는 꿈 따위는 필요 없다고 말하고는, 늘 그렇듯이, 전화를 끊었다. 자리에서 일어나 기지개를 켜고 난 다음 물고기밥을 듬뿍 주었다. 물고기들이 허겁지겁 밥을 먹었다. 죽은 화분에 물을 주고 난 다음 나무줄기를 만져보았다. 살아날 것 같지 않았다. 중국집에 전화를 걸어 짬뽕 한 그릇과 볶음밥 한 그릇을 주문했다. 텔레비전을 틀어 채널을 1번부터 99번까지 돌려보았다. 놀이터에서 노는 아이들은 없었다. 채널을 두 번 반복해 돌려보고 나니 주문한 음식이 도착했다. 두 그릇을 모두 펼쳐놓고 아무 채널이나 눌렀다. 〈짱구는 못 말려〉라는 만화영화가 나왔다. 짬뽕은 매웠고 볶음밥은 고소했다. 짱구와 그 친구들이 무슨 놀이동산 같은 곳에서 어른들에게 쫓기고 있었다. 앞부분을 보지 못해 어째서 쫓기는지는 알 수 없었다. 짬뽕 한 젓가락. 볶음밥 한 숟가락. 먹으면서도 배가 부르다는 생각이 들지 않았다. 마침내 짱구가 부모님을 만났는데 짱구의 엄마 아빠가 짱구를 알아보지 못했다. 그들은 옛날로 돌아가 있었다. 나는 짬뽕 국물을 들이켰다. 코끝이 찡했다. 짱구가 아빠의 신발을 벗겨 아빠의 코에 가져다 댔다. 발냄새. 세상에나. 과거에 갇힌 엄마 아빠를 깨운 건 발냄새였다. 나는 숟가락을 떨어뜨리고, 반쯤 씹다 만 단무지를 뱉어내며, 웃었다. 낄낄거리고 웃었다. 발냄새라니. 웃다보니 슬퍼졌다. 그래서 아주 잠깐 울었다. 큰일났습니다, 라는 대사를 비장한 표정으로 내뱉던 자신이 부끄러워졌다. 현재를 잃어버리고 과거로 돌아가려 할 때마다 짱구네 가족들은 서둘러 신발을 벗고 발냄새를 맡았다. 그리고 마침내. 그 발냄새 덕분에 악당의 무리로부터 사람들을 지킬 수 있었다. 말도 안 되는 이야기. 하지만 만화영화가 끝나자 나는 박수를 쳤다. 나는 아내에게 방금 본 만화영화의 줄거리를 이야기해주고 싶었다. 그래서 휴대폰을 한참 들여다보다 용기를 내 전화를 걸었다. 아내는 받지 않았다. 몇 분 후에, 수업중이야, 라는 문자가 왔다. 밥 먹는 중이야, 라고 나는 답을 했다. 남은 음식들을 천천히 먹었다. 밥을 먹으면서 아내의 엄지발가락 모양을 생각해보았다.

팔 길이만큼의 세계

1

담임선생님이 전학생의 이름을 칠판에 적자, 반 아이들이 일제히 그를 쳐다보았다. 이름이 같았기 때문이었다. 반에는 박미정이라고, 이름이 같은 아이들이 있는데, 선생님은 그 아이들을 '큰 미정' '작은 미정'이라고 불렀다. 그는 전학생 때문에 '작은 도훈'이라고 불릴지도 모른다 생각하자 억울한 마음이 들었다. '큰 미정' '작은 미정'과는 경우가 다르지 않은가. 어쨌든 사학년 오반에서 도훈이란 이름의 원조는 자신이었다. 어머니의 식당처럼 말이다. 그는 전학생을 보았다. 다리도 길고, 손가락도 길고, 허리도 길었다. 그리고 목이 아주 길었다. 긴 목 때문인지 똑바로 서 있는데도 몸이 한쪽으로 기운 것처럼 보였다. 누가 봐도 기린이란 별명이 생각나는 외모였다. 어머니 식당에 매일 밥을 먹으러 오는 삼촌은(진짜 삼촌은 아니지만, 그에게 어린

이날 선물을 챙겨주는 유일한 손님이었다) 그를 옆자리에 앉혀놓고는 이런 말을 했다. 남들에게 상처를 주면 반드시 되돌려받는 법이라고. 삼촌에게 자기는 그런 비겁한 사나이가 되지 않겠다고 약속을 했지만, 만약 전학생이 자신을 '작은 도훈'이라고 부른다면 자신은 전학생을 '기린'이라고 부르리라 그는 생각했다. "니가 키가 크니 큰 도훈이다." 선생님이 전학생의 어깨를 두드렸다. 그러고는 그를 가리키며 작은 도훈 이의 없지? 하고 물었다. 그는 아무 대답도 하지 못했다. 전학생이 손을 들었다. 손을 드니 키가 더 커 보였다. "전 그렇게 불리기 싫습니다." 아이들이 술렁거렸다. 싫다는 말은 선생님이 가장 싫어하는 말이었다. 톡, 톡, 톡. 선생님이 교탁을 손가락으로 두드렸다. 화가 나기 직전이라는 걸 알아차린 아이들이 고개를 숙였다. 영문도 모르는 전학생만이 선생님의 손가락을 빤히 보았다. 선생님은 교탁을 열다섯 번 두드린 다음 입을 열었다. "그럼 번호로 부른다. 니네가 몰라서 그러는데 이름 대신 번호로 불리는 건 슬픈 거다." 그렇게 해서 그는 15번으로, 전학생은 59번으로 불리게 되었다.

전학 온 지 며칠 지나지 않아 김민수란 아이가 59번을 괴롭히기 시작했다. 장래희망이 코미디언인 김민수는 반 아이들이 자기보다 59번 앞에서 더 많이 웃는다는 걸 알게 되었다. 59번은 세계지도를 한참 들여다봐야 찾을 수 있는 나라에서 일어난 괴상한 이야기들을 끝없이 펼쳐놓았다. 그 이야기를 듣고 있다보면 아이들은 태평양을 떠도는 배를 탄 것 같기도 하고, 양탄자를 타고 하늘을 나는 것 같기도 한, 그런 기분에 사로잡혔다. 공부도 못하고 얼굴도 못생겼지만 웃기는 것만큼은 자신 있었던 김민수는 59번에게 친구를 빼앗겼고, 관객을 빼앗겼고, 자부심마저 빼앗겼다. 그래서 59번의 신발에 죽은 곤충을 넣기도 했고(그걸 보며 59번은 별거 아니라는 투로 말했다. "내 발냄새에 질식해 죽었나봐."), 피구를 할 때 59번의 급소를 노려 공을 던졌고(59번은 공 피하는 데 선수였다. 별명이 기린일 것이라던 그의 예상과 달리 59번의 별명은 날다람쥐였다), 59번의 등에 낙서를 하기도 했다(낙서를 발견한 59번은 옷을 뒤집어 입었다). 김민수는 59번을 괴롭히면 괴롭힐수록 점점 자신이 나약해지고 초라해지는 것 같았다. 그러나 그런 기분이 들 때마다 그걸 극복하기 위해 또 59번을 괴롭힐 수밖에 없었다. 김민수는 잠들기 전에 내일은 어떤 웃긴 이야기를 아이들에게 해줄 것인지를 고민하던 아이였다. 그런데 언제부턴가 내일은 녀석을 어떻게 괴롭힐 것인지를 생각하며 잠들었다. 이른 장마가 시작되던 날이었다. 김민수는 화장실에 가고 싶다며 교실을 빠져나왔다. 신발장 옆에 있는 우산함에서 59번의 우산을 찾아 면도칼로 그었다. 화장실에 가 면도칼을 버리고 손을 씻으며 비가 그치지 않길 기도했다. 수업이 끝나고 집으로 돌아갈 시간이 되자 한 아이가 울기 시작했다. 누군가 우산을 망가뜨렸다는 거였다. 59번이 자기 우산을 그 아이에게 건네주며 말했다. "내 거랑 바꿔. 똑같이 생겼으니까 엄마한테도 안 들킬 거야." 59번의 말처럼 두 우산은 똑같았다. 찢어진 우산을 쓰고 59번이 학교 운동장을 가로질러 걸어갔다. 59번의 어깨가 젖기 시작했다. 그 뒤를 김민수가 따라갔다. 왜 59번을 따라가는지 자신도 몰랐지만 걸음이 멈춰지지 않았다. 김민수는 일부러 운동장에 생긴 물웅덩이 위로 걸었다. 신발 안으로 물이 들어왔다. 김민수는 축축해진 발가락을 꼼지락거려보았다. 운동장을 가로질러 교문 앞에 다다랐을 때 59번이 갑자기 뒤를 돌았다. "바보 같은 놈." 그렇게 말하고는 김민수를 뚫어지게 바라보았다. 김민수는 쓰고 있던 우산을 접어 59번의 발밑으로 던졌다. 비를 맞은 채 걸어가면서 김민수는 약간 울었다(훗날, 정말로 코미디언이 된 김민수는 토크쇼에 나와 이때의 이야기를 했다. 비를 맞으며 걸어가는데 아버지 생각이 났다고. 어머니에게 늘 화를 내던 아버지. 자신이 그토록 무서워하던 아버지가 자기 안에 있는 것 같아 그게 더 무서웠다고. 그렇게 말하며 김민수는 펑펑 울었다). 그날 이후 김민수는 더이상 59번을 괴롭히지 않았다. 59번도 더이상 반 아이들에게 재미있는 이야기를 들려주지 않았다. 아이들이 같이 점심을 먹자 해도 거절했다. 사학년 오반에서 혼자 도시락을 먹는 아이는 이제 두 명이 되었다.

여름방학이 끝나고 이학기가 되었다. 방학 때 뭐 했니, 하고 누군가 묻는다면 그는 동네에 가로수가 몇 개인지 전봇대가 몇 개인지 그런 것들을 세러 다녔다고 말했을 것이다. 그는 어머니와 단둘이 가게에 딸린 방에서 살았는데, 점심시간과 저녁시간에는 손님들에게 방을 내주어야 했다. "중학생이 되면 꼭 방을 얻어주마." 어머니는 미안해했지만 그는 햇빛도 들지 않는 방에 가만히 있는 것보다 여기저기 돌아다니는 게 더 좋았다. 개학날 혼자 밥을 먹는 그에게 59번이 다가왔다. "오늘 내 반찬은 오뎅볶음이야. 니 건?" 59번이 물었다. 그러고는 그의 대답도 듣지 않고 자신의 도시락을 그의 책상 위에 펼쳤다. "방학 내내 먹었던 걸 또 먹으려니 지겨워. 이젠 남의 반찬이 먹고 싶어." 59번이 그의 달걀말이를 먹었다. 깍두기를 한 번에 두 개씩 집어먹었다. 그는 59번이 싸온 어묵볶음을 먹었다. 맛이 없었다. 59번이 그에게 방학 때 뭘 했는지 물었다. 자기는 하도 심심해서 전화번호부에 이 씨가 몇 명인지 세어보았다고 했다. 성은 다르지만 도훈이란 이름을 가진 사람이 몇 명인지도 찾아보았다고 했다. 그는 그런 놀이라면 예전에 다 해본 거였지만 59번에게는 말하지 않았다. 그는 행복마트 앞에 있는 평상에서 낮잠을 자며 여름방학을 보냈다고 말해주었다. "근사한 일이네." 59번이 말했다. 근사하다니! 그의 주변에는 그런 말을 쓰는 사람이 없었다. 근사. 근사. 그는 그 말을 속으로 중얼거려보았다. 그러자 정말로 근사한 여름방학을 보낸 것 같았다. "수업 끝나고 가볼래?" 그는 59번에게 말했다.

평상을 보자 59번은 벌러덩 드러누웠다. 그는 냉동고를 뒤져 스크류바 두 개를 꺼냈다. 마트 주인이 그에게 소리쳤다. "인마. 오늘은 왜 두 개야. 니네 엄마가 하루에 한 개 값만 준단 말야." "내일 거 미리 먹을게요." 혓바닥이 빨개지도록 하드를 빨아먹은 뒤 둘은 서로를 도훈이라고 불러보았다. "도훈아, 니네 엄만 음식 잘하는구나." "도훈아, 니네 엄만 음식 별로야." "도훈아, 넌 누굴 닮았냐?" "도훈아, 코밑에 뭐 묻었다." 59번은 그에게 반 아이들에게 들려주었던 먼 나라의 이야기들은 사실 모두 꾸며낸 거라고 고백했고, 그는 59번에게 전봇대에 글자를 거꾸로 쓰고 다니는 버릇이 있다고 고백했다. 그날 이후 둘은 단짝 친구가 되었다. 59번은 일요일마다 그의 집에 놀러갔는데, 그때마다 그의 어머니는 카레를 만들어주었다(그건 식당에 없는 메뉴였지만 아들이 친구를 데려오기만 한다면 날마다 돈가스도 만들어줄 수 있다고 그의 어머니는 생각했다). 이제 두 소년의 일요일 일과는 똑같았다. 두 소년은 아침 겸 점심으로 카레를 먹었다. 행복마트에 가서 하드를 하나씩 사먹고 평상에 엎드려 공부를 했다. 마트 주인은 남의 가게에서 뭐하는 짓이냐고 구박을 했지만 내쫓지는 않았다. 우유상자에 라면상자를 씌워서 책상을 만들어주기도 했다. 낮잠을 자는 것도 공부를 하는 것도 지겨워지면 동네를 돌아다니며 전봇대에 낙서를 했다. 글자를 거꾸로 적다보면 하늘은 하늘 같지가 않았고 구름은 구름 같지가 않았다. 그는 특히 ㄹ자가 들어간 낱말을 거꾸로 쓸 때가 가장 좋았다. 반 아이들은 늘 붙어다니는 둘을 159번이라고 불렀다. 어떤 아이들은 교도관 흉내를 내며 죄수번호 159번이라고 부르기도 했다. 그러거나 말거나, 하고 59번은 말했다. 59번은 그에게 화가 날 때면 스머프 엉덩이를 생각해보라고 했다. 스머프의 동그란 꼬리를. "난 김민수가 괴롭힐 때마다 스머프 엉덩이를 상상했어." 둘은 행복마트 평상에 두 팔을 활짝 펴고 눕는 걸 좋아했다. 그의 왼손 가운뎃손가락이 평상 한쪽 끝에 닿았고 59번의 오른손 가운뎃손가락이 맞은편 평상 끝에 닿았다. 그의 오른손 가운뎃손가락과 59번의 왼손 가운뎃손가락이 아슬아슬하게 닿았다. 그렇게 누워 둘은 구름이 지나가는 걸 구경하곤 했다. 스머프 꼬리를 닮은 구름들을. "엉덩이가 동그랗게 뚫린 바지가 빨랫줄에 널려 있으면 얼마나 웃기겠어." "그럼 팬티에도 그렇게 구멍이 뚫렸을까?" "바지를 입을 때 구멍으로 꼬리를 빼내는 스머프들을 상상해보라고." "의자에 앉을 때 안 아플까?" 59번은 낄낄거리며 웃었다. 그럴 때면 그는 59번의 가운뎃손가락에서 자신의 가운뎃손가락으로 무엇인가가 통과한 기분이 들었다. 손가락 끝이 잠깐 찌릿하게 저려오기도 했다. 사학년을 마치지 못하고 59번이 다시 전학을 가게 되었을 때, 그래서 다시 이도훈이란 이름으로 불리게 되었을 때, 그는 혼자 평상에 누워 59번의 손가락에서 자신의 손가락으로 건너온 것이 무엇이었는지 생각해보곤 했다. 그게 무엇인지는 몰랐지만, 이제 그는 스머프들이 바지를 입는 장면을 떠올리기만 해도 까닭 없이 눈물이 났다.

2

그의 어머니는 아들이 중학생이 되자 약속대로 방을 얻어주었다. 반지하이긴 했지만 방 두 개짜리 전세였다. 그의 어머니는 두 방을 이렇게 불렀다. 안방과 공부방. 그는 그 말이 싫었다. 정확히 말하면 하나는 어머니 방이었고 하나는 자신의 방이었다. 그러니 도훈아 공부방 생겨서 좋지, 라고 묻지 말고 도훈아 니 방이 생겨서 좋지, 라고 물어야 하는 거라고 그는 어머니에게 말하고 싶었다. 어머니는 손님들에게 방을 얻어주었더니 아들이 알아서 공부를 하더라고 자랑을 했다. 반에서 1등을 한다고 거짓말을 하기도 했다. 그는 중학교를 졸업할 때까지 늘 반에서 4등을 했다. 공부뿐만 아니었다. 그는 뭐든지 4등을 했다. 운동회 때마다 백 미터 달리기에 출전했는데 초등학생 때부터 중학교를 졸업할 때까지 열 번이나 4등을 했다. 표어짓기 대회에 나가서 4등을 한 적도 있었다. 일찍 등교를 했지만 교실에 가보면 그보다 먼저 온 아이들이 꼭 세 명씩 있었다. 아슬아슬한 4등. 한 문제만 더 맞혔어도, 한 발짝만 더 빨랐어도, 일 분만 더 일찍 일어났어도. 그러면 3등은 했을 텐데, 그게 뜻대로 되지 않았다. 올림픽이 끝나고 그는 스포츠 뉴스에서 한 선수의 인터뷰를 보게 되었다. 올림픽에 세 번이나 출전한 선수였다. 선수는 말했다. 그때마다 4등을 했다고. 그러자 어느 순간 자기 꿈은 금메달이 아니라 동메달이 되어버렸다고. 그런 자신에게 실망해 이제 은퇴를 하고 싶다고. 그 선수의 마지막 말이 귓가에 맴돌았다. 언젠가 자기도 그렇게 자신을 미워하게 될지 모른다고 생각하자 덜컥 겁이 났다. 그의 고민을 들은 삼촌은(여전히 그에게 어린이날 선물을 챙겨주었다. 그가 이제 어린이가 아니라고 말을 해도 소용없었다) 그거 참 바보 같은 생각이구나, 하고 대꾸했다. 그는 삼촌이 혼자 밥을 먹으러 올 때면 맞은편에 앉아 빈 잔에 소주를 따라주곤 했다. 삼촌은 소주 한 잔을 꼭 두 번에 나눠 마셨다. 좋아하는 안주는 고춧가루를 넣은 콩나물무침이었다. 삼촌은 그에게 이런 이야기를 들려주었다. 어렸을 때 우연히 만화책 한 권을 손에 넣었는데 거기 나오는 인물들은 하나같이 웃을 때면 눈을 감았다고. 울 때는 커지지만 웃을 때는 작아지는 눈들. 그 만화를 본 이후 삼촌은 눈을 감으며 웃는 연습을 했다. 고개를 약간 뒤로 젖히고 눈을 지그시 감으며 하하하 하고 웃었다. 눈을 감고 웃다보면 얼굴도 모르는 어머니도 그렇게 웃었을 것만 같은 생각이 들었다. "아버지가 그랬거든. 웃을 때면 어머니 눈이 초승달이 되었다고." 여기까지 말하고 나서 삼촌은 술 한 잔을 한 번에 마셨다. 웃을 때 눈을 감는 버릇은 스무 살 청년이 되어서까지 이어졌다. 제대한 뒤 트럭을 몰게 된 삼촌은 라디오에서 흘러나오는 노래를 따라 부르며 전국을 떠돌아다녔다. 삼촌은 오 년 동안 트럭을 몰았고 알뜰하게 돈도 모았다. 마침 맞선을 본 아가씨와 데이트까지 하게 되어 삼촌은 봄이 오는 게 너무도 행복하게 느껴졌다. "그 시절, 어찌나 행복했는지 춘곤증도 사라졌단다. 운전기사에겐 춘곤증이 가장 무섭거든." 그래서, 삼촌이 사고를 냈을 때 경찰은 졸지 않았다는 삼촌의 말을 믿어주지 않았다. 트럭에 치인 아이는 평생 다리를 절게 되었다. 삼촌은 라디오를 듣다 시청자들의 사연이 하도 우스워 웃었을 뿐이었다. 오 초 정도 웃었을까. 그때 삼촌은 자기도 모르게 눈을 감았다. "그날 이후로 난 이런 시시한 인간이 되었지. 진짜 자기에게 실망한다는 건 이런 거야." 삼촌은 말했다. "그리고 그 운동선수는 세 번이나 국가대표가 되었잖아. 그건 대단한 거야." 그가 다니던 중학교는 운동장 스탠드 위로 햇빛 가림막이 설치되어 있었는데 오래되어 구멍이 뚫린 곳이 많았다. 그는 그 구멍난 곳 아래에 앉아 있는 걸 좋아했다. 거기 앉아 위를 올려다보면 구멍 사이로 하늘이 보였다. 그 사이로 햇빛이 들어와 눈이 부셨다. 그는 스탠드에 앉아 눈을 감고 삼촌처럼 웃어보았다. 웃음소리가 입 밖으로 나오진 않았지만 그래도 입을 크게 벌려 하, 하, 하, 웃는 척했다.

고등학생이 되자 성적이 떨어지기 시작했다. 예전처럼 4등이라도 다시 한번 해봤으면 하는 마음이 들었다. 몇몇 친구들과 어울려 다니며 사소한 사고를 치기도 했다. 그의 어머니는 손님들에게 아들이 나쁜 친구들과 어울리면서 성적이 떨어졌다며 하소연을 했다. 어머니의 말은 틀렸다. 친구들과 어울려 성적이 떨어진 게 아니라 성적이 떨어져 친구들과 어울리게 된 것이었는데. 친구들은 수업이 끝나면 그의 집으로 몰려와 라면을 끓여먹으며 놀았다. 이학년 이학기가 끝날 무렵이었다. 늘 그렇듯 친구들과 시시덕거리며 텔레비전을 보고 있는데 그의 어머니가 들어왔다. 그는 놀랐다. 친구들도 놀랐다. 가게에서 한창 저녁 장사를 해야 할 시간이었기 때문이었다. 소파에 널브러져 있던 넷은 그 자리에서 벌떡 일어났다. 그의 어머니가 물었다. "니들은 도대체 누구냐?" 한 녀석이 대답했다. "우리는 사총사예요." 그 말에 나머지 두 명의 친구들이 웃었다. 그는 웃지 않았다. 너무 유치해 웃음이 나려 했다. 사총사라니. 그 순간 그는 자신이 무엇을 잘못했는지 깨달았다. "이제 우리집에 오지 마." 다음날, 그가 말했을 때 친구들은 그에게 마마보이라고 놀렸다. "이제 니들끼리 삼총사 해." 그는 말했다. "알았다. 마마보이 새끼야." 세 명이 동시에 외쳤다(일 년 후, 셋은 문방구에서 물건을 훔치다 걸렸다. 그때 문방구 주인에게 우리는 삼총사예요, 하고 말했다가 수학 문제집으로 맞았다. 니들 삼총사에서 총사가 무슨 뜻인 줄이나 아냐? 문방구 주인이 물었다. 당연히 셋은 대답하지 못했다. 그것도 모르는 것들이 무슨 삼총사라고. 문방구 주인이 다시 문제집을 동그랗게 말아 머리를 때렸다). 그는 겨울방학 내내 잠만 잤다. 무슨 꿈을 꾼 것 같았는데 일어나보면 하나도 기억나지 않았다. 그래서 그 꿈을 기억하기 위해 그는 다시 잤다. 꿈을 꾸고, 잊고, 다시 꿈을 꾸고, 다시 잊고. 그렇게 겨울이 지나갔다. 삼학년이 되자 방문 앞에 공부방이란 푯말을 걸어두었다.

영어 성적이 오르지 않자 그는 영어학원에 등록을 했다. 듣기만 하면 점수가 십 점 이상은 오른다는 전설의 강사가 있는 학원이었는데, 집에서 버스를 타고 사십 분이나 가야 했다. "왔다 갔다. 한 시간 반이나 걸리네. 그 시간에 혼자 공부하는 게 더 낫겠다." 삼촌은 비싼 돈을 내고 학원에 다니는 걸 이해하지 못하는 사람이었다. 그는 버스에서 영어 단어를 외우려는 계획을 세웠지만 막상 버스를 타고 나면 졸음이 몰려왔다. 한 달이 지나 재등록을 해야 할지 말아야 할지 고민할 무렵 그는 한 여학생의 어깨에 기대 잠이 들었다. 여학생은 그를 피해 몸을 왼쪽으로 기울였지만 그럴수록 그의 머리도 왼쪽으로 기울었다. 잠에서 깬 그는 얼굴이 화끈 달아올랐다. 여학생에게 미안하다고 말을 하려 했는데 창피해 말이 나오지 않았다. "손바닥에 적은 그 단어 스펠링 틀렸어요." 여학생이 말했다. "i가 두 개여야 해요." 그는 한 달만 더 학원을 다녀보자고 결심했다. 이번에는 정말 버스에서 졸지 않겠다고. 학원에 갈 때 스무 개. 돌아올 때 스무 개. 보란듯 외우리라고. 결심대로 그는 정말 버스에서 졸지 않았다. 그러자 평소 보지 못했던 것들이 보였다. 학원까지 가는 길에는 시에서 가장 오래된 나무가 있었다. 나무가 얼마나 큰지 나무 그늘 아래 집 한 채는 지을 수 있을 것만 같았다. 그리고 눈 밑에 점이 있는 여자아이를 같은 버스에서 보았다. 그보다 세 정거장 먼저 내렸다. 늘 이어폰을 꽂고 있었는데 무얼 듣는지 혼자 피식 웃을 때가 많았다. 그때마다 그는 뭘 들어요? 하고 묻고 싶은 생각이 간절했다. 그가 가장 좋아하는 자리는 여자아이의 뒷자리였다. 어쩌다 여자아이의 앞에 자리가 비어도 그는 앉지 않았다. 자신의 뒤통수만은 보여주고 싶지 않았다. 그는 나무 그늘에 앉아 여자아이와 도시락을 나눠 먹는 꿈을 꾸었다. 어쩌다 여자아이가 버스에 없으면 그는 그다음 정거장에서 내렸다. 그리고 다음에 오는 버스를 탔다. 그러면 어김없이 여자아이가 거기 앉아 있었다. 학력고사를 보고 나면 고백을 하리라. 그는 영어 단어를 외우고 또 외웠다. 여름방학이 끝나고 난 뒤 다시 버스에서 여자아이를 만났을 때, 여자아이는 어딘가 달라져 있었다. 머리를 잘랐는데 그것 때문은 아니었다. 그는 여자아이가 창밖을 내다보며 입꼬리를 올리며 웃는 걸

보았다. 할머니에게 자리를 양보하는 것도 보았다. 여전히 아름다웠지만 더이상 설레지는 않았다. 무엇 때문일까. 그는 여자아이가 버스에서 내리고 난 다음에야 무엇이 달라졌는지를 알아차렸다. 눈 밑의 점. 그 점이 없어졌다. 점 하나 뺐을 뿐인데 사랑하는 마음이 사라질 수 있다니. 그는 자신이 실망스러웠다. 그날 그는 삼촌에게 술을 한 잔만 달라고 부탁했다. 그의 어머니가 주방에 들어가 음식을 만드는 동안 그는 얼른 소주 한 잔을 마셨다. "무스도 처음 발라봤는데." 그는 말했다. "점 하나 때문에 사람 마음이 변할 수 있나요, 삼촌? 겨우 그깟 이유로요?" 삼촌은 그에게 술 한 잔을 더 따라주었다. 그러고는 내가 어렸을 때 우연히 만화책 한 권을 손에 넣었는데, 하면서 이야기를 들려주었다.

3

그는 대학 입시에 실패를 했다. 기숙형 재수학원에서 다시는 기억하고 싶지 않은 일 년을 보낸 뒤 간신히 수도권 대학에 합격을 했다. 합격 소식을 들은 날 그의 어머니는 너무 기뻐 손님들에게 밥값을 받지 않았다(하지만 술값은 받아서 반주로 소주를 마신 손님들이 투덜거렸다. 아들이 취직하면 그땐 술값도 공짜야, 하고 어머니가 말했다). 그는 학교 앞에서 하숙을 했다. 하숙집 아주머니는 한때 식당을 했다며 그의 어머니를 안심시켰다(학기 초에는 술을 먹는 학생들이 많다며 아침마다 해장국을 끓여주었고, 시험 기간에는 야식으로 먹으라며 감자나 옥수수를 삶아 식탁 위에 올려놓았다). 하숙집은 만족스러웠지만, 옆방에서 들려오는 코 고는 소리 때문에 잠을 잘 수가 없었다. '부탁입니다. 코 고는 소리 때문에 잠을 못 자겠어요.' 그는 그렇게 적은 쪽지를 옆방 문에 붙여놓았다. 그날 밤 누군가 그의 방을 똑똑 두드렸다. "옆방입니다." 옆방 남자는 맥주 두 캔과 마른오징어 한 마리를 들고 있었다. "이렇게까지 사과할 필요는 없는데요." 옆방 남자는 사과하러 온 게 아니라고 했다. 그러면서 그의 방으로 들어오더니 바닥에 오징어와 맥주를 펼쳐놓았다. "저도 룸메이트 코 고는 소리에 며칠째 잠을 설쳤거든요. 동지들끼리 한잔하자고요." 그는 이름이 민진기인데, 친구들은 진기명기라는 별명으로 부른다고 자기를 소개했다. 그는 이도훈입니다, 라고 말했다. 그러고는 덧붙였다. "전 별명을 가져본 적이 없어요." 민진기는 그보다 한 학번 위였지만 나이는 한 살 어렸다. 민진기의 부모님은 다섯 살짜리 아이가 신문을 읽는 걸 보고는 당신들이 천재 아들을 낳았다고 생각했다. 그래서 입학통지서도 나오지 않은 여섯 살짜리 아이를 학교에 데리고 가 받아달라고 애원했다. "그런데 왜 나보다 한 살이 어리죠? 두 살이 어려야 하는 거 아니에요?" 그가 물었다. "학교에 들어가니 천재가 아니라는 사실이 밝혀진 거죠. 일학년만 두 번 다녔어요." 민진기는 학교 앞 당구장에서 저녁 일곱시부터 열시까지 아르바이트를 했는데, 당구장 주인에게 부탁해 주급이 아니라 일당으로 돈을 받았다. 매일 맥주를 사 먹어야 했기 때문이었다. 민진기는 자기 전에 맥주를 마셔야만 하루가 끝나는 기분이 든다고 했다. 그것도 캔맥주로. 그와 술을 한잔한 뒤로 민진기는 하나씩 사던 캔맥주를 두 개씩 사기 시작했다. 그리고 그의 방문을 똑, 똑, 똑, 두드렸다. 그는 천하장사라는 소시지를 박스째 사서 책상 서랍에 넣어두었다. 민진기가 맥주 두 캔을 그의 방바닥에 내려놓으면 그는 책상 서랍에서 천하장사 소시지 네 개를 꺼냈다. 맥주 하나에 소시지 두 개. 가끔 기분 좋은 날이면 일인당 두 캔씩 마시기도 했지만 그런 날은 드물었다. 딱 삼십 분. 민진기는 늘 그렇게 말했다. "딱 삼십 분만 마십시다." 매일 삼십 분씩 술을 마시다보니, 한 달이 지나고 두 달이 지나자 어느새 단짝 친구가 되어 있었다. 아침밥을 먹는데 하숙생 중 한 명이 둘이 말 놓기로 했어요? 하고 물었다. 그제야 둘은 어느새 서로에게 반말을 하고 있다는 것을 깨달았다.

어느 날 민진기가 술을 마시다 말고 그에게 좋아하는 사람이 생겼다고 고백했다. 같은 동아리 후배라고 했다. 후배이지만 재수를 했기 때문에 민진기보다 한 살 연상이었다. 경희라고 했다. 이경희. "이름도 예쁘지?" 사랑에 빠지더니 민진기는 매일 바보처럼 웃었다. "오늘은 노란 티셔츠를 입고 왔어." "벌써 반팔을 입었더라고. 아직은 추울 텐데." 짝사랑에 빠진 친구와 술을 마시는 일은 참 피곤하구나, 하고 그는 생각했다. 그는 J시 향우회에 가입을 했다. 단지 같은 지역 사람이라는 이유로 모르는 사람들끼리 만나 밥을 먹고 술을 마시는 게 좀 우스웠지만 그는 친구를 위해서 꾹 참았다. 그곳에서 그는 이경희와 같은 과에 다니는 고향 동기를 두 명이나 알게 되었다. 그는 두 친구들의 도움을 받아 민진기와 이경희 둘만의 술자리를 만들기 위해 이런저런 각본을 짰다. 그래서. 결국. 민진기는 이경희와 단둘이 술을 마셨고, 며칠 후 영화를 봤고, 며칠 후 도서관에서 같이 리포트를 썼다. "나중에 양복 한 벌 해줘야 해." 그는 민진기를 볼 때마다 생색을 냈다. 민진기는 당구장 아르바이트가 끝나면 캔맥주 두 개를 사서 잠바 주머니에 하나씩 넣었다. 그리고 여자친구의 자췻집으로 갔다. 룸메이트가 있어 방에는 들어가지 못하고 옥상에서 맥주를 마셨다. 옥상에는 오래된 평상이 하나 있었다. 가끔 그곳으로 그를 불러내었고 가보면 치킨이 배달되어 있었다. "우리 둘이 한 마리 먹는 건 너무 많아서." 이경희는 가슴살을 좋아했고 민진기는 날개를 좋아했다. 그는 닭다리는 먹지 않았다. 그건 커플들에게 양보했다. 그렇게 옥상에 앉아 맥주와 치킨을 먹다보면 마음속에 담아두었던 말이 의지와 상관없이 흘러나오곤 했다. 그런 건 참는다고 참아지는 게 아니었다. 달밤이 환한 날이면 더더욱. 민진기는 단짝 친구가 자살을 해 그 충격으로 육 개월이나 말을 잃었던 적이 있다고 고백했다. 그런데 가끔 말을 못하던 그 시절로 되돌아가고 싶어진다고. 왜 그런지는 모르겠지만 그 시절이 그립다고. 그는 대학생이 되었는데도 여전히 어린이날 선물을 받는다고 고백했다. 그때마다 그 사람이 진짜 아버지가 아닐까, 하는 생각이 들곤 한다고. 하늘이 맑아 별이라도 보이는 날이면 셋은 평상에 누워 끝말잇기를 했다. "니 차례야." 그가 뜸을 들이면 민진기는 손등으로 그의 배를 때렸다.

그는 '통째로 치킨'이란 웃긴 이름의 가게에서 아르바이트를 시작했다(닭을 토막 내지 않고 통째로 튀겨 파는 집이었는데 한 마리를 시키면 닭발과 닭똥집 튀김을 무한 서비스하는 걸로 유명했다). 민진기와 이경희는 그가 일하는 동안 가게 구석에 앉아 닭발과 닭똥집 튀김에 맥주를 마셨다. 그가 일을 마치고 나면 그제야 통닭을 시켰는데, 사장은 그때마다 주문도 하지 않은 손님에게 서비스 안주부터 주는 가게는 여기밖에 없다고 큰소리를 쳤다. 가게에서 그의 하숙집까지는 걸어서 이십 분쯤 걸렸다. 그 사이에 이경희의 자췻집이 있었다. 가게에서 나와 이경희의 자췻집까지 걸어가는 동안 그는 둘이 나란히 걷도록 한 발짝 떨어져 걸었다. 두 남녀의 뒷모습을 보면서 걷다보면 전봇대에 낙서를 하던 어린 시절이 생각났다. 그렇게 가을이 가고, 겨울이 가고, 봄이 되었다. 어느 날, 그는 커피가게에 앉아 민진기와 이경희가 길 건너편에 서 있는 것을 보았다. 이경희의 어깨에 뭐가 묻었는지 민진기가 손으로 털어주었다. 신호가 바뀌자 둘은 맞잡고 있던 손을 풀고는 길을 건넜다. 그때 그의 심장에서 두근두근하는 소리가 들렸다. 내가 혹시. 그는 생각했다. 그때 이경희가 걸음을 멈추고는 하늘을 올려다보았다. 너무나 익숙한 옆모습이었다. 아, 그런 거구나. 그제야 자기 마음을 알아차린 그는 너무 놀라 들고 있던 컵을 떨어뜨렸다.

그는 아르바이트를 그만두었다. "이제 닭냄새라면 신물이 나." 민진기에게 그렇게 말했지만 그는 더이상 그 커플 사이에 끼여 있기 싫었다. 그는 방에서 나오지 않았다. 누군가에게 마음을 들킬까봐 두려웠다. 그건 영영 들키지 말았어야 했어. 나조차 모르게. 그는 이불 속에 누워 똑같은 말만 되풀이했다. 민진기가 똑, 똑, 똑, 방문을 두드리면 그는 나 졸려, 하고 대답했다. 며칠이 지나자 민진기가 하숙집 아주머니에게 열쇠를 빌려 방문을 열었다. "뭐야, 안 자면서. 일어나봐." 민진기가 누워 있는 그를 발로 툭툭 쳤다. 민진기가 그를 억지로 일으켰다. "술 한잔하러 가자." 그러고는 자기가 쓰고 있던 모자를 그에게 눌러씌웠다. 둘은 소주를 마셨다. 안주는 순대였다. 소주 한 병을 다 비울 때까지 둘은 아무 말도 하지 않았다. 그리고 술 한 병을 더 시킨 다음 민진기가 입을 열었다. 곧 군대에 간다고. 그는 친구의 얼굴을 똑바로 쳐다보았다. “가지 마.” 그가 말했다. 실은 니 여자친구를 좋아한다고. 멈춰지지가 않는다고. 미안하지만 자기도 모르게 그냥 그렇게 되었다고. 민진기가 그에게 주먹을 날렸다. 그는 피하지 않았다. 코피가 흐르도록 그냥 두었다.

4

그는 서른둘에 결혼해서 서른아홉에 이혼을 했다. 아이는 없었다. 아들의 결혼식을 마치고 집으로 돌아가는 길에 그의 어머니는 막걸리를 한잔 마시고 울었다. 그리고 〈칠갑산〉이라는 노래를 불렀다. 관광버스 안에 있던 하객들이 어머니의 노래를 따라 불렀다. 그가 이혼을 알렸을 때 그의 어머니는 식당 문을 닫고 주방에 앉아 혼자 막걸리를 마셨다. 그리고 또 〈칠갑산〉이라는 노래를 불렀다. 그 노래만 부르면 콩밭을 한 번도 매보지 않았는데도 콩밭을 매는 아낙네의 마음을 알 것만 같았다. 그가 혼자 살게 되자 그의 어머니는 일주일에 한 번씩 반찬을 보냈다. 그가 그만 보내라고 해도 막무가내였다. 반찬은 회사로 배달되었다. 그러면 그는 그 반찬들을 여직원 휴게실 냉장고에 넣어두었다. 도시락을 싸오는 여직원들을 위해서였다. 그가 넣어둔 반찬들 덕분에 어떤 직원은 맨밥만 싸오기도 했다. 가끔 과장님 고맙습니다, 하고 작은 선물을 책상에 올려놓는 직원들도 있었다. 어머니 식당은 방송에 원조 식당으로 소개된 뒤로 손님들이 늘었다(어떤 날은 번호표까지 나눠줘야 한다고 어머니는 말했다). “그런데도 장사하는 게 재미가 없네." 그의 어머니는 무릎 수술을 받은 뒤로는 주방에서 일을 하지 않았다. 카운터에 앉아 손님들에게 맛있게 드셨나요, 또 오세요, 하는 말만 했다. "주방을 보면 잔소리만 나와. 내가 잔소리 할 망구가 되다니. 재미없어." 그는 세시 반에서 네시 반 사이에 어머니에게 전화를 걸어 안부를 묻곤 했다. 그때가 손님이 가장 없는 시간이었다. 그의 어머니는 아들에게 이런저런 이야기를 했다. 참기름과 들기름을 대놓고 먹었던 방앗간이 문을 닫았다는 이야기, 행복마트 사장님이 교통사고가 났는데 골반뼈가 으스러졌으니 오래 못 살 것 같다는 이야기, 아그파사진관의 막내아들이 5급 공무원이 되어서 동네 잔치를 했다는 이야기, 그런 이야기들을 그는 그랬어요, 저런, 어떻게 해요, 하고 맞장구를 쳐가면서 들어주었다. 삼촌이 칠순 잔치를 한다는 소식도 어머니를 통해 들었다. "자식도 없는 사람이 무슨 칠순 잔치예요." 그렇게 말하고 그는 속으로 아차 싶었다. 어머니가 그 틈을 놓치지 않고 너도 나중에 그런 소리 듣기 전에 자식이나 어서 구해와라, 하고 말했다. "그리고 말이 칠순 잔치지 그냥 밥 한끼 먹자는 거야." 그는 어머니에게 바빠서 못 갈 수도 있다고 말했지만 전화를 끊자마자 기차표를 예매했다.

삼촌의 칠순 잔치에서 그는 세 번이나 노래를 불렀다. 내년이면 니 엄마도 칠순이다, 라고 삼촌이 귀띔을 해주었다. 술이 과한 날이면 삼촌은 그의 머리를 쓰다듬으며 잘 커야 한다고 중얼거리곤 했는데, 그 말을 듣다보면 자신이 출생의 비밀을 간직한 드라마 속 주인공처럼 생각되었다. 그는 친아버지를 본 적이 있었다. 딱 한 번이었다. 열 살 무렵이었다. 버스정류장에 앉아 있는데 어떤 사내가 그의 곁에 앉았다. 뭐 하니, 사내는 물었고 그는 버스 번호판을 보면서 숫자놀이를 한다고 말해주었다. 하도 연습해서 이제는 번호판만 보아도 저절로 암산이 된다고. 사내가 그렇구나, 그렇구나, 중얼거렸다. 그의 머리를 쓰다듬으며 이상한 말을 했다. 나중에 사랑하는 사람이 생기면 이렇게 버스정류장에서 오랫동안 그 사람을 기다리게 될 거란다. 그게 어른이란다. 오랜 시간이 흐른 후, 그는 그 사람이 친아버지라는 것을 알아차렸다. 하지만 어머니에게는 내색하지 않았다. "도훈아." 삼촌이 말했다. "왜요." 그가 대답했다. "삼촌이 눈 밑에 점이 있는 여자 찾아줄까?" 삼촌이 웃었다. 친구의 여자를 짝사랑한 대가로 그는 코뼈가 부러졌다. 뼈가 부러진 건 아물면 그만인데 어찌된 일인지 그후로 목소리가 변했다. 허스키한 목소리를 들을 때마다 그는 자신이 낯설게 느껴졌다. 그는 종합검진을 받으러 갔다가 아내를 만났다. 그다지 예쁘지도 않고 그렇다고 못생긴 얼굴도 아니었다(아내의 사진을 보고는 어머니가 그만하면 됐다, 라고 했다). 그가 병원 대기실에 앉아 있을 때 옆에 앉아 있던 여자가 그에게 말했다. "참 웃기죠?" "뭐가요?" 그가 되물었다. 그러자 여자가 검사복을 가리키면서 말했다. "이 옷 말이에요." 그제야 그는 여자가 무슨 말을 하는지 알아차리고 웃었다. 옷을 갈아입으면서 그도 웃었으니까. 검사복은 대장내시경을 위해 엉덩이 부분이 뚫려 있었다. 더 웃긴 건 그 옷을 건네주면서 간호사가 한 말이었다. "이 부분이 앞이 아니에요." 그는 그 이야기를 옆에 앉은 여자에게 해주었다. 여자가 웃었다. 그러자 스머프의 꼬리가 생각났다. 스머프의 엉덩이. 스머프의 바지. 스머프의 팬티. 그는 여자에게 대장내시경을 하기 전에 무서우면 스머프 엉덩이를 생각해보라고 일러주었다. 바지에 난 구멍으로 꼬리를 빼내는 스머프들을 상상해보라고. 종합검진을 마치고 둘은 인근 죽집에 가서 죽을 먹었다. 그리고 명함을 주고받았다. 일주일에 한 번씩 만나 밥을 먹고, 영화를 보고, 커피를 마셨다. 일상처럼. 결혼을 하고 나서야 그는 자신이 아내를 사랑한 적이 있었는지 묻고 또 물었다. 멀리서 걸어오는 아내를 보고 심장이 두근거린 적이 있었는지. 세상에. 그런 적이 없었다. "삼촌." 그가 말했다. "왜?" 삼촌이 물었다. "삼촌, 지금처럼 매일매일 밥 먹으러 와주세요." 그는 말했다. 하지만 진짜 하고 싶은 말은 그게 아니었다. 이제 그만 어머니에게 같이 살자고 말해보세요, 전 괜찮아요, 그렇게 말하고 싶었다. 이혼을 하고 나자 그는 아내의 많은 것들이 생각났다. 아내는 쫄면을 좋아했고 그는 콩국수를 좋아했다. "쫄면 좋아하는 여자와 콩국수 좋아하는 남자. 무슨 영화 제목 같지?" 아내가 자주 하던 말이었다. 그는 아내의 중학교 단짝 친구들과 고등학교 단짝 친구들도 알았다. 아내가 중학교 친구들을 만날 때는 늘 수수하게 입고 나간다는 것도. 그중 한 친구와는 스무 살 때 의절했다가 스물여섯 살에 화해했다는 것도. 중학교 때 친구와 가출을 했는데 강릉터미널에서 선생님에게 붙잡혀 돌아왔다는 것도. 아내와 이혼을 하고 난 뒤에야 그는 그 사실을 알아차렸다. 세상에. 자기는 아직 아내에게 행복마트 평상에서 낮잠을 자던 어느 여름방학에 대해서도 말해주지 않았다는 것을. 그게 얼마나 근사한 일인지. 하지만 이미 늦었다. 아내는 다신 돌아오지 않겠다며 캐나다로 떠나버렸다. 어머니가 그의 옆자리에 앉았다. "맛이 어때? 별로지? 찬모가 영 내 성에 안 차." 어머니가 말했다. 그의 입에는 여전히 어릴 적 먹던 맛이랑 똑같았다. 그는 어머니에게 술을 한 잔 따라드렸다. 맞은편에 앉은 삼촌의 잔에도 술을 채웠다. 삼촌이 자리에서 일어났다. 술이 과했는지 비틀거렸다. 그가 일어나 삼촌을 붙들었다. "우리 내년에도 봅시다." 삼촌이 손님들에게 인사를 했다.

낮술

1

엄마는 스물다섯 살에 엄마가 되었다. 고등학교를 졸업하고 먼 친척이 사장으로 있는 작은 건설회사에 사무보조원으로 취직을 해 일 년 육 개월을 일했다. 그리고 스물둘에 고향에 있는 전문대 회계학과에 입학했다. 그사이, 고등학교 친구들 중 셋은 서울로 떠났고, 한 명은 엄마가 입학한 학교에 일 년 전에 들어가 한 학년 선배가 되어 있었다. 이년아, 고작 여길 오려고 삼수씩이나 했냐? 같은 학교에서 만나게 된 친구가 엄마를 보자마자 타박을 했다. 그러고는 엄마의 손을 잡고 학교 근처를 한 바퀴 돌았다. 여기 점심에 돈가스 무한 리필 해줘. 그래서 남학생들이 많이 가. 이 집은 맛이 없지만 대신 싸. 아마 선배들이 술 사준다 하면 여길 올 거야. 그나마 김치전이 먹을 만해. 아, 저기 보이는 카페. 내가 자주 가는 곳이야. 미희 이모는 엄마에게 수강신청을 하면 후회할 교양과목들을 알려주었다. 친구가 말해준 과목을 빼고 수강신청을 했지만 엄마의 눈에는 모든 수업들이 다 시시했다. 보건과 건강이란 과목은 에이즈의 예방법에 대해 삼 주나 수업을 했다. 엄마는 옆자리에 앉은 학생이 선생님의 말을 하나도 놓치지 않고 노트에 적는 걸 보고 깜짝 놀랐다. 수업이 지루한 건지, 자신이 남들과 달리 호기심이 없는 건지, 헷갈렸다. 텔레비전을 보면 계단식 대형 강의실에서 수업을 듣는 장면이 그렇게 근사해 보였는데 실상 수업을 받아보니 별것 아니었다. 삼분의 이는 잠을 잤고, 강사의 목소리는 울려서 잘 들리지 않았다. 쉬는 시간이 지나면 학생들이 수십 명씩 사라졌지만 강사는 알고도 모른 척했다. 수업이 끝나면 엄마는 자신도 모르게 안도의 한숨을 쉬었다. 엄마는 자주 결석을 했고, 미희 이모가 알려준 카페에서 커피를 마시며 시간을 보냈다. 아메리카노는 팔백원 헤이즐넛은 천원이었다. 카페는 어두침침했고 그래서 그곳에서 한두 시간씩 책을 읽다 밖에 나오면 현기증이 일었다.

엄마는 카페에서 가끔 미희 이모를 만났다. 그 시절 미희 이모도 툭하면 수업에 빠졌다. 엄마는 친구를 따라 술집에 가서 낮술을 마셨다. 미희 이모의 단골 술집은 학교에서 버스로 세 정거장 정도 떨어진 곳에 있었다. 둘은 항상 그곳까지 걸어갔다. 미희 이모가 낮술을 마시게 된 계기는 이랬다. 일 년 전, 중간고사가 끝날 무렵이었는데 길을 걷다 가게 앞 평상에 앉아서 막걸리를 마시고 있는 할머니들을 보았다. 대낮에 술을 마시는 할아버지는 봤어도 할머니는 처음이네. 미희 이모는 자기도 모르게 그렇게 중얼거렸다. 그때 한 할머니가 이모의 말을 받아쳤다. 이젠 눈이 나빠 뭘 읽을 수도 없어. 드라마는 밤에 하고.

그러니 낮엔 낮술이나 하는 거지. 다른 할머니가 덧붙여 말했다. 영감들은 다 죽고, 자식들은 다 떠났으니, 이젠 밥도 안 해도 되거든. 그러니 낮술이나 하는 거지. 그 말을 들은 미희 이모는 왠지 할머니들에게 사과를 해야 할 것 같은 기분이 들었다. 그래서 가게 안으로 들어가 두부 한 모를 샀다. 할머니. 안주 드시면서 마시세요. 그날 평상에서 낮술을 마시던 할머니들이 미희 이모에게 막걸리를 한 잔씩 따라주었다. 미희 이모는 막걸리 네 잔을 마시고 다시 학교로 돌아왔다. 벤치에 앉아 남학생들이 축구하는 걸 구경하다 깜빡 잠이 들었다. 일어나 보니 같은 과 동기들이 건물에서 나오고 있었다. 세 시간짜리 전공과목을 빠졌을 뿐인데 아주 긴 여행을 다녀온 기분이 들었다고 이모는 엄마에게 말했다. 그 말을 들은 엄마는 이런 생각이 들었다. 이렇게 괜찮은 애인 걸 왜 고등학교 때는 몰랐지?

엄마의 단짝 친구는 희정이었고, 미희 이모의 단짝 친구는 선희였다. 넷은 고등학교 이학년 때 같은 반에서 만났다. 그해 가을, 경희라는 아이가 전학을 왔다. 담임을 따라 전학생이 교실로 들어서자 희정이 박수를 쳤다. 알고 보니 중학교 삼학년 때 서울로 전학을 갔다가 어찌어찌해서 다시 고향으로 돌아오게 된 아이였는데, 전학을 가기 전에 희정의 짝이었던 것이다. 선희가 어, 어, 하고 놀라는 표정을 지었다. 전학을 가기 전 경희는 선희네 옆집에 살았다고 했다. 경희가 전학을 오자 도시락을 먹는 풍경이 바뀌었다. 희정과 선희는 경희의 친구이기도 했으니까. 그래서 그날 이후로 다섯 명은 같이 도시락을 먹고, 같이 즉석 떡볶이를 먹고, 같이 자율학습을 땡땡이쳤다. 이름에 모두 희 자가 들어간다고 같은 반 아이들은 그들을 희자매라고 불렀다. 희정, 미희, 선희, 경희, 그리고 숙희. 늘 다섯 명이 뭉쳐 다녔지만 엄마가 미희 이모에게 속마음을 이야기한 적은 없었다. 물론 둘이 따로 만난 적도 없었다. 엄마는 희정 이모에게 고민을 털어놓았고, 미희 이모는 선희 이모에게 고민을 털어놓았다. 희정은 내 속을 알고 있는데 정작 나는 걔의 마음을 모른다는 사실 때문에 친구들 사이에 있어도 늘 외로운 기분이 들곤 했어. 낮술을 마시며 엄마는 미희 이모에게 말했다. 사실 나도 그래. 경희가 전학을 오고 난 다음부터 선희와 같이 있어도 나 혼자 있는 것 같았어. 미희 이모도 엄마에게 말했다.

미희 이모가 좋아하는 안주는 닭똥집이었다. 술은 청하. 그래서 자연스럽게 엄마도 닭똥집과 청하를 좋아하게 되었다. 둘이 만나면 닭똥집 한 접시와 청하 두 병을 마시고 헤어졌다. 헤어지는 시간은 오후 다섯시나 여섯시쯤이었다. 술자리가 끝나면 미희 이모는 친구의 자취방에 가서 한두 시간쯤 잠을 자거나 노래방에 가서 혼자 노래를 불렀다. 그러고 집에 가면 아무도 술 마셨는지 몰라. 미희 이모는 술 마신 걸 부모님에게 한 번도 걸린 적이 없다고 엄마에게 말했다. 미희 이모의 아버지는 목사였다. 통금시간은 아홉시. 그게 이모가 더더욱 낮술에 빠진 이유였다. 엄마는 건배를 좋아했다. 그래서 자연스럽게 미희 이모도 건배하는 걸 좋아하게 되었다. 한 잔을 마시는 데 세 번씩은 건배를 했다. 엄마는 서울로 대학을 간 연년생 오빠만 아니었다면 더 좋은 대학을 갔을 거라고 한 말을 또 하고 또 했다. 미희 이모는 서른 살이 되면 한국을 떠나 다시는 돌아오지 않을 거라고 한 말을 또 하고 또 했다. 그러면 카운터에 앉아서 그들을 구경하던 술집 주인이 한마디를 했다. 그만들 하고 집에 가.

낮술을 마시고 길을 걷다 엄마는 두 바퀴가 사라진 채 전봇대에 묶여 있는 자전거를 보았다. 분명 쓰레기인데 쓰레기처럼 보이지 않았다. 이상한 일이네. 저 풍경조차 아름답게 보여. 엄마가 미희 이모에게 말했다. 이모가 취했군, 하며 웃었다. 그러더니 자전거를 흔들어 보았다. 자전거 자물쇠가 바닥으로 떨어졌다. 훔쳐가자. 엄마가 말했다. 엄마는 마치 바퀴가 있는 자전거를 끌고 가는 것처럼 한 손은 손잡이를 잡고 다른 한 손은 안장을 잡은 채 길을 걸었다. 이왕이면 타고 가지. 미희 이모가 말했다. 엄마는 타고 싶지만 안장이 지저분해서 타지 않겠다고 대꾸했다. 자전거를 들고 다니다 미희 이모가 하늘색으로 페인트칠이 되어 있는 공중 화장실을 발견했다. 미희 이모는 벽에 자전거를 기대놓았다. 그리고 가방에서 펜을 꺼내 벽에 자전거 바퀴를 그렸다. 그럴듯하지. 응. 그럴듯하네. 둘은 자전거를 그곳에 버려두었다. 그날 이후부터 엄마는 이상하게도 술만 마시면 작은 것들이 커다랗게 확대되어 보였다. 폐지 줍는 할머니의 리어카에 붙어 있는 헬로키티 스티커라거나 전봇대에 누군가 그려놓은 하트 모양 낙서 같은 것들이. 어떤 날은 달리기를 하는 어느 소년의 심장박동 소리가 너무나 크게 들려 놀란 적도 있었다. 엄마는 낮술을 더 마시다보면 짝사랑에 빠진 사람들을 골라낼 수도 있을 것만 같다고 미희 이모에게 농담을 하곤 했다. 하지만 정작 자신을 짝사랑한 사람을 알아보지는 못해 두어 번의 연애 기회를 놓치고 말았다. 엄마는 이 년 후 대학을 졸업하고 스물넷에 그린환경이란 회사에 경리직원으로 취직을 했다. 그곳에서 엄마는 아빠를 만났다.

2

엄마가 들어간 회사는 친환경 변기를 만드는 곳이었다. 대학에 가기 전 일했던 건설회사에서 단체로 등산을 간 적이 있었는데, 그때 엄마는 산장 화장실에서 거품이 가득 들어찬 변기를 보고 깜짝 놀란 적이 있었다. 거품이 넘칠 것만 같아 엉덩이를 들고 오줌을 누어야 했다. 바로 그 변기를 만드는 회사였다. 면접 때 사장은 미래에는 모든 가정마다 물 없는 변기가 설치될 거라고 장담을 했다. 그땐 먹을 물도 없어서 똥 누는 데 물을 쓰는 집은 없을 거라고. 그러니 그만두지 말고 오래 회사에 다니라고 사장은 말했다. 아빠는 그 회사의 영업사원이었다. 주로 재래식 화장실이 설치된 시골을 돌아다니며 영업을 했다. 영업사원들의 경비 처리는 엄마 담당이었다. 영수증을 이면지에 붙여 철을 하고 컴퓨터에 항목별로 금액을 정리해두는 게 엄마의 주된 임무 중 하나였다. 아빠는 기름값을 가장 많이 쓰는 영업사원이었다. 자주 가는 식당은 현희백반이라는 집이었는데, 늘 백반정식을 먹었다. 어떤 때는 한 달에 보름을 그 집에서 먹기도 했다. 여기가 그렇게 맛있어요? 아빠에게 영수증을 건네받으며 엄마가 물었다. 그랬더니 아빠가 이렇게 대답했다. 제가 가면 주인 할머니가 늘 소시지를 부쳐주거든요. 그게 맛있어요. 아빠의 별명은 호호 아저씨였다. 아빠의 이름은 박효호. 호호 오빠도 있고 호호 형도 있는데 어째서인지 회사 사람들은 모두 호호 아저씨라고 불렀다. 심지어 환갑이 넘은 구내식당 아주머니조차도. 회사에서 아빠의 이름을 정확히 부르는 사람은 사장밖에 없었다. 이름 때문인지, 아니면 영수증 사이에서 은행잎이

나 단풍잎 같은 것을 발견해서 그런 것인지 암튼 엄마는 아빠를 보면 이상하게 자꾸 웃음이 나왔다. 아빠도 그 웃음이 싫지는 않았는지 어느 날 영수증 사이에 이번 주말에 영화 볼래요? 라고 쪽지를 끼워 엄마에게 건넸다. 둘은 영화를 보고, 밥을 먹고, 술을 마셨다. 아빠가 좋아하는 안주는 돼지갈비였다. 그래서 엄마도 돼지갈비를 좋아하게 되었다. 돼지갈비를 안주 삼아 술을 먹다보니 주량이 늘었다. 엄마는 여전히 건배하는 걸 좋아했다. 한 잔에 세 번씩. 어떤 때는 네 번도 했다. 아빠는 그게 창피했지만 그래도 내색하지 않고 건배를 했다. 자꾸 하다보니 아빠도 건배를 좋아하게 되었다.

임신한 사실을 알게 된 엄마는 울며 미희 이모에게 전화를 걸었다. 나 어떡해, 라는 말을 오십 번도 넘게 했다. 모든 게 다 술 때문이야, 라는 말은 삼십 번도 넘게 했다. 이년아, 정신 차리고. 남자는 누구야? 미희 이모가 물었다. 호호 아저씨. 엄마가 대답했다. 미희 이모는 깜짝 놀랐다. 아주 나이가 많은 남자일 거라고 생각했기 때문이었다. 그런데 그 남자와 결혼하고 싶어? 미희 이모가 엄마에게 물었다. 잘 모르겠어. 엄마가 대답했다. 그 남자랑 결혼을 하고 싶으면 낳는 거고 아니면 나랑 병원에 가는 거야. 잘 생각해봐. 전화를 끊은 미희 이모는 만일을 위해 수술할 병원을 알아두었다. 그리고 미역국 끓이는 법까지 공부해두었다. 일주일 동안 엄마는 정각 여섯시에 퇴근을 했다. 단 오 분도 더 회사에 있고 싶지 않았다. 회사 앞에서 아무 버스나 타고 종점까지 갔다 돌아오곤 했다. 흔들리는 버스에서 엄마는 아빠와 했던 지난 데이트들을 반추하고 또 반추해보았다. 여섯 번 만나는 동안 다섯 번 영화를 보았는데 모두 홍콩 영화였다. 아빠는 엄마에게 한 번도 보고 싶은 영화가 무엇인지 물은 적이 없었다. 생각보다 다정한 사람이 아닐지도 몰라. 엄마는 생각했다. 아빠는 자동차 번호판을 보면 일 초 만에 여섯 개의 숫자를 암산으로 더하거나 곱했다. 생각보다 똑똑한 사람일지도 몰라. 엄마는 생각했다. 살점 하나 남기지 않고 갈비를 뜯는 모습이라거나 담배를 필터만 남을 때까지 피우는 모습을 떠올려보니, 그런 사람과 평생을 보내야 한다는 게 징그럽다는 생각이 들기도 했다. 그러다 또 자동차 백미러에 스머페트 인형을 달고 다니는 걸 보면 귀엽다는 생각이 들기도 했다. 엄마는 변덕스러운 자신이 당황스러웠다. 버스에 앉아서 자기도 모르게 고개를 저었다가 끄덕였다가 했다. 그렇게 버스를 타고 돌아다니다 엄마는 미희 이모와 자주 갔던 술집 근처를 지나가게 되었다. 엄마는 버스에서 내렸다. 술집 안을 들여다봤더니 사람들이 많았다. 엄마는 미희 이모와 낮술을 마시고 걸었던 길들을 걸어보았다. 그러다 자전거를 버렸던 공중화장실까지 가게 되었다. 엄마는 오줌을 누었다. 아직 배가 불러온 것도 아닌데 이상하게 자주 요의가 느껴졌다. 오줌을 누고 나오다 엄마는 자전거가 아직까지 거기에 버려져 있다는 걸 발견했다. 미희 이모가 그린 자전거 바퀴 그림을 누군가 색칠해놓았다. 바큇살과 체인까지 그려서 진짜처럼 보였다. 엄마는 손수건을 꺼내 안장을 닦았다. 손수건이 더러워졌다. 그 더러워진 손수건을 가만히 들여다보는데 눈물 한 방울이 그 위로 떨어졌다. 그래, 아이를 낳아야겠어. 엄마는 생각했다.

엄마는 아빠에게 아이에게 자전거를 가르쳐주는 아버지가 되었으면 좋겠다는 말을 해야겠다고 생각했다. 그래, 호호 아저씨란 별명은 그냥 생긴 게 아닐 거야. 어쨌든 좋은 사람이잖아. 엄마는 생각했다. 하지만 엄마는 그 별명 때문에 아빠와 엄마가 불과 두 살밖에 차이가 나지 않는다는 사실을 종종 잊곤 했다. 스물일곱 살. 아빠도 모든 게 무서웠다. 아빠는 영업사원이 된 뒤로 늘 가방에 우황청심환을 넣고 다녔다. 퇴근하고 집에 돌아와 형광등을 켤 때마다 아빠는 생각했다. 도대체 다른 사람들은 어떻게 어른이 되는 걸까, 하고. 임신한 것 같다는 엄마의 말을 들은 후 아빠가 제일 먼저 떠올린 말도 그것이었다. 아빠는 우황청심환을 먹었다. 그리고 엄마에게 말했다. 내일 연락할게. 엄마는 섭섭했지만 아무 내색도 하지 않았다. 난 일주일이나 생각했는데 하루쯤이야. 하지만 아빠는 다음날 연락하지 않았다. 그다음 날도. 아무 연락 없이 일주일 이상 무단결근을 하자 회사에서도 퇴직 처리를 했다.

외할아버지는 젊은 시절 회사 버스를 모는 기사였는데 사고로 사람을 다치게 한 뒤로 일을 그만두었다. 그 이후로 집안의 실질적 가장은 외할머니였다. 치킨집 주방에서 일을 하던 외할머니는 사장이 가게를 내놓자 그걸 인수했다. 그리고 외할아버지에게 이렇게 말했다. 배달을 할 건지 이혼을 할 건지 선택하라고. 그때 엄마는 열한 살이었다. 미혼모가 될 거라는 딸의 이야기를 들은 날 외할머니는 가게에 나가지 않았다. 외할머니는 싱크대에 있는 그릇들을 모조리 꺼내 닦았다. 그리고 냉장고에 있는 음식들을 꺼내 바닥에 늘어놓았다. 죄다 버릴 것들이었다. 페트병 하나를 열어보니 술냄새가 났다. 삼 년 전인가 사 년 전인가 담갔던 복분자주였다. 유통기한이 지난 냉동만두를 전자레인지에 데웠다. 바닥에 앉아 외할머니는 술을 마셨다. 그래, 큰일 아니야. 이까짓. 외할머니는 중얼거렸다. 외할아버지는 문 닫은 가게에 멍하니 앉아 있었다. 몇몇 손님이 문을 두드리다 그냥 돌아갔다. 외할아버지는 생맥주 한 모금을 마셨다. 시원했다. 이런 상황에서도 술맛이 느껴지다니 자신이 한심하게 느껴졌다. 엄마는 회사를 그만두지 않았다. 아이와 같이 살 집을 얻으려면 돈이 필요했다. 그래서 회사 사람들의 수군거림을 꾹 참아야 했다. 사장이 엄마를 불러 돈봉투를 건네주면서 말했다. 맛있는 것 좀 사먹어. 얼굴이 그게 뭐야. 그리고 여긴 변기 만드는 회사야. 똥 누는 인간이라면 누구나 다 똑같다고 생각해, 난.

아빠는 처음부터 도망갈 생각이 있었던 것은 아니었다. 바다를 보면 뭔가 해답이 나올 것만 같았다. 그래서 바다에 갔던 것뿐이었다. 그저 무서워 다시 돌아오지 못했을 뿐이었다. 잘못을 저질러놓고 부모님에게 혼날까봐 가출한 청소년처럼. 머릿속은 다시 돌아가야 하는 걸 알지만 몸은 자꾸만 엇나갔다. 아빠는 이곳저곳을 떠돌며 막노동을 했다. 그 시절 아빠는 많은 모텔 건물들을 지었다. 하루는 몸살 기운이 있어 오전만 일을 하고 숙소로 돌아왔다. 짬뽕을 시켜먹고 쌍화탕을 먹은 뒤 아빠는 낮잠을 잤다. 비를 흠뻑 맞는 꿈을 꾸었다. 두 시간 자고 일어났는데도 몸은 여전히 찌뿌둥했다. 그래서 아빠는 팬티 한 장을 잠바 주머니에 넣고 목욕탕엘 갔다. 초등학교 앞에서 아이들이 하교를 하는 것을 보았다. 과일가게 주인이 수건으로 사과를 닦은 후 가지런히 진열하는 것을 보았다. 목욕을 하고 나온 아빠는 맥주 한 캔을 사러 가게에 갔다가 평상에 앉아 막걸리를 마시고 있는 할아버지 할머니를 보았다. 잔은 하나였다. 할아버지가 한 모금 마시고 할머니에게 건네면 할머니가 한 모금 마셨다. 그리고 다시 할아버지가 한 모금. 아빠는 맥주를 사면서 종이컵도 하나 샀다. 어르신, 이걸로 드세요. 아빠가 종이컵을 내밀자 할머니가 웃으며 대답했다. 이게 우리 재미라네. 그냥 둬. 할아버지가 아빠가 건넨 종이컵에 막걸리를 따랐다. 자네 마시게. 그래서 아빠는 막걸리 한 잔을 마셨다. 아빠가 할아버지에게 또 잔을 내밀었다. 또 주세요. 맛있어요. 할아버지가 막걸리를 한 잔 더 주며 말했다. 젊은 사람이 대낮에 뭐하는 거야. 일해야지. 아빠는 막걸리 한 잔을 쉬지 않고 단숨에 마셨다. 갑자기 이마가 화끈해졌다. 그러게요. 사는 게 무서워 비겁하게 도망다녀요. 아빠가 말했다. 그 말에 할머니가 갑자기 아빠의 엉덩이를 손바닥으로 때렸다. 마치 열 살짜리 손자를 때리듯이. 이놈아. 뭐가 무서워. 아빠는 할머니에게 엉덩이를 맞았지만 기분이 나쁘지는 않았다. 더 때려주었으면 하는 생각도 들었다. 내 나이 되면 뭐가 제일 무서운지 알아? 계단이야. 계단. 할머니가 말했다. 그날 아빠의 머릿속에는 하루종일 할머니의 말이 맴돌았다. 나도 언젠가는 계단이 무서운 나이가 될까? 아빠는 밤새 뒤척였다. 그리고 새벽에 짐을 쌌다. 엄마의 앞에 나타난 아빠는 무릎을 꿇고 말했다. 무릎 연골이 닳을 때까지 살아보자고. 나중에 할아버지 할머니가 되어서는 서로 부축해가며 계단을 내려가보자고. 물론 엄마는 아빠의 말이 무슨 뜻인지 알아듣지 못했다. 그래도 엄마는 고개를 끄떡였다. 그러자. 그러자. 그 말만 반복했다.

3

아빠는 복직하지 못했다. 외할머니의 가게에서 치킨 배달을 시작했다. 외할아버지는 사위에게 배달일을 넘겨주고 주방으로 옮겨갔다. 외할머니는 사위가 미웠고, 그 사위를 예뻐하는 남편도 미웠다. 그래서 둘이 고생 좀 해보라는 식으로 가게에 나가지 않았다. 나는 추석을 며칠 앞두고 태어났다. 시간은 오후 한시 반. 사주에 토土가 많아 고집이 세겠는데, 하고 외할머니가 말했다. 두 시간만 늦게 태어나지. 아빠는 외할머니 외할아버지를 모시고 병원 앞 감자탕집에 갔다. 외할머니가 감자탕을 좋아한다는 사실을 엄마가 살짝 귀띔해주었던 것이다. 축하 건배도 할까요? 아빠가 묻자 외할아버지가 그러자고 고개를 끄떡였다. 아빠는 장인 장모에게 술을 따라드렸다. 손이 떨렸다. 건강하게 자라길. 외할아버지가 말했다. 셋은 건배를 했다. 공중에서 잔들이 부딪치는 순간, 아빠의 머릿속에서 이런 장면이 떠올랐다. 성년이 된 딸과, 흰머리가 생긴 아내와, 아내의 잔소리에 결국 담배를 끊은 가장의 모습이. 그 셋이 둘러앉아 돼지갈비를 안주 삼아 술 한잔을 하는 모습이. 생일 축하한다, 하며 건배를 하는 모습이. 아빠는 외할아버지가 건네주는 술을 마다않고 마셨다. 외할아버지도 사위가 건네주는 술을 마다않고 마셨다. 아빠는 감자탕에 들어 있는 감자를 건져 외할머니의 앞접시에 놓았다. 외할머니는 감자를 좋아해서 쌀 위에 감자 한두 알을 올려 밥을 하곤 했다. 외할머니는 옛날에는 감자탕에 통감자가 듬뿍 들어 있었다고 했다. 요즘 감자탕은 다 가짜라고. 다시 한번 그런 감자탕을 먹어보고 싶다고. 그 말을 듣자마자 아빠가 큰 소리로 말했다. 제가 끓여드릴게요. 감자 많이 넣고요. 그 말에 기분이 좋아진 외할머니가 아빠에게 술 한 잔을 따라주었다. 그래, 마셔. 좋은 날이니. 외할머니는 아빠에게 감자는 꼭 통으로 넣어야 한다고 말했다. 그러면서 젓가락으로 앞접시에 놓인 감자를 가리키며 말했다. 이렇게 얇게 저며넣으면 안 된다고. 그후로, 아빠는 몇 번의 실패를 한 뒤 어느 식당보다 맛있는 감자탕을 끓이게 되었다. 나중에 감자탕집 차리면 부자 되겠죠? 가게 이름은 호호 감자탕. 어때요? 외할머니가 아빠의 감자탕을 칭찬할 때마다 아빠는 그렇게 말했다. 그러면 외할머니는 꼭 이렇게 대답했다. 차리지 마. 내 딸 힘들어. 감자탕에 소주를 마시고 밖으로 나와보니 비가 왔었는지 땅이 젖어 있었다. 외할아버지는 낮잠을 한숨 자야겠다며 택시를 타고 돌아갔다. 아빠와 외할머니는 병원 앞 벤치에 앉아 자판기 커피를 한잔 마셨다. 술을 마셔서인지, 딸이 태어나서인지, 비가 온 다음이어서인지, 그날 아빠의 눈에는 모든 것이 선명하게 보였다. 구름은 하얀색으로 보였고, 하늘은 파란색으로 보였다. 노란색 우비를 입고 횡단보도를 건너가는 아이의 어깨 위에 단풍잎 하나가 붙어 있는 것도 보였다. 꼭 그림책을 오려놓은 것 같아요. 아빠는 말했다. 외할머니가 그러게, 하고 대꾸했다. 커피가 달아요. 아빠가 말했다. 외할머니가 그러네, 하고 대꾸했다. 아빠는 외할머니에게 고등학교 일학년때 담임선생님에게 맞았던 이야기를 들려주었다. 장래희망을 적어내라 그래서 아빠는 효자라고 적었다. 그러자 담임이 아빠를 불러내 말했다. 아버지가 장래희망이란 놈은 봤어도 효자가 장래희망인 놈은 처음이다. 다시 써와! 아빠는 다시 써가지 않았다. 담임은 효자는 장래희망이 될 수 없다고 했다. 그건 미래로 미루는 게 아니라고. 그래도 아빠는 다시 쓰기 싫다고 말했다. 화가 난 담임이 아빠의 빰을 때렸다. 한 대, 두 대, 세 대. 아빠의 말을 들은 외할머니가 거참, 고집도 참, 세네, 하고 중얼거렸다. 그날 아빠는 자신을 때린 선생님에게 몇 달 전에 부모님이 돌아가셨다는 말을 하지 않았다. 장모님. 아빠가 외할머니를 불렀다. 목소리가 하도 다정해서 외할머니는 하마터면 그래, 박서방, 하고 대꾸할 뻔했다. 손녀가 태어났다고 해서 미움이 완전히 사라진 것은 아니었다. 만약 제 딸이 고집불통으로 자라도 혼내지 말아주세요. 절 닮아서 그런 거니까요. 아빠가 말했다.

봄이 되었고, 내가 목을 가누게 되자 엄마는 나를 유모차에 태우고 자전거를 버렸던 공중 화장실에 가보았다. 그사이 누군가 자전거 안장 위에 소녀가 앉아 있는 모습을 그렸다. 소녀는 머리를 양 갈래로 묶고 하늘을 보며 웃고 있었다. 엄마는 지나가는 사람에게 부탁해서 사진을 찍었다. 사진은 모두 세 장이었다. 하나는 내가 안장에 앉아 있는 사진이고, 다른 하나는 엄마가 나를 안은 채 한 손으로 소녀의 보조개를 만지는 사진이고, 다른 하나는 자전거 앞에서 엄마 혼자 서 있는 사진이었다. 나는 초등학교 오학년 때 자전거 이야기를 써서 상을 받았다. 중학교 일학년 때 글짓기 대회에서는 이야기에 살을 덧붙여서 자전거를 버린 사람은 아버지이고 그림을 그린 사람은 어머니라고 썼다. 어느 날 우연히 아버지가 자신의 옛 자전거를 찾으러 갔다가 그림을 그리고 있는 어머니를 발견했다고. 그래서 둘은 결혼하게 되었다고. 나는 가작을 받았다. 상품은 시시하게도 노트 세 권이었다. 초등학교 육학년때 전 과목 백 점을 받아 아빠가 운 적도 있었다. 올

백이라니. 이게 실제 존재하는구나. 아빠는 성적표를 들여다보고 또 들여다보았다. 나는 전 과목 백 점을 받은 아이들이 우리 반에만 다섯 명이나 있다는 말을 하지 않았다. 용돈을 십만원이나 받았다. 엄마는 공부를 잘한다고 용돈을 더 주는 건 자신의 교육 신념에 맞지 않는다고 거창하게 말했다. 경리과장님다운 생각이었다.

아빠는 당신의 딸이 훗날 교수가 되거나 치과 의사가 되는 꿈을 꾸었다. 그때까지 뒷바라지할 생각을 하니 치킨을 튀기고 배달하는 일로는 어림없을 것 같았다. 감자탕집을 차리고 싶었는데, 어느덧 정신을 차리고 주위를 둘러보니 한 골목에 감자탕집이 두 군데나 되었다. 게다가 우거지해장국과 순댓국을 파는 집까지 헤아리면 모두 다섯 곳이 넘었다. 경쟁력이 없어. 경쟁력이. 아빠는 생각했다. 아빠의 기대와 달리 중학교에 들어가면서 내 성적은 중간을 겨우 유지했다. 심지어 나는 정학을 두 번이나 당했고, 화가 난 아버지는 지갑에 접어 보관해둔 전 과목 백 점을 받았던 내 성적표를 찢어버렸다. 첫번째 정학은 점심시간에 교실 뒤에서 돈내기 공기놀이를 했다는 게 이유였다. 포커나 고스톱을 친 것도 아닌데 그까짓 걸로 정학을 주다니. 나는 좀 억울했다. 담임이 현장에서 우리의 돈을 압수해갔다. 백원이라도 돈이 오가면 도박이라고 엄마가 말했다. 외삼촌이 주식으로 거액을 날리고 이혼당할 위기에 처해 있었기 때문에 외할머니는 내 편을 들어줄 정신이 없었다. 두번째 정학은 첫번째와는 상황이 좀 달랐다. 엄마가 반차를 내고 학교에 왔다. 같은 반인 미주가 친구들에게 왕따를 당했다며 수면제를 먹었다. 다행히 일찍 발견해 목숨은 건졌다. 미주가 부모님 앞으로 남긴 편지에는 그동안 자신을 괴롭혔던 친구들의 이름이 적혀 있었다. 거기에 내 이름이 있었던 것이다. 나는 정말이지 딱 한 번만 그랬다. 엄마한테도 담임한테도 그렇게 말했다. 딱 한 번이었다고. 지난 몇 달간 미주를 상습적으로 괴롭힌 아이들에 비하면 아무것도 아니었다고. 그래서 억울하니? 담임이 물었다. 억울한 건 아니었다.

엄마는 사과를 하기 위해 미주네 집을 찾아갔지만, 미주 어머니는 현관문도 열어주지 않았다. 정말 미안합니다. 엄마가 문밖에서 말했다. 안에서는 아무 소리도 들리지 않았다. 미주네 집은 이십오층이었다. 엄마는 미주네 집을 걸어서 올라갔다 걸어서 내려왔다. 아파트 놀이터 그네에 앉아서 미희 이모에게 전화를 걸었다. 받지 않았다. 시간을 보니 미희 이모가 사는 나라는 아직 새벽이었다. 엄마는 자신과 같은 시간대에 살고 있지 않은 친구가 원망스러웠다. 길을 걷는데 누군가 엄마에게 전단지를 주었다. 개업 기념으로 일주일 동안 짜장면을 이천원에 판다고 적혀 있었다. 엄마는 전단지에 새겨진 약도를 따라갔다. 막상 가게에 들어가니 짜장면 생각이 나지 않았다. 엄마는 테이블에 앉아 오랫동안 메뉴판을 들여다보았다. 엄마는 잡채밥을 시켰다. 이과두주도 한 병 시켰다. 이과두주를 한 잔 마시니 저절로 이마가 찌푸려졌다. 독했다. 엄마는 잡채밥의 잡채만 건져먹었다. 짜장면 말고 다른 음식을 먹는 사람은 엄마밖에 없었다. 그런데 반주를 하는 사람들은 생각보다 많았다. 맞은편에 앉은 사람들은 소주를. 텔레비전 아래 자리에 앉은 사람들은 맥주를. 엄마는 이과두주의 잔을 만지작거렸다. 귀엽네. 몇 잔 마셨을 뿐인데 술은 금방 바닥이 났다. 엄마는 또 한 병을 시켰다. 주인이 군만두를 서비스로 주었다. 엄마는 고추기름을 달라고 말했다. 엄마가 술을 마시는 동안 소나기가 한바탕 쏟아졌다. 중국집 주인이 담배를 피우러 밖에 나갔다가 허겁지겁 들어왔다. 그러고는 손님들에게 말했다. 쌍무지개예요. 밖에 나와봐요. 밥을 먹던 사람들이 우르르 나갔다. 엄마는 먹다 만 음식들이 놓여 있는 테이블을 멍하니 쳐다보았다. 주방장이 밖으로 나가다 말고 엄마에게 말했다. 안 나가봐요? 엄마는 그날 태어나서 가장 큰 무지개를 보았다. 어렸을 때 도화지에 크레파스로 그렸던 무지개랑 똑같은 무지개였다. 저렇게 예쁜 무지개도 못 보고 하마터면. 죽지 않아서 다행이야. 술기운이 올라서인지, 오랫동안 하늘을 쳐다보고 있어서인지, 엄마는 순간 세상이 빙빙 돌기 시작했다.

4

엄마와 아빠는 긴 회의를 했다. 그 결과. 매주 일요일 설거지 아르바이트. 일주일에 한 편씩 시 외우기. 미주가 사과를 받아줄 때까지 편지 쓰기. 엄마의 의견은 여태 자기가 먹은 밥그릇 하나 닦을 줄 모르는 인간으로 나를 키웠기 때문에 내가 그렇게 된 것이라고 했다. 아빠의 의견은 달랐다. 남의 마음을 헤아릴 줄 아는 인간으로 키우려면 감수성이 있어야 하는 법이라고. 교육방송에서 어느 교수가 한 말이라고 했다. 나는 일주일에 한 번씩 아빠 앞에 서서 시를 낭독해야 했다. 낯간지러운 일이었다. 시를 읊고 나면 나는 아빠에게 꼭 한마디를 더 했다. 쪽팔려! 하지만 아빠의 장례식을 치르고 난 후에야 나는 그 낯간지러운 일을 평생 할 수만 있다면 얼마나 좋을까, 하고 생각했다.

아빠는 크리스마스이브 날 교통사고를 당했다. 그날따라 주문이 많았다. 반죽에 청양고추를 갈아넣어서 만든 프라이드 치킨이 입소문을 타기 시작했다. 오토바이가 빙판길에 미끄러지면서 아빠는 마주 오던 마을버스와 정면충돌을 했다. 마을버스에 타고 있던 만삭의 임신부가 너무 놀라 조산을 했다.

장례식이 끝나고 다음날 나는 무단결석을 했다. 아침에 학교에 간다고 집을 나갔다가 엄마가 출근하고 나서 다시 집으로 돌아왔다. 엄마와 나의 아침밥을 챙겨주는 것은 아빠였다. 아빠는 스크램블드에그를 기가 막히게 할 줄 알았다. 멸치를 넣고 주먹밥을 자주 만들었다. 내가 머리를 말릴 때면 옆에 서서 주먹밥을 입에 넣어주곤 했다. 아무리 바빠도, 아무리 시간에 쫓겨도, 현관에 서서 집안을 향해 다녀오겠습니다라고 외치도록 했다. 돌아올 때도 마찬가지였다. 다녀왔습니다. 빈집이라도 그렇게 해야 한다고 했다. 아빠 말에 의하면 그 말은 꼭 사람에게만 하는 게 아니기 때문이었다. 화분들. 액자들. 텔레비전. 개지 않은 이불. 냉장고에 들어 있는 음식들. 그런 것들에게도 인사를 해야 한다고. 내가 지금 나가니 빈집 잘 부탁한다. 내가 지금 들어왔으니 걱정 마라. 뭐 그런 신호로. 나는 소파에 누워 집안을 둘러보았다. 벽지부터 가전제품까지. 지난 십 년 동안 단 한 번도 바뀌지 않은 풍경이었다. 점심을 챙겨먹으려고 냉장고를 열었다가 캔맥주를 보았다. 나는 며칠 전 먹다 남긴 떡볶이를 전자레인지에 데웠다. 베란다에 돗자리를 펴고 앉았다. 엉덩이가 시렸지만 햇살은 좋았다. 떡볶이 한 점에 맥주 한 모금. 맛있지가 않았다. 차가운 게 들어가자 몸이 떨렸다. 떡볶이가 매워 한 모금 더 마셨다. 눈이 내렸으면. 하지만 눈은 내리지 않았다. 쌓인 눈이 녹아 길이 질척였다. 꼬마 아이가 바지를 붙잡고 까치발을 하며 길을 걷는 게 보였다. 나는 맥주를 홀짝홀짝 마셨다. 마시다보니 맛이 있는 것도 같았다. 그래서 한 캔을 더 마셨다. 술을 마시고 나는 안방으로 들어갔다. 침대 오른쪽. 아빠가 잠을 자던 자리에 누워보았다. 새 신을 신고 뛰어보자 팔짝 머리가 하늘까지 닿겠네. 나는 어릴 적 좋아했던 동요를 불렀다. 내가 이 노래를 부르면 아빠는 정말로 팔짝하고 제자리뛰기를 해주었다. 새 신을 신고 달려보자 휙휙 단숨에 높은 산도 넘겠네. 나는 계속 노래를 불렀다. 영원히 멈추지 않는 도돌이표가 붙은 악보처럼.

엄마는 경리과장에서 경리부장으로 진급했다. 사장의 예언과는 달리 모든 가정에서 물 없는 변기를 쓰는 시대는 오지 않았다. 나는 고등학교 이학년때 갑자기 체중이 불더니 삼학년이 되자 허리둘레가 삼십 인치를 넘어버렸다. 세상에나. 내 교복을 빨 때마다 엄마는 놀랐다. 커도 너무 커버린 것만 같았다. 사장의 둘째 아들이 입사를 했다. 이십대에 미국으로 유학을 떠난 큰아들은 그곳에서 결혼을 하고 정착을 했다. 투자 실패야. 투자 실패. 사장은 술자리에서 종종 그렇게 말했다. 똑똑한 놈 공부 공짜로 시켜주고 나중에 회사에서 부려먹으려 했는데 말이야. 이십대에 수많은 사고를 치고 다닌 둘째 아들은 어째서인지 얌전히 회사생활을 했는데, 그 이유가 육 개월 후에 밝혀졌다. 사장은 간암 말기였다. 병원에 입원한 후에야 회사 직원들에게 알려졌다. 병문안은 사절이라고, 그 시간에 모두들 일이나 열심히 하라고, 사장은 단체 문자를 보냈다. 그리고 그로부터 며칠 뒤 엄마에게 이런 문자메시지가 왔다. 김숙희 부장. 왜 병문안 안 와? 사장이었다.

올 때 캔맥주 하나 사와. 종이컵도. 엄마는 편의점에서 캔맥주 하나를 사서 병문안을 갔다. 며칠 만에 사장의 얼굴이 달라져 있어 엄마는 깜짝 놀랐다. 엄마를 보자 사장이 손가락으로 위를 가리키며 눈짓을 했다. 병원 옥상에 올라가보니 봄꽃이 가득 피어 있었다. 엄마와 사장은 벤치에 앉았다. 사왔어? 사장이 물었다. 엄마가 가방에서 맥주를 꺼냈다. 잔은? 엄마는 종이컵도 꺼냈다. 사장이 한 잔에 술을 가득 따랐다. 다른 잔에는 삼분의 일 정도를 따랐다. 사장은 술을 가득 따른 잔을 엄마에게 주었다. 자, 마시자고. 엄마는 사장을 말리지 않았다. 사장은 아주 천천히 술을 마셨다. 우리 아버지는 정화조 차를 몰았어. 친구들이 똥 푸는 집이라고 늘 놀렸지. 사실 아버지의 몸에서는 늘 똥 냄새가 났어. 그게 내가 술을 좀 일찍 시작한 이유였지. 술을 마시면 그 냄새가 안 났거든. 사장은 엄마에게 오래전 이야기를 들려주었다. 어찌해서 변기 만드는 회사를 차리고 싶었는지. 사장과 헤어진 뒤 엄마는 회사로 돌아오다 편의점에 들러 맥주 한 캔을 더 샀다. 편의점 파라솔에 앉아서 맥주를 마시는데 주변의 모든 소음이 하나도 들리지 않았다. 엄마 앞으로 트럭이 지나갔지만 그 소리도 들리지 않았다. 옆 파라솔에 앉아서 이야기를 나누는 사람들도 입만 벙긋거리는 것처럼 보였다. 누군가 세상을 향해 음소거 버튼을 누른 것처럼. 고요했다. 맥주가 엄마의 식도를 타고 흘러가는 소리만 들렸다.

나는 삼수 끝에 대학에 합격했다. 외할머니는 올해도 대학에 떨어지면 그냥 치킨집에서 일이나 시키려 했다고 말했다. 이젠 서서히 무릎도 아파오고 누군가에게 물려주고 싶다고. 나는 취직을 못하면 그때 물려달라고 말했다. 그러니 적어도 사 년은 더 일을 하시라고. 아르바이트 학생들이 자꾸 속을 썩여 못 해먹겠다고 외할아버지가 말했다. 그애들도 아빠 잔소리에 못 해먹겠다고 생각하고 있을지도 몰라요. 그러니 좀 참아요. 엄마가 말했다. 외할머니는 내게 입학식 전까지 가게에 나와서 일을 하면 대학 등록금을 주겠다고 파격 제안을 했다. 따져봐라. 시급이 얼마인지? 오케이. 나는 말했다. 아빠의 사고 이후 외할머니네 가게는 배달을 하지 않았다. 가게로 주문 전화를 하면 이런 안내 멘트가 나왔다. 많은 학생들이 오토바이 배달을 하면서 사고를 당합니다. 치킨을 드시고 싶으신 분은 매장으로 와주세요. 물론 매출은 줄었다.

기숙사에 가져갈 짐을 챙기고 있는데 엄마가 노크를 했다. 엄마가 노크를 하다니. 나는 엄마에게 사춘기 시절에 그렇게 노크 좀 해달라고 말했는데 그걸 이제야 지켜준다며 투덜댔다. 부엌에서 고소한 기름 냄새가 났다. 뭐 했어? 내가 물었다. 파전. 엄마가 말했다. 쪽파가 세일하길래 파김치를 담그려고 샀는데 막상 파를 다듬다보니 김치 담그기가 귀찮아졌어. 그래서 파전이나 부쳤지. 거실로 나와보니 접시에 파전이 세 장이나 담겨 있었다. 이걸 누가 다 먹어. 내가 말했다. 엄마가 가스레인지를 가리켰다. 프라이팬에 파전 한 장이 지글지글 익고 있었다. 엄마와 나는 파전 한 장을 순식간에 먹어치웠다. 이 속도라면 네 장 정도는 금방 먹어치울 것만 같았다. 막걸리 사올까? 응. 사와. 나는 오천원을 들고 잽싸게 가게로 뛰어갔다. 밤막걸리 큰 통 하나. 막걸리를 사와 보니 그사이 엄마는 파전 한 장을 더 부치고 있었다. 내가 살이 괜히 찐 게 아니었다. 엄마와 나는 와인잔에 막걸리를 따랐다. 언젠가 외숙모가 엄마의 생일날 선물한 잔이었는데 그후로 한 번도 사용해본 적이 없었다. 와인잔이라고 꼭 와인만 마시란 법 있니. 엄마가 말했다. 와인잔에 막걸리를 따르니 막걸리 색깔도 예뻐 보였다. 올라가거든 자주 전화하고. 응. 아침에 일어나면 이부자리 정리하고. 응. 같은 방 쓰는 친구랑 싸우지 말고. 응. 자기 전에 꼭 이 닦고. 응. 술을 마시니 엄마의 잔소리가 늘어났다. 이제 그만, 엄마. 건배나 하자. 내가 잔을 들었다. 엄마도 잔을 들었다. 건배를 하니 쨍하고 맑은 소리가 났다.

모서리

1

큰외삼촌의 팔순 잔치에 갔다가 친척들에게 얼굴이 좋아졌다는 말을 수없이 들었다. 그때마다 나는 대답했다. 작년에 담배를 끊었다고. 새해 결심이었는데 그걸 지금까지 지켰다고. 아무도 엄마의 안부를 묻지 않았다. 만약 외삼촌들이 엄마는 잘 지내느냐고 물었다면 이렇게 대답했을 것이다. 네, 열 살은 더 어려지셨어요. 팔자주름도 없어졌다니까요. 이대로라면 새아버지보다 더 젊어질 것 같아요. 엄마는 독감에 걸렸다는 말을 전해달라고 부탁했지만 나는 하지 않았다. 외삼촌들은 당신들이 한때 애지중지했던 막냇동생이 어떻게 지내는지 내게 차마 묻지 못했다. 밥상을 뒤엎은 건 외삼촌들이었으니까. 해물탕 국물이 사방으로 튀었고, 새아버지는 종일 벽지를 닦았다. 새아버지는 인터넷에 '벽지에 묻은 김칫국물 제거하는 법 좀 알려주세요' 하고 질문을 남기기도 했다. 이런 답이 있더라. 도배를 새로 하세요. 그보다 더 웃긴 답은 이거야. 액자로 얼룩을 가리세요. 웃기지? 정말로 액자로 거길 다 가릴까 생각해봤어. 그것도 근사할 것 같아서. 새아버지는 웃었고 엄마는 웃지 않았다. 나는 웃었다. 웃기지 않은 이야기였는데도 웃음이 났다. 벽지에 묻은 얼룩은 말끔히 지워졌다. 그래도 나는 액자를 열 개나 사서 선물했다. 액자에 끼울 사진이 없다며 엄마와 새아버지는 여행을 다니기 시작했고, 여행지에서 찍은 사진이 늘어나자 예쁜 액자들을 사 모으기 시작했고…… 결국 거실은 액자로 둘러싸이고 말았다. 당신들이 밥상을 뒤엎는 바람에 막냇동생 부부가 한 달이면 열흘 이상은 여행을 다니게 되었다는 것을 외삼촌들은 모르리라. 나를 보자 달리 할말이 없었던 외삼촌들은 그저 내게 얼굴이 좋아 보인다는 말만 했다. 그러자 옆에 앉아 있던 외숙모들도 따라서 물었다. 좋은 일 있니? 얼굴이 좋아 보인다. 점점 외삼촌들과 판박이가 되어가는 사촌형과 사촌누나들도. 형수와 매형들도. 잘 지내지? 얼굴이 좋아 보이네. 그러면 나도 같은 말로 대답했다. 네, 잘 지내요. 작년에 담배를 끊었거든요. 나는 화장실 거울 앞에 서서 오랫동안 얼굴을 들여다보았다. 하나도 좋아 보이지 않았다.

같은 테이블에 앉은 사촌형이 접시 가득 갈비를 담아왔다. 상현이 형은 셋째 외삼촌의 막내아들이었는데, 칠천만원이 넘는 연봉을 받던 회사를 때려치우고 지방으로 내려가 숭어 양식을 한다고 했다. 나는 숭어가 어떻게 생긴 생선인지 궁금했지만 묻지 않았다. 형은 갈비를 안주 삼아 소주 한 병을 마셨다. 접시에 뼈만 남았다. 나는 연어 샐러드를 먹었다. 얼굴이 좋아 보인다는 말을 자꾸 듣다보니 고기에 손이 가지 않았다. 내게 처음으로 술을 먹인 사람이 누구인지 알아? 나는 형에게 말했다. 형은 누구냐고 물었다. 나는 형을 가리켰다. 나? 기억이 안 나는데. 형은 그렇게 말하고는 자리에서 일어났다. 열 살인가 열한 살 때였을 것이다. 어떤 자리였는지는 기억이 나지 않지만 형이 내게 맥주를 먹인 것만은 생생하게 기억났다. 맥주를 한 모금 마실 때마다 형이 내 입에 땅콩을 넣어주었다. 상현이 형이 잠시 후 육회를 가지고 왔다. 우리는 육회를 안주 삼아 소주 한 병을 나눠 마셨다. 한번 놀러와. 연어보단 숭어가 더 맛있지. 원 없이 먹게 해주마. 상현이 형이 명함을 주었다. 나는 명함을 휴대폰 케이스에 넣었다.

초등학교 교장선생님인 넷째 외삼촌이 일어나 노래를 불렀다. 〈매기의 추억〉이란 노래였다. 노래가 끝나기도 전에 큰외삼촌이 눈물을 흘렸다. 내가 얼른 죽어야 우리 아들을 만날 텐데. 삼십 년도 넘은 주사였기 때문에 친척들은 아무도 삼촌을 말리지 않았다. 스물일곱 살에 친구들과 바닷가에 놀러갔다가 물에 빠져 죽었다는 사촌형의 사진을 나는 한 장 가지고 있다. 중학교 이학년 때 엄마가 교통사고를 당해 병원에 입원한 적이 있었다. 다리와 골반이 부러졌다. 병원이 큰외삼촌댁과 가까웠고, 마침 사촌형 부부가 분가를 해서 빈방도 있었기 때문에 나는 엄마가 퇴원할 때까지 그 집에 잠시 살았다. 학교에 가기 싫은 날이면 죽은 사촌형의 방에 숨어서 하루종일 잠을 잤다. 그러다 잠에서 깨면 책상 서랍을 뒤져보았다. 사진은 그때 훔친 것이었다. 사촌형은 바위에 서서 팔짱을 끼고 있었다. 머리가 짧았다. 군인처럼. 바위 아래에서 위를 올려다보며 찍은 사진이라 다리가 길어 보였다. 사진에는 사진을 찍은 사람의 손가락이 같이 찍혔다. 나는 사촌형의 얼굴보다 그 손가락을 더 자주 들여다보았다. 갸름한 손가락. 틀림없이 여자이리라. 그 여자는 사촌형이 죽었을 때 울었을까? 장례식장에는 왔을까? 모두 내가 태어나기 전의 일이었다.

집에 돌아오기 전에 큰외삼촌에게 봉투를 드렸다. 니가 돈이 어디 있다고. 큰외삼촌이 손사래를 쳤다. 엄마가 전해드리래요. 나는 봉투를 반으로 접어 큰외삼촌의 양복 주머니에 찔러넣었다. 형이 일찍 죽는 바람에 집안의 장남이 되어버린 수현이 형과 악수를 했다. 안녕히 계세요. 형님. 왜 막냇삼촌이라고 안 부르고? 수현이 형이 농담을 했다. 내가 태어났을 때 이미 청년이었던 사촌형을 나는 어째서인지 엄마의 남동생으로 착각했었다. 내가 막냇삼촌, 하고 부르면 형은 늘 왜, 하고 대답했다. 그때마다 친척들이 깔깔거리며 웃었는데 그때는 왜 그렇게들 웃는지 이해하지 못했다. 나를 골리는 재미에 빠진 친척들은 아무도 내게 사실을 이야기해주지 않았다. 외할아버지의 장례식장에서야 그가 막냇삼촌이 아니라 사촌형이라는 것을, 그것도 서열이 가장 높은 사촌이라는 것을 알았다. 넌 그걸 못 알아차리냐. 이름에 돌림자를 쓰는데도. 다른 사촌들이 날 바보라고 놀렸다. 나는 울었다. 울어도 되는 날이었으니까. 담배 끊은 거 잘했다. 잘 가라. 열세 명이나 되는 사촌형과 사촌누나들이 저마다 내 어깨를 툭툭 치면서 말했다. 형수와 매형들도. 금연을 한 게 내 인생에서 가장 잘한 일이라는 생각이 들자 나 자신이 좀 한심하게 느껴졌다. 태어나서 한 번도 칭찬을 받아본 적이 없는 아이가 된 기분이었다. 그래서 나는 집으로 가는 버스가 와도 타지 않고 버스정류장에 앉아 있었다. 좀, 춥고, 싶었다. 울고 싶다. 보고 싶다. 자고 싶다. 가고 싶다. 떠나고 싶다…… 나는 싶다로 끝나는 말들을 떠올려보았다. 에취. 재채기가 났다. 일곱번째로 버스가 왔고 나는 타고 싶다, 타고 싶다, 라고 중얼거리며 버스를 탔다.

2

집에 돌아와보니 조가 침대에 누워 잠을 자고 있었다. 보일러 온도를 어찌나 올려놓았는지 집안이 후끈했다. 나는 발로 조의 다리를 건드려보았다. 오래간만이다. 조는 일어나지 않았다. 엄마가 재혼을 하고 그래서 내가 집을 나온다고 했을 때, 가장 좋아한 녀석이 바로 조였다. 부모님과 싸울 때마다 PC방에서 시간을 때워야 하는 일은 이제 끝이라고. 독립한 기념이라며 현관 자물쇠를 번호키로 바꿔주기도 했다. 그걸 사기 위해 아르바이트까지 했다며 우리집에 드나들 때마다 조는 늘 생색을 냈다. 비밀번호도 자기 생일로 해놓았으면서. 나는 보일러 온도를 내리고 창문을 열어 환기를 시켰다. 파란색 가방을 멘 아이가 도로 한가운데 쪼그리고 앉아서 무엇인가를 들여다보고 있었다. 승용차 한 대가 아이 앞에서 멈추었다. 그러고는 아이가 일어날 때까지 움직이지 않았다. 경적을 울리지도 않았다. 운전기사는 좋은 사람일 거야. 나는 생각했다. 승용차 번호는 1732였다. 이번주 행운의 번호로 정하리라. 나는 로또 복권을 살 때 1, 7, 3, 2 네 숫자를 꼭 넣으리라 결심했다. 에취. 재채기가 났다. 감기 걸렸어? 조가 물었다. 나는 창문을 닫았다. 에취. 다시 한번 재채기를 했다. 아니. 괜찮아. 언제 깼어? 뒤돌아보니 여전히 침대에 누워 있었다. 아니 안 잤어. 너

오는 것도 다 들었어. 조가 눈을 감고 말했다. 자기 집처럼 이곳을 드나들던 조가 발길을 끊은 것은 작년 여름이었다. 에어컨 살 때까지 다신 이 집 안 온다. 그렇게 말했지만 실은 그 때문이 아니었다. 여자친구가 생겼기 때문이었다. 여자친구에게 밥을 사주기 위해, 커피를 사주기 위해, 주말이면 같이 영화를 보기 위해, 조에게는 돈이 필요했다. 그래서 매일 새벽 여섯시에 부모님 가게로 출근을 해서 전을 부쳤다. 호박전, 고추전, 녹두전, 깻잎전, 김치전, 그리고 동그랑땡. 조가 부친 전들이 박스에 담겨 전국으로 배달되었다. 일하고 연애하고 자고. 일하고 연애하고 자고. 그사이 여름이 지나고 가을이 지나고 겨울이 반이나 지나갔다. 나는 서운하지 않았다. 그 덕분에 마지막 학기를 단 한 번의 결석 없이 마칠 수 있었다. 어디 갔다 왔어? 조가 물었다. 큰외삼촌의 팔순 잔치에 갔었다고 나는 말해주었다. 뷔페였어? 맛있었겠다. 난 밥도 안 먹고 널 기다렸는데 넌 뷔페에 갔구나. 조가 여전히 눈을 감은 채 중얼거렸다. 갈비도 있었겠네. 초밥도. 새우구이도 있었어? 나는 이불로 조의 얼굴을 덮었다. 조용히 좀 해. 그러자 조가 대답했다. 라면 끓여주면 조용히 할게.

달걀을 찾으려고 냉장고를 열어보니 먹다 남은 어묵볶음이 있었다. 나는 끓는 물에 어묵볶음을 넣고 라면을 끓였다. 라면 먹어. 스누피가 그려진 상을 펼쳤다. 스누피가 자기 집 지붕에 누워 눈을 맞고 있는 그림이었다. 혼자 밥을 먹을 때면 상에 그려진 눈송이를 세면서 밥을 씹곤 했다. 그러면 체하지 않았다. 원래는 슈로더가 피아노 치는 그림이 그려진 상을 사고 싶었는데 구할 수가 없었다. 스누피의 빨간색 집 위에 라면을 끓인 냄비를 올려놓자 조가 자리에서 일어났다. 오랫동안 머리를 자르지 않았는지 어깨까지 닿았다. 라면에 뭘 넣은 거야? 조가 어묵볶음에 들어 있던 당근을 건져내며 투덜댔다. 반찬 남은 게 있어서 그냥 넣었어. 너 어묵볶음 좋아하잖아. 조는 어묵볶음도 좋아하고 라면도 좋아하지만 먹다 남은 어묵볶음을 넣고 끓인 라면은 좋아하지 않는다고 말했다. 그래도 맛있게 먹어주었다. 조가 먹는 모습을 보니 배가 고파졌다. 나도 한 젓가락만. 나는 크게 한 젓가락 집어서 한입 가득 넣었다. 한 젓가락 먹고 나니 또 한 젓가락이 먹고 싶어졌고 그래서 한 젓가락을 더 집어먹었다. 조가 국물만 남은 냄비를 가리키며 말했다. 난 몇 가닥 구경도 못했다. 나는 남은 국물에 물을 조금 더 넣고 라면 하나를 다시 끓였다. 수프는 반만 넣었다. 조가 먹는 모습을 구경하다 결국 또 한 젓가락을 빼앗아 먹었다. 뷔페 가서 실컷 먹고 온 녀석이 양심도 없지. 조가 투덜댔다. 라면을 다 먹고 나는 책상 서랍에서 반으로 접어둔 종이를 꺼냈다. 오늘은 한 번으로 쳐야 해. 조가 말했지만 나는 두 획을 추가했다. 바를 정 자가 하나 완성되어 모두 열아홉 개가 되었다. 구십오 번. 내가 조에게 라면을 백 번 끓여주면 조는 내게 선물을 하나 사주기로 했다. 라면 더 먹을래? 조가 이불을 뒤집어쓰고는 다시 자리에 누웠다. 나는 설거지하기가 귀찮아 상을 구석으로 밀어놓았다.

침대에 등을 기대고 앉아 어제 하던 게임을 이어서 했다. 스물다섯 번째 판을 깨지 못해 다음 단계로 넘어가지 못한 지 이틀이나 되었다. 염? 조가 내 이름을 불렀다. 뒤돌아보니 베고 있던 베개를 빼서 내게 주었다. 등에 대고 앉아. 허리 아파. 그리고 그 판은 단순하게 생각해야 깰 수 있어. 그렇게 말하고 조는 다시 눈을 감았다. 베개는 하나뿐이어서 조가 자는 날이면 나는 수건을 말아 베고 자야 했다. 조는 코를 심하게 고는 편이었는데, 이상하게도 내 베개를 베면 코를 골지 않았다. 나는 휴대폰을 뒤집어 화면을 거꾸로 놓고 오랫동안 들여다보았다. 그래도 답은 보이지 않았다. 그러다 문득. 어떤 일이 있어도 베개만은 양보하지 않던 녀석인데. 나는 조의 코에 손가락을 대보았다. 자? 혹시 어디 아파? 조가 일부러 숨을 멈추는 게 느껴졌다. 나는 게임을 끝내고 인터넷에 들어가 실시간 검색어를 살펴보았다. 조, A가 두 살 어린 남자랑 사귄대. 조는 가수 A를 좋아했는데, 삼 년 전인가는 크리스마스이브 콘서트에 혼자 간 적도 있었다. 나보고 같이 가자고 안 해줘서 그때 나는 조가 진심으로 고마웠다. 응. 조가 대답했다. 조, 편의점에서 빵을 훔친 고등학생이 자살했대. 나는 말했다. 편의점 점장이 경찰에 넘기지 않는 조건으로 빵값의 백 배를 가지고 오라고 했기 때문이었다. 응. 조가 대답했다. 조, 도둑이 금고를 훔쳐 도망가다 금고에 깔려 죽었대. 웃기지? 조가 응, 하고 대답했다. 그런데 그 금고에는 돈이 한푼도 없었대. 더 웃기지? 조가 아니, 하고 대답했다. 조, 어떤 테러리스트가 폭탄을 제조해 우편으로 부쳤는데 우표가 모자라서 반송이 되었대. 자기가 부친 건 줄도 모르고 그걸 열어보다 폭탄이 터져 죽었대. 웃기지? 조는 아무 대답도 하지 않았다. 조, 자는구나? 그러자 조가 대답했다. 안 자. 그리고 그 기사 이상해. 어떤 테러리스트가 폭탄을 보내면서 진짜 자기 주소를 밝히냐? 조의 말을 듣고 보니 정말 이상한 기사였다. 이상해. 이상해. 조가 중얼거렸다. 이상하다는 말은 자꾸 하면 할수록 더 이상하게 들려. 내가 말했다. 나는 인터넷 검색창에 '이상한 일들'이라고 입력해보았다. 몇 개의 블로 그에 들어가보았는데, 그다지 이상하지 않은 일들을 이상하다고 적어 놓은 사람들이 많았다.

해가 졌다. 어두워졌지만 일어나기 귀찮아 불을 켜지 않았다. 〈이상한 일〉이라는 제목의 노래가 검색되기에 들어보았다. 한 번 듣고 한 번 더 들었다. 노래가 끝나자마자 침대맡에 올려둔 자명종이 울렸다. 내가 고2 때, 하도 지각을 해서 담임선생님이 사준 시계였다. 상습 지각생 여덟 명은 선생님에게 자명종 선물을 받고도 계속 지각을 했다. 조가 일어나 자명종을 손바닥으로 두드렸다. 그러자 알람이 꺼졌다. 자명종은 이 년도 버티지 못하고 고장이 났지만 그땐 이미 고등학교를 졸업한 후여서 아침 일찍 일어날 일도 별로 없었다. 고장난 시계는 시도 때도 없이 알람이 울렸는데 종이 울릴 때마다 깜빡 잊었던 일들이 떠올라 나름대로 요긴하게 쓰였다. 가스레인지에 냄비 올려놓은 걸 잊고 있었을 때. 엄마의 생일을 지나칠 뻔할 때. 꼭 봐야 할 텔레비전 프로그램이 시작될 때. 이상한 일이라면 이런 걸 이상한 일이라고 해야 하나. 오늘 잊고 있던 일이 있는지 생각해보려는데 조가 침대에서 일어났다. 왜? 불 켜주게? 조가 스위치를 켰다. 아니, 집에 가게. 그렇게 말하고는 다시 스위치를 껐다. 치사한 놈. 나는 자리에서 일어나 조가 끈 형광등을 다시 켰다. 신발을 신고 있는 조의 등을 한 대 쳐주려다가 말았다. 그래도 작년 추석에 우리 엄마에게 모둠전 한 박스를 보내준 녀석이었다. 올 설에도 보내줄지 모른다며 엄마는 내심 기다리는 눈치였다. 바래다줄게. 나는 방바닥에 던져둔 잠바를 집어들었다. 잠바는 따뜻했다. 조가 필요 없다고 말했다. 심심해서 그래. 나는 맨발에 운동화를 신었다.

골목길은 좁고 어두웠고 버스정류장까지는 십 분 이상 걸어야 했다. 그래서 월세가 싼 거라고 방을 보러 온 내게 집주인은 말했다. 이 동네는 이상해. 어떻게 모든 집마다 문패가 달려 있냐? 우리는 문패에 적힌 이름들을 하나하나 읽어가며 골목길을 걸었다. 조는 우리집에 올 때마다 일부러 가장 먼 골목길로 돌아왔는데, 그 길에 자기와 이름이 같은 문패가 달린 집이 있기 때문이라고 했다. 나는 조를 따라 갈림길에서 오른쪽 골목길로 들어섰다. 걷다보니 발이 시려왔다. 한참을 걷다 조가 자기 이름이 적힌 문패를 가리켰다. 내 집이야. 어때? 지붕 위에 빨간색 고무대야가 올려져 있는 게 보였다. 저건 뭐야? 조는 한참 생각하더니 여름에 저기서 목욕을 해, 하고 대답했다. 좋겠다. 이십대에 벌써 집도 사고. 나는 조의 어깨를 두드려주었다.

버스정류장에 도착하자마자 조의 집으로 가는 버스가 왔다. 조는 버스를 타지 않았다. 우리는 정류장 의자에 앉아서 사람들의 신발을 구경했다. 구두가 셋. 운동화가 다섯. 부츠가 넷. 슬리퍼가 하나. 겨울에 슬리퍼라니. 보기만 해도 추워졌고 그러자 엉덩이가 시리다는 생각이 들었다. 버스가 또 왔다. 버스는 정류장을 조금 지나친 다음에 멈췄다. 조는 버스를 향해 천천히 걸었다. 조? 뒷모습을 보다 나도 모르게 조를 불렀다. 왜? 조가 뒤돌아봤다. 그사이 버스는 조를 기다리지 않고 출발했다. 한잔할까? 내가 말했다. 그러자 조가 빙그레 웃었다.

맥주 두 잔과 프라이드 치킨 한 마리를 주문했다. 작년 봄에 조와 같이 왔던 술집이었다. 그때 조는 프라이드 치킨을 혼자 두 마리나 먹었다. 기본안주로 눈깔사탕같이 생긴 뻥튀기가 나왔다. 조는 그중에서 연두색만 골라 먹었다. 노란색, 주황색, 빨간색. 우리는 이 뻥튀기를 신호등이라고 불렀다. 나는 빨간색 뻥튀기를 입에 넣었다. 그리고 맥주를 마셨다. 입안에서 뻥튀기가 탁탁 소리를 내며 녹았다. 조는 치킨이 나오기도 전에 맥주 한 잔을 비웠다. 여기요. 조가 카운터를 향해 소리쳤다. 종업원이 다가오자 조가 맥주잔을 들었다가 내렸다. 잠시 후 종업원이 프라이드 치킨과 맥주 한 잔을 가지고 왔다. 나는 남은 맥주를 마저 마시고 빈 잔을 종업원에게 내밀었다. 여기 기름 깨끗한 거 쓰나봐. 맛있네. 조는 이젠 냄새만 맡아도 기름이 신선한지 아닌지 알 수 있다고 했다. 달인 나셨네. 나는 조에게 달인을 찾는 프로그램에 나가보라고, 나가서 우승하게 되면 부모님 가게가 유명해질지도 모른다고 했다. 우리는 닭다리를 하나씩 사이좋게 나눠 먹었다. 한 잔이 두 잔이 되고 세 잔이 되었다. 교복을 입은 여학생들이 우리 옆 테이블에 앉았다. 여기 양념 하나와 오백 두 잔이요. 종업원은 학생들에게 신분증을 달란 말을 하지 않고 맥주를 가져다주었다. 둘은 맥주가 흘러넘치도록 세차게 건배를 했다. 한 여학생은 빨간색 뻥튀기만 또다른 여학생은 연두색 뻥튀기만 먹었다. 아저씨. 앵두콘 빨간색하고 연두색만 골라 주시면 안 돼요? 주인이 주방에서 고개를 내밀고는 퉁명스럽게 대답했다. 안 된다. 둘은 이내 한 잔을 비우고 또 한 잔을 시켰다. 조가 고개를 숙이고는 내게 속삭였다. 미성년자 아냐? 나는 조에게 뻥튀기의 이름이 신호등이 아니라 앵두콘이었다고 말했다. 앵두콘이라니. 하나도 앵두 같지가 않았다. 신호등이고 앵두콘이고 그게 뭔 상관이야. 미성년자한테 술 팔면 영업정지란 말이야. 나는 조에게 우리가 처음으로 술을 마신 게 언제였는지를 생각해보라고 말하려다 말았다. 그것도 조의 부모님 가게에서였다. 물론, 영업이 끝난 가게에 몰래 들어가 마셨지만. 우리 이야기를 들었는지 한 여학생이 나를 째려보았다. 걱정 마세요. 고등학생 아니니까. 둘은 고등학교 동창인데, 졸업 후에 가끔 교복을 입고 만나 술을 마신다고 했다. 교복 입고 술 마시면 술맛이 더 좋아진다나. 그 말을 들은 조가 미안하다며 사과를 했다. 교복을 입은 여자들은 맥주 다섯 잔과 닭 한 마리를 순식간에 먹고 자리에서 일어났다. 저렇게 입고 오늘 5차까지 가는 거 아냐? 조가 웃었다. 어떻게 다시 교복을 입고 싶을 수 있을까? 그러게 말이야. 갑자기 조가 무엇인가 생각난 듯 빙그레 웃었다. 난 정말 학교 가기 싫어. 왜 그런지 내게 물어봐줄래? 조가 말했다. 왜 가기 싫은데? 내가 물었다. 이유가 꼭 있어야 해? 조가 버럭 화를 내며 대답했다. 조의 목소리가 너무 커서 다른 테이블의 사람들이 우리를 쳐다보았다. 우리는 입을 막고는 소리 죽여가며 웃었다. 그건 고등학생 시절 우리 둘이 자주 하던 놀이였다. 지금 점심 먹기 싫은데 왜 그런지 물어봐줄래? 왜 밥 먹기 싫은데? 그러면 화를 내며 대답하는 거였다. 이유가 꼭 있어야 해? 우린 그걸 찰리 브라운 친구들 흉내내기라고 불렀다. 우리는 고등학교 일학년 때 '피너츠'라는 동아리 모임에서 만났다. 모집 광고에 찰리 브라운과 스누피의 얼굴이 그려져 있기에 만화 동아리인 줄 알고 갔더니, 『피너츠』라는 만화를 원서로 읽는 영어 스터디였다. 조는 이학년 선배들에게 스누피는 왜 하루종일 지붕에 앉아 있는데 치질에 안 걸릴까요? 따위의 질문만 했다. 우리는 육개월이 지나 강제 탈퇴를 당했다. 그사이 우리는 단짝 친구가 되었고, 찰리 브라운과 친구들의 말투를 배웠고, 그리고 만화 속 캐릭터들처럼 대화를 했다. 이를테면 식당에서 만나면 이렇게 말을 하는 것이다. 내 식판은 늘 육십 센티미터 거리에 있는데 가끔은 구십 센티미터 거리에 있는 것 같아, 하고. 우리도 교복 입고 술 마실까? 조가 말했다. 교복이 아직도 있냐? 있다 해도 살이 쪄서 안 맞을걸. 나는 절대 다시 입고 싶지 않은 옷으로 교복과 군복을 꼽았다. 맞아. 군복도 있구나. 조가 팔짱을 끼고 무엇인가 생각하는 표정을 지었다. 한참 만에 조가 입을 열었다. 그럼 군복을 입고 술 마실까? 나는 빨간색 앵두콘을 조의 얼굴을 향해 던졌다. 미친놈. 빨간색 앵두콘은 조의 얼굴을 맞은 다음 조의 맥주잔 속으로 떨어졌다. 군복을 입고 절대 군대 이야기를 안 하는 거야. 어때? 군대 이야기 하는 놈이 술값 내는 걸로. 조가 맥주를 한 모금 마셨다. 조의 말을 듣고 보니 그것도 나쁘지 않을 것 같았다. 내기라면 자신 있으니까. 아예 한 달 치 술값은 어때? 조가 내 말에 콜, 하고 대답했다. 내기에서 진 적이 없음. 나는 게임회사 이력서에 그렇게 쓴 적도 있다. 서류심사는 통과할 줄 알았는데 전화는 오지 않았다.

3

군복을 입기 전에 냄새를 맡아보았다. 작년 예비군 훈련을 갔다 와서 빨지도 않고 옷장에 던져두었는데 다행히 땀냄새는 나지 않았다. 그래도 페브리즈를 잔뜩 뿌렸다. 현관을 나섰다가 잠바 주머니에 지갑을 넣어둔 게 생각났다. 어차피 내기에서 이길 텐데. 돌아갈까 말까. 잠시 망설였다. 군화끈을 풀기 귀찮아서 무릎걸음으로 방까지 기어갔다. 책갈피에서 비상금을 꺼내 지갑을 채웠다. 그리고 지갑 한쪽에 꽂혀 있는 사진을 꺼내 군복 왼쪽 가슴주머니에 넣었다. 손바닥으로 왼쪽 가슴을 한 번 쳐보았다. 그러다 문득 다른 사진이 생각났다. 내 돌 사진 뒷장에 숨겨둔 죽은 사촌형의 사진. 나는 앨범을 뒤져 그 사진을 찾아냈다. 왼쪽 가슴주머니에 넣었던 사진을 꺼내고 죽은 사촌형의 사진을 넣었다. 그리고 다시 손바닥으로 왼쪽 가슴을 두 번 쳤다.

버스정류장에 가보니 아직 조는 오지 않았다. 나는 조에게 도착! 이란 문자를 보냈다. 곧! 답이 왔다. 그리고 정말로 곧! 조가 탄 택시가 내 앞에 멈췄다. 버스가 끊기면 택시비가 아깝다며 집까지 걸어가던 녀석이 택시를 타다니. 동그랑땡을 부치더니 배가 동그랑땡이 되었냐? 나는 조의 배를 가리키며 놀렸다. 난 오늘 뚱보야. 어제도 뚱보였지. 아마 난 앞으로도 계속 뚱보일 거야. 조가 말했다. 나는 웃었다. 나와 조가 가장 좋아했던 스누피의 말이었다. 난 오늘 개야. 어제도 개였지. 아마 난 앞으로도 계속 개일 거야. 한때, 이학년 삼반의 유행어가 되기도 했다. 난 오늘도 꼴찌야. 어제도 꼴찌였지. 아마 난 앞으로도 계속 꼴찌일 거야.

조는 카페에 가서 커피를 마시자고 했다. 택시를 타고 오는데 거리에 온통 카페만 보이더라고. 그런데 군복 입은 남자 둘이 커피 마시는 장면은 어디서도 본 적이 없는 것 같다고. 조의 말을 듣고 보니 그런 장면은 드라마에서도 본 적이 없는 것 같았다. 그럼 어디 커피 한잔 마셔볼까? 커피전문점을 찾아 헤맬 필요가 없었다. 버스정류장에 앉아서 사방을 둘러보니 눈에 보이는 가게만 다섯 군데가 넘었다. 조는 아메리카노를 주문했다. 나는 메뉴를 한참 들여다보다 캐러멜마키아

토를 주문했다. 조가 웃었다. 틀림없이 비웃음이었다. 우리는 창가 자리에 나란히 앉았다. 캐러멜마키아토는 엄청 달았다. 왜 군복을 입으면 단 음식이 생각날까, 따위의 진부한 생각이 머릿속에 맴돌았다. 나는 색깔만 다른 패딩잠바를 입은 연인이 횡단보도 앞에 서서 신호등이 바뀌길 기다리는 것을 보았다. 신호등이 녹색으로 바뀌자 남자가 여자의 손을 놓고는 뛰기 시작했다. 나는 배달 오토바이가 신호를 무시하고 도로를 지나가는 것을 보았다. 뿔테안경을 쓴 남자가 담배꽁초를 화단 사이에 버리는 것을 보았다. 등산복을 입은 할아버지 할머니가 포장마차에서 어묵꼬치 사먹는 걸 보았다. 열. 그때 멍하니 창밖을 바라보던 조가 말했다. 지금까지 빨간색 목도리를 한 사람이 열 명 지나갔어. 나는 숟가락으로 잔 바닥에 남은 커피를 저었다. 너 그거 칼로리가 얼마인 줄 알아? 밥 한 공기랑 똑같아. 조가 내게 말했다. 나는 내일 운동을 할 거니 걱정 말라고 대꾸해주었다. 술을 마실 때는 밤새 이야기도 자주 하던 우리였는데 막상 커피를 마시니까 할말이 별로 없었다. 그래서 나와 조는 계속 창밖만 바라보았다. 반바지 입은 사람 보거든 일어나자. 조가 말했다. 커다란 배낭을 멘 여자가 갑자기 길 한가운데 멈춰서서 움직이질 않았다. 지나가던 사람들도 하나둘씩 멈춰 여자에게 말을 걸기 시작했다. 심지어 지나가던 외국인도 여자에게 말을 걸었다. 뭘까? 궁금하면 니가 가서 물어봐. 싫어. 조가 자리에서 일어났다. 왜, 물어보러 가게? 아니, 화장실. 조가 화장실에 간 동안 여자를 에워쌌던 사람들이 하나둘씩 떠났다. 조가 돌아왔을 때는 배낭을 멘 여자도 사라진 다음이었다. 뭐야? 어떻게 됐어? 조가 물었다. 나는 대답해주지 않았다. 당연한 일이겠지만 반바지를 입은 사람은 지나가지 않았다. 이제 카페에는 우리 둘만 남았다. 종업원이 쓰레기봉투를 들고 지나갔다. 술이나 마시러 가자. 조가 자리에서 일어났다. 그러게 왜 이 겨울에 반바지 입은 사람을 찾냐? 내가 핀잔을 주었다. 조가 청소중인 종업원을 가리켰다. 반바지를 입고 있었다.

밖에 나오니 추워서 저절로 몸이 떨렸다. 카페에서 커피를 마실 때는 매콤한 골뱅이 안주에 맥주 생각이 났는데, 막상 밖에 나오니 따뜻한 국물이 먹고 싶어졌다. 조가 건너편 술집을 가리켰다. 붉은색 등이 주렁주렁 달려 있는 집이었다. 조가 도로 양쪽을 살피더니 뛰었다. 나는 휴대폰을 꺼내 무단횡단하는 조의 뒷모습을 찍었다. 나는 신호가 바뀌기를 기다린 다음 횡단보도를 천천히 건넜다. 군복 입고 교통사고 나면 얼마나 슬프겠냐. 나는 건너편에서 나를 기다리던 조에게 말했다. 조가 내게 준법정신 투철해서 좋겠네, 하고 빈정댔다. 술집 문을 열자 종업원들이 어서오세요, 하고 우렁차게 소리쳤다. 소리가 너무 커서 깜짝 놀랐다. 메뉴판이 너무 두꺼워 한번 더 깜짝 놀랐다. 메뉴판이 스무 장도 넘었다. 첫장부터 끝장까지 다 보고 나니 아무것도 먹고 싶지 않았다. 음식 사진들은 만들어놓은 지 몇 시간은 된 후에 찍은 것 같았다. 뭐가 잘 팔리냐고 물었더니 종업원이 매운홍합탕하고 오돌뼈가 맛있다고 했다. 그럼 그거랑 소주 한 병이요. 오돌뼈는 매웠고 매운홍합탕은 이름처럼 더 매웠다. 조는 기본안주로 나온 당근을 오독오독 소리내며 씹었다. 조는 매운 음식이 싫어졌다고 말했다. 매운 음식을 먹을 때 흘리는 땀도 싫고, 매운 음식을 먹을 때 나는 눈물도 싫다고. 나는 조를 위해 계란말이를 시켜주었다. 건배를 했다. 나는 소주 한 잔을 마시고 홍합탕의 국물을 떠먹었다. 오돌뼈를 먹었다. 조는 술 한 잔에 계란말이 하나씩. 이내 한 병을 비우고 한 병을 더 시켰다. 오돌뼈를 먹다가 문득, 오돌뼈가 돼지의 어느 부위인지가 궁금해졌다. 조는 오돌뼈가 어느 부위인지는 모르지만 원래 이름이 오도독뼈라는 것은 알고 있다고 했다. 나는 오돌뼈를 씹으면서 오도독 소리가 나는지 생각해보았다. 나는 것 같기도 했고 안 나는 것 같기도 했다. 소주 한 병을 또 비웠다. 나 혼자 오돌뼈를 다 먹었다. 아까, 자기가 보낸 소포를 받고 죽었다던 그 테러범. 생각해보면 참 불쌍해. 술에 취한 조가 말했다. 헤어지자던 여자친구한테 선물을 보낸 적이 있어. 체크무늬 셔츠였어. 그랬는데 며칠 후에 내 앞으로 소포가 온 거야. 열어보니 내가 여자친구한테 보낸 선물이랑 똑같은 셔츠가 있더라고. 조는 여자친구가 화해의 선물로 보낸 거라고 생각했다. 똑같은 옷을 입고 여행을 가는 게 소원이라고 여자친구가 종종 말했기 때문이었다. 그런데 셔츠를 입어보려니 팔도 들어가지 않을 만큼 작았다. 알고 보니 그건 자신이 얼마 전 여자친구한테 보낸 소포였다. 보내는 사람 주소와 받는 사람 주소를 거꾸로 썼던 것이다. 자기가 만든 폭탄에 죽다니 바보 같은 놈. 그렇게 말하고는 조가 술 한 잔을 마셨다. 그러고는 홍합탕의 국물을 연신 퍼먹었다. 맵다. 매워. 담배연기도 맵고. 겨울바람도 맵고. 조가 중얼거렸다. 내 전화를 안 받는 여자친구도 맵고. 나는 조의 잔에 술을 따라주었다. 건배. 조는 건배를 하지 않았다.

조가 하품을 했다. 조는 술을 마시다 중간에 조는 버릇이 있었다. 그러다 남들이 술에 취할 때쯤 일어나 2차를 가자고 졸라댔다. 이런 날 눈이 내리면 좋을텐데. 나는 창밖을 보았다. 밖은 보이지 않고 실내 풍경만 되비쳤다. 새벽인데도 손님들은 계속 들어왔고, 종업원들은 여전히 우렁찬 목소리로 소리쳤다. 가게에 들어오는 사람들의 머리가 젖지 않은 걸 보니 눈은 내리지 않는 것 같았다. 일기예보에서는 폭설이 내린다고 했는데. 꾸벅꾸벅. 나는 조가 고개를 떨구며 조는 걸 구경하며 소주 한 잔을 마셨다. 조가 남긴 계란말이도 먹었다. 조, 다음주에 소개팅 시켜줄까? 조가 고개를 끄덕였다. 조, 우리 여행 갈까? 아프리카. 너무 멀면 가까운 태국도 좋고. 조가 또 고개를 끄덕였다. 조, 나보다 먼저 성공하면 안 돼. 끄덕끄덕. 조, 다음달에 내 생일인데 선물 하나 사주라. 봐둔 시계가 있거든. 끄덕끄덕. 졸고 있는 조를 놀리는 일은 재미있었다. 나는 휴대폰을 꺼내 동영상 촬영 모드를 선택했다. 조, 앞으로 우리집에서 자고 갈 땐 숙박비 삼만원씩 내. 조가 끄덕끄덕. 조, 나 좋아하지. 끄덕끄덕. 나는 졸고 있는 조를 계속해서 찍었다. 조, 행복해? 끄덕끄덕. 그 장면을 찍은 다음 휴대폰을 껐다. 조가 깨어나길 기다리다 나도 깜빡 잠이 들었다. 꿈속에서 나는 아빠와 같이 코미디 프로그램 공개방송을 구경하러 간 엄마를 보았다. 임신 팔 개월인 엄마는 배가 아파오는 것도 모르고 계속 웃었다. 그러다 마침내, 진통을 느낀 엄마가 아빠의 손을 잡았다. 아빠의 얼굴은 꿈속에서도 보이지 않았다. 그저 손만 보였다. 방송국에서 태어난 내 이야기는 그날 밤 아홉시 뉴스에 보도되었다. 염, 너 첫 월급 타면 나 양복 한 벌만 사주라. 조의 말이 희미하게 들렸다. 고개가 아래로 떨어지려는 걸 간신히 참았다. 염, 니 집에서 같이 살면 안 될까? 나는 고개를 저었다. 조가 낄낄거리며 웃는 소리가 들렸다. 나는 눈을 떴다. 조가 커피값을 냈기 때문에 술값은 내가 냈다. 그나저나 왜 군대 이야기는 안 하는 거지. 술에 취하면 잘도 하던 녀석이.

우리는 술집을 나왔다. 집에 갈까? 조가 시계를 보더니 한 시간만 있으면 첫차가 온다고 했다. 기본요금밖에 안 나오는 거리에 살면서 조는 하루에 두 번이나 택시를 탈 수 없다고 대꾸했다. 우리는 좀 걸었다. 눈이 오나봐. 조가 하늘을 쳐다보았다. 정말 눈이 내리는 것 같았다. 하지만 몇 걸음 걷자 눈은 금방 사라졌다. 조가 다시 뒤돌아갔다. 거기에만 눈이 내리고 있었다. 자세히 보니 지붕에 쌓여 있던 눈이 바람에 날리는 거였다. 우리는 가만히 서서 눈을 맞았다. 조, 눈은 쌓이는 걸까 포개지는 걸까 겹쳐지는 걸까. 조가 손을 하늘로 뻗었다. 그게 뭔 말이야. 그게 그거지. 조가 말했다. 나는 조에게 한 번도 눈사람을 만들어본 적이 없다고 고백을 했다. 조는 장사에 바쁜 부모님을 대신해 동생을 돌봐야 해서 눈사람을 자주 만들었다고 했다. 눈이 바람에 다 날렸는지 더이상 떨어지지 않았다.

조는 다시 걷기 시작했다. 나는 한 걸음 뒤에서 조를 따라 걸었다. 어느 아파트 정문 앞에 서서 조가 말했다. 새벽에 아파트 단지를 산책해봤어? 그것도 괜찮아. 조와 나는 아파트 단지 안을 걸어다니며 불이 켜진 집이 모두 몇 군데 있는지 세어봤다. 불이 켜진 집은 단 두 곳이었다. 새벽 네시 반에 일어나다니. 저 집은 할머니가 사나봐. 내 말에 조가 아닐지도 모른다고 대답했다. 왜 일찍 일어났다고 생각해? 늦게 자는 건지 어떻게 알아? 놀이터에는 아직도 눈이 쌓여 있었다. 조가 눈을 만져보았다. 단단하게 얼어서 손가락도 들어가지 않았다. 눈사람은 못 만들겠다. 우리는 그네에 앉았다가 엉덩이가 시려서 바로 일어났다. 주차장 입구에 누군가 눈사람을 만들어놓았다. 조가 그걸 발견하고는 뛰어갔다. 눈과 입은 그렸는데 코는 그려넣지 않은 눈사람이었다. 나는 주머니를 뒤져보았다. 백원짜리가 있기에 그걸로 코를 만들어주었다. 예쁘지가 않았다. 동전을 도로 주머니에 넣었다. 군복 단추를 하나 뜯어서 그걸로 코를 만들어주었다. 콧구멍까지 있는 코가 되었다. 나보고 눈사람 옆에 서 있으라고 하더니 조가 사진을 찍어주었다. 니가 코를 만들었으니 이건 니가 만든 거나 다름없어. 이런 걸 화룡점정이라고 하는 거야. 조가 사진을 찍으면서 말했다. 나는 조에게 호주머니에 넣어둔 사촌형의 사진을 보여주었다. 조가 보도블록에 올라서 사촌형처럼 포즈를 취했다. 나는 바닥에 쪼그리고 앉아서 조의 모습을 찍었다. 다리가 길어 보이도록. 내 손가락이 사진에 살짝 찍히도록. 내가 찍은 사진과 사촌형의 사진을 번갈아 보던 조가 물었다. 그런데 누구야? 나는 우리 집안에서 가장 똑똑했던 사람이라고 말해주었다. 몇 살인데? 스물일곱. 그러자 조가 우리랑 동갑이야? 하고 물었다. 바보. 흑백사진을 보고도 동갑이란 말이 나오다니. 아니. 스물일곱이었어. 이 사진을 찍었을 때. 그러자 조가 사진을 들고는 가로등 아래로 갔다. 가로등 아래에 서서 조는 사진을 오랫동안 들여다보았다. 그 모습을 멀리서 바라보다 나도 모르게 울컥 눈물이 났다. 그리고 이유 없이 눈물이 나는 내가 창피해서 눈사람을 발로 걷어찼다. 얼었다 녹았다 다시 언 눈사람은 부서지지 않았다. 조가 다가와 사진을 내 왼쪽 가슴 호주머니에 다시 넣어주었다. 그리고 손바닥으로 가슴을 두어 번 쳤다. 주차장에서 차 한 대가 나왔다. 이 아파트 단지에서 가장 빨리 출근하는 사람이었다. 경비원이 우리를 발견하고는 뭐하는 거냐고 물었다. 우리는 예비군 훈련을 가는 중이라고 대답했다. 그리고 재빨리 아파트 단지를 나왔다.

버스정류장에는 버스를 기다리는 사람이 한 명도 없었다. 우리는 정류장 의자에 앉아서 청소부들이 쓰레기봉투들을 청소차에 싣는 걸 구경했다. 하루가 시작되는 기분은 들지 않고 하루가 지나가버렸다는 생각만 들었다. 새벽은 하루의 시작일까 하루의 끝일까? 나는 조에게 물었다. 해가 지고 해가 뜨는 사이. 그건 어디에 속하느냐고. 조가 팔짱을 끼고 한참을 생각하더니 대답했다. 뭐긴 뭐야. 어제와 오늘이 겹쳐지는 시간이지. 그래서 그 시간에 술이 가장 맛있는 거야. 청소차가 요란한 소리를 내며 우리 앞을 지나갔다. 저기, 있잖아. 조가 조심스럽게 말문을 열었다. 나 부모님 가게에서 일할까봐. 아르바이트 말고. 부모님이 하던 일을 물려받는 것도 나쁘지 않을 것 같아. 나는 지난 이십오 년간 단 하루도 문을 닫은 적이 없다는 '행복 모듬전' 가게의 상호가 새겨진 앞치마를 입고 있는 조의 모습을 상상해보았다. 그렇게 전을 부치다, 난, 늙어가겠지. 우리 부모님처럼. 조가 한숨을 쉬었다. 나는 그것도 나쁘지 않을 것 같다고 대답해주었다. 나중에 너 팔순 잔치에 가서 내가 노래 불러줄게. 우리 엄마 팔순 잔치에서 부르고, 우리 새아버지 팔순 잔치에서도 부르고, 니 팔순 잔치에서도 부르고. 모두에게 노래를 불러줄 거야. 나는 허밍으로 〈매기의 추억〉을 불렀다. 노래가 끝나기도 전에 버스가 왔다. 조가 자리에서 일어났다. 조, 우리집에 가서 라면 먹을래? 내가 끓여줄게. 조가 잠시 생각하더니 싫다고 했다. 그러고는 뒤도 돌아보지 않고 버스를 탔다. 나는 정류장에 앉아 부르던 노래를 마저 불렀다.

조의 이름과 같은 문패가 달린 집을 찾아서 골목길을 돌고 돌았다. 졸렸다. 하품이 났다. 한 며칠 눈이 내렸으면 좋겠다는 생각을 했다. 눈이 쌓이고 쌓였으면. 그래서 어제 내린 눈이 어느 것이고, 오늘 내린 눈이 어느 것인지, 내일 내린 눈이 어느 것인지, 알아차릴 수 없었으면. 나는 생각했다. 쌓인 눈 위에 발자국을 남기지 않으리라. 사람들이 만들어놓은 발자국 위에 내 발자국을 포개 걸으며 이 겨울을 보내리라. 마침내 조의 이름이 적힌 문패를 찾았다. 고개를 들어보니 빨간색 고무대야 위로 해가 떴다.

다정한
핀잔

미희 언니의 조카가 호빵을 사왔다. 저녁을 먹고 오라며 내보냈더니 오 분 만에 호빵 두 개를 들고 돌아온 것이다. 미희 언니의 동생인 미애씨가 생각이 없다며 손을 저었다. 나도 생각이 없긴 마찬가지였지만 거절하기가 뭐해서 그냥 받았다. 손바닥을 동그랗게 말아 호빵을 감싸보았다. 따뜻했다. 아이는—아마 이름이 형욱인가 그랬던 것 같은데—맞은편 의자에 앉아 자기 엄마 몫으로 사온 호빵을 먹었다. 한 번. 두 번. 세 번. 세 번 만에 호빵 하나가 사라졌다. 나는 들고 있던 호빵을 반으로 잘랐다. 팥냄새가 코에서 느껴지지 않고 배꼽 어딘가에서 느껴졌다. 내 코가 냄새를 맡기도 전에 냄새가 먼저 내 몸속으로 들어온 것처럼. 나는 아이에게 호빵 반쪽을 주었다. 거절하지 않고 받더니 그걸 한 번에 삼켰다. 나는 나머지를 반으로 잘라 한쪽을 입에 넣어보았다. 팥은 혀가 델 만큼 뜨거웠고, 달았다. 언제 마지막으로 먹었는지 기억이 나지 않는 오래전 음식이었다. 예전에 함박눈을 맞으며 길을 걷다가 호빵 하나를 사먹었던 적이 있지 않았을까. 비록 기억에는 없지만 기억되지 않은 추억 속에 그런 장면 하나쯤은 있을 거라고 나는 생각했다. 나는 나머지 호빵 한쪽을 입에 넣고는 씹지 않고 가만히 있어보았다. 그래도 단맛이 느껴졌다. 한참을 그러고 있다, 꿀꺽 삼켰다. 목이 메었다. "커피 드실래요?" 아이가 잠바 주머니에서 캔커피를 꺼냈다. 따뜻한 커피인 줄 알았는데 받아보니 그렇지 않았다. 미애씨가 중학생이 무슨 커피냐며 아들에게 한소리를 했다. "손이 시려 산 거야." 억울한 듯 아이의 목소리가 높아졌다. 그러다 이내 이곳이 어디인지를 깨닫고는 목소리를 낮췄다. "들고 다니다 학원쌤 주려고 했어." 눈은 어젯밤부터 내리기 시작했다. 오늘 아침, 아이는 학교에 가다 두 번이나 미끄러졌다. 엉덩방아를 어찌나 세게 찧었는지 아직까지 꼬리뼈가 욱신거린다고 아이는 말했다. 수업이 끝나고 담임선생님이 날도 추운데 재미있는 청소를 하자고 제안을 했다. 책걸상을 복도로 빼낸 다음 담임은 반 아이들을 데리고 운동장으로 나갔다. 그리고 한 사람당 자기 머리통만한 눈뭉치를 만들라고 했다. 깨끗한 눈으로. 아무도 밟지 않은 눈으로. 교실로 돌아온 담임은 눈뭉치를 교실 바닥에 던졌다. 서른한 명의 아이들도 교실 바닥에 눈뭉치를 던졌다. 눈이 사방으로 흩어졌다. 아이들은 눈이 쌓인 교실에서 춤을 추었다. 바람이 불자 교실 안으로 눈이 들어왔다. 실내화가 젖었다. 양말도 젖었다. 그리고 하얗던 눈은 까매졌다. 아이들은 더러워진 눈을 다시 동그랗게 뭉쳐 창밖으로 던졌다. 하늘을 향해. 운동장을 향해. "그래서 손이 시려웠다고요." 아이가 말했다. 나는 서른한 명의 중학생들이 교실 유리창에 서서 허공을 향해 눈을 던지는 장면을 상상해보았다. 눈싸움. 눈사람. 눈썰매. 호빵처럼 오래전에 잊힌 단어 같았다. "좋은 선생님이네." 내 말에 아이가 입을 삐죽거렸다. "꼭 그렇지는 않아요." 나는 고개를 들어 벽에 걸려 있는 시계를 보았다. 여덟시 십오분이었다. 여섯시에 들어갔던가. 초침이 없는 시계를 보고 있자니 시간이 흘러가는 게 아니라 건너뛰는 것처럼 느껴졌다. 미희 언니가 수술실에 들어간 지 두 시간이 지났다.

미애씨가 전화기를 들고 대기실 밖으로 나갔다. 미희 언니의 말처럼 하나도 닮지 않은 자매였다. 동생이 조카를 낳지 않았다면 남남처럼 살았을 거라고 미희 언니는 말하곤 했다. 내가 동생 결혼식도 가지 않은 사람이야. 그렇게 독한 사람이야. 술에 취한 미희 언니가 그렇게 말한 적이 있었다. 어찌어찌해서 동생과 화해를 한 뒤—내가 알기로는 동생이 어머니의 유품인 호박 브로치를 언니에게 주면서부터였을 것이다—미희 언니는 조카를 데리고 놀이동산에 갔다. 어린 조카를 안고 회전목마를 타보는 게 평생 소원이었다나. 그날 놀이동산에서 아이는 태어나서 처음으로 기린을 보았다. 그리고 자지러지게 울었다. 뱀도, 악어도, 어떤 동물도 무서워하지 않았는데 기린만은 예외였다. 기린을 보고 우는 아이가 웃겨서 미희 언니는 어린 조카를 데리고 종종 동물원엘 갔다. "그게 왜 웃겼대요?" 아이가 물었다. "몰라, 니 이모 말에 의하면 어린아이가 자기의 바짓가랑이를 잡아당기며 뒷걸음질치는 게 좋았대. 그러면 자기가 어른이 된 것 같았대." 아이가 이해할 수 없다는 듯 고개를 갸웃거렸다. "참. 니 이모는 공작새를 무서워해." 미희 언니는 꽁지깃을 활짝 펼친 공작새를 보면 온몸에 소름이 돋는다고 했다. 나는 아이에게 이모를 놀리고 싶으면 공작새 깃털을 하나 구해보라고 말했다. 그걸로 협박하면 웬만한 건 얻어낼 수 있을 거라고. 아이는 자기는 공작새를 무서워하지는 않지만 한 번도 그 새가 아름답다고 생각해본 적이 없다고 대답했다. 나는 기린을 무서워한 것 말고도 미희 언니의 조카에 대해 많은 걸 알고 있었다. 그래서인지 오늘 처음 보았는데도 처음 본 것 같지 않았다. "혹시 제 휴대폰 케이스 사주신 분이에요?" 나는 아니라고 했다. 내가 사준 것은 악어 룰렛 게임기였다. "악어 이빨을 누르면 악어 입이 다물어지는 거. 그리고 러시아워라는 보드게임도 내가 사준 거야. 어린이날 선물로." 아이가 악어 룰렛은 예전에 고장나버렸지만 러시아워 보드게임은 아직까지도 가지고 있다고 했다. "초등학교 일학년 때 짝꿍을 준다며 엄마의 목걸이를 훔친 일도 난 알고 있지." 아이는 전혀 기억에 없는 일이라고 대답했다. 침대 매트리스를 칼로 찢어 거기에 세뱃돈을 숨겨두었다가 들켰는데—거기에서 자그마치 오십만원이 넘는 돈이 나왔다—그 벌로 앞으로는 세뱃돈을 받지 않겠다는 각서를 써야 했다. 연필깎이를 선물받은 날 집에 있는 모든 연필을 몽당연필이 될 때까지 깎고 또 깎았다. 그러면서 연필깎이를 사준 이모에게 이렇게 말했다고 한다. 이모, 이 안에서 사각사각 발소리가 나. "그 연필깎이 아직도 있어요." 아이는 그것 말고도 서른 개가 넘는 연필깎이를 가지고 있다고 했다. "제 꿈이 연필깎이 디자이너거든요." 아이가 필통에서 휴대용 연필깎이를 꺼내 보여주었다. 엄지손톱만한 크기의 가죽케이스를 여니 그 안에 연필깎이가 들어 있었다. "여길 이렇게 돌리면……" 아이가 연필깎이에 달린 레버를 돌렸다. "심의 두께를 원하는 대로 맞출 수가 있어요." 나는 연필깎이를 만져보았다. 차가웠다. 그리고 묵직했다. "근사하죠." 아이가 말했다. "응. 그러네." 내가 대답했다. 근사해. 그건 미희 언니가 세상에서 가장 좋아하는 말이었다. 아무리 평범한 것도 근사하네 하고 중얼거려보면 정말 근사하게 느껴지지. 나는 그 말을 이해해보려 노력했지만, 내 눈엔 아무것도 근사해 보이지 않았다. 모녀로 보이는 여자 둘이 대기실로 들어왔다. 나이든 여자의 손에 묵주가 쥐어져 있었다. 나는 아이에게 연필깎이를 돌려주었다. 아이가 조심스럽게 연필깎이를 가죽 케이스에 넣은 다음 다시 필통에 넣었다. "근데요. 어떻게 해서 우리 이모랑 친구가 되었어요?" 미희 언니의 조카가 물었다.

"그때 니 이모의 별명이 빗자루였어." 미희 언니는 내가 아르바이트를 하던 햄버거가게의 부점장이었는데, 어찌나 청소검사를 깐깐하게 했는지 내가 일하는 동안에만 그만둔 아르바이트생이 열 명도 넘었다. 나는 그때나 지금이나 청소를 잘하지는 못했다. 당연히 가장 잔소리를 많이 듣던 아르바이트생이었다. 그걸 어떻게 참아요? 일을 그만두면서 한 아르바이트생이 내게 물었다. 우리 아버지 잔소리가 훨씬 더 심하거든요. 이십 년 동안 그걸 견뎠는데 이 정도야 아무것도 아니죠. 연년생인 오빠가 재수를 하는 바람에 나는 고등학교를 졸업하던 그해에 대학 진학을 포기했다. 오빠는 한 학기만 다니다 군대를 가겠다고 약속을 했지만 막상 입학을 하자 그 약속을 지키지 않았다. 여자친구가 생겼고—그것도 부잣집 딸이라고—그래서 군대에 갈 수가 없었다. 일 년 후 나는 부모님 몰래 가고 싶은 대학에 원서를 넣었는데, 경쟁률이 십칠 대 일이었다. 학력고사 전날, 일을 마치고 집에 가려는데 미희 언니가 나를 부르더니 봉투 하나를 건네주었다. 내일은 아르바이트 안 나와도 돼. 시험 끝나면 친구들이랑 맛있는 거 사먹어. 봉투에는 만원이 들어 있었다. 나는 시험을 보러 가지 않았다. 지원했던 대학교를 찾아가 학교 운동장을 수십 바퀴 돌았다. 그리고 미희 언니가 준 돈으로 학생식당에서 돈가스를 사먹었다. 건물을 돌아다니다 지원한 학과의 과사무실을 발견했다. 똑. 똑. 노크를 해보았다. 안에서 누구세요? 하는 소리가 들렸다. 놀란 나는 도망치듯 건물을 뛰어나왔다.

그해, 크리스마스 날 우리는 엄청나게 많은 햄버거를 팔았다. 휴지통을 비우고 뒤돌아서면 곧바로 가득찰 정도였다. 아르바이트생 한 명이 눈이 퉁퉁 부어 나타났다. 애인이 크리스마스이브에 이별을 통보했다는 거였다. 미희 언니가 그 아르바이트생에게 창고 대청소를 시켰다. 다른 아르바이트생들이 매정하다며 뒤에서 미희 언니의 욕을 했다. 하지만 아무도 미희 언니가 창고 청소를 하는 아르바이트생에게 크림수프를 끓여다주는 것을 보지는 못했다. 따뜻한 커피를 가져다주는 것도 보지 못했다. 크리스마스이브에 내리지 않던 눈이 크리스마스 날 저녁이 되어서 내리기 시작했다. 매장 한가운데 설치한 트리의 전구가 고장나 애를 먹기도 했다. 아르바이트생 중에 전기공학과에 다니는 남학생이 있었는데, 미희 언니가 전공을 살려 고쳐보라고 했다. 그랬더니 그 남학생이 이렇게 말해서 우리를 웃겼다. 사실 지난 학기에 세 과목이나 F를 받았어요. 모두 전공과목이었어요. 나는 내심 전구를 고치지 않았으면 했다. 내년이면 대학 입시가 바뀐

다던데. 삼수를 해야 하나. 그 생각만 하면 반짝이는 모든 게 싫어졌다. 해가 지자 눈발이 거세지기 시작했다. 열시쯤 되었나. 손님 한 명이 주문을 하다 말고 가게 입구에 거지가 앉아 있는 것 같다고 말을 했다. 미희 언니가 내게 나가보라는 눈짓을 보냈다. 나는 가게문을 열고 몸을 반쯤 내민 상태에서 말했다. 아저씨. 여기 계시면 안 돼요. 손님들이 버린 종이컵을 들고 와서는 공짜로 콜라를 달라던 거지였다. 그때 뒤에서 미희 언니가 나를 불렀다. 햄버거와 따뜻한 커피가 주문대에 올려져 있었다. 이거 갖다드려. 크리스마스잖아. 미희 언니의 입모양을 보니 그렇게 말하는 것 같았다. 나는 햄버거와 커피를 들고 밖으로 나왔다. 계단 입구가 미끄러워 넘어질 뻔했다. 아저씨. 이거 먹어. 나는 햄버거를 내밀었다. 남자는 고개를 숙인 채 아무 말도 하지 않았다. 어깨 위로 눈이 쌓였다. 나는 햄버거와 커피를 남자의 오른발 옆에 내려놓았다. 그리고 십 분쯤 지났나. 경찰에게 말했듯이, 그사이 네 명의 손님에게 햄버거를 팔았으니 그 정도도 지나지 않았을 것이다. 밖에서 사람들이 소리를 질렀다. 놀라 나가보니 그 남자가 쓰러져 있었다. 죽었나봐. 누군가 말했다.

경찰은 내가 햄버거를 가져다주었을 땐 이미 숨이 멎은 것 같다고 말했다. 하지만 그러지 않았을 수도 있잖아요. 전 어깨를 흔들어볼 생각도 안 했어요. 그 남자를 만지기 싫었다고요. 경찰에게 그렇게 고백하고 싶었지만 용기가 나지 않았다. 십 분도 지나지 않았다고. 계속 그 말만 했다. 보호자 신분으로 나를 따라온 미희 언니가 내 등을 쓰다듬어주었다. 경찰이 두 손가락으로 타이핑을 하며 내 말을 받아적었다. 우리는 열두시가 넘어서 경찰서를 나왔다. 눈은 그쳐 있었고,

택시정류장에는 택시가 한 대도 보이지 않았다. 저기 가서 따뜻한 국물이나 먹자. 미희 언니가 포장마차를 가리켰다. 우동 두 그릇에 소주 한 병을 시켰다. 포장마차 이름은 순영이네였다. 나는 미희 언니에게 햄버거를 줄 때 반말을 했다고 고백을 했다. 거지라 그랬다고. 미희 언니도 내게 고백을 했다. 실은 자기도 그 거지 곁에 가고 싶지 않았다고. 그리고 사과도 했다. 그런 일을 나에게 시켜 미안하다고. 그날, 나는 술에 취해 미희 언니에게 입학 시험을 보지 않았다는 사실도 고백했다. 돈가스를 사먹고 칠천원이나 남았다고. 그렇게 말하며 나는 울었다. 울면서도 나는 죽은 사람 때문에 우는 건지 합격하지 못한 대학 때문에 우는 건지, 알지 못했다. 미희 언니가 중얼거리듯 노래를 불렀다. 동그라미 그리려다 무심코 그린 얼굴. 포장마차 주인이 그 노래를 따라 불렀다.

미애씨가 돌아왔다. 몸에서 찬바람 냄새가 났다. 머리카락이 젖어 있었다. "그거 마시지 말고 이거 마셔요. 뭘 좋아할지 몰라 그냥 블랙커피로 사왔어요." 나는 들고 있던 캔커피를 옆 의자에 올려놓고는 미애씨가 가져온 커피를 받았다. "고마워요." 나는 커피를 한 모금 마시고는 다시 한번 고맙다고 말했다. 미애씨는 이제야 남편과 통화가 되었는데 오늘은 비행기표를 구할 수가 없어서 내일 첫 비행기로 올라올 예정이라고 했다. 미애씨네는 한 번 이혼을 했다가 다시 합쳤는데, 이혼을 하고 따로 사는 동안 남편이 생활 터전을 제주도로 옮겼다. 거기에 초콜릿공장을 하는 사촌형이 있었기 때문이었다. 미애씨는 미애씨대로 하던 일이 있어서 재결합을 했지만 주말부부가 되었다. 나는 미희 언니와 제주도 여행을 갔다가 미애씨 남편에게 십만원짜리 갈치구이 정식을 얻어먹은 적이 있었다. 초콜릿도 한 박스 선물받았다. 동생이 이혼을 한 뒤로, 미희 언니는 계절마다 친구들을 데리고 제주도 여행을 했다. 그리고 제부를—그때는 한때 제부였던 사람이었지만—불러내 비싼 저녁을 사도록 했다. 아마도 미애씨의 남편은 이혼하고 혼자 사는 삼 년 동안 처형의 모든 친구들을 만나보았을 것이다. 그리고 그 사람들에게 이렇게 소개되었을 것이다. 내 제부야. 우리 조카가 누굴 닮았게. 미애씨의 남편은 아들의 졸업식에 참석했다가 미애씨를 다시 만났고, 봄이 되면 유채꽃을 보러 제주도에 놀러오지 않겠냐고 제의를 했다. 비행기 티켓 보내주면. 미애씨가 농담을 했는데, 일주일 후 정말로 비행기 티켓을 사서 보냈다. 동생이 재결합을 한다고 했을 때 미희 언니는 새 출발이니 신혼여행을 가야 한다며 칠박 팔일 하와이 여행 상품권을 선물하기도 했다.

미애씨가 아들의 옆자리에 앉았다. 아이가 자신의 잠바를 벗어 엄마의 무릎에 덮어주었다. 교복 재킷에 달린 명찰을 보니 이름이 형욱이가 맞았다. 박형욱. 성이 박인 건 이번에 처음 알았다. “착한 아들이네요.” 내가 말하자 미애씨가 웃었다. “꼭 그렇지는 않아요.” 그 말에 형욱이가 엄마를 째려보았다. 입을 또 삐죽였는데, 그게 형욱이의 버릇인 듯싶었다. “물론, 나 어릴 적에 비하면 우리 아들은 엄청 착하죠.” 미애씨가 말했다. 잠바 주머니에서 휴대폰 벨소리가 울렸다. 형욱이가 휴대폰을 꺼냈다. 그리고 벨소리가 끊어질 때까지 액정 화면을 바라보다가 휴대폰 버튼을 길게 눌러 전원을 껐다. 누구? 미애씨가 소리내지 않고 입모양으로 그렇게 물었다. “아무도 아니야.” 형욱이가 말했다. 그러고는 내 쪽으로 얼굴을 돌려 이렇게 물었다. "근데요. 아무리 생각해봐도 이상해요. 열두 살이나 차이가 나는데 어떻게 친구가 돼요?" 형욱이는 같은 반에 한 살 어린 동급생이 있는데, 그 아이가 자기에게 반말을 할 때마다 기분이 나쁘다고 했다. 한 살 어린 동생에게 형이라는 소리를 듣고 싶어하는 자신이 쪼잔하고 한심하게 느껴지긴 하지만 그래도 친구가 되고 싶지는 않다고 했다. "열두 살 차이가 뭐 어때서?" 그렇게 말하며 미애씨가 형욱이의 이마를 손바닥으로 짚었다. "아직 미열이 있네. 감기약 마저 먹을 걸 그랬나." 형욱이가 자기 이마를 손으로 짚어보더니 괜찮은데 뭘, 하고 중얼거렸다. 미애씨가 자리에서 일어나 구석으로 걸어가더니 히터의 온도를 조금 높였다. 그리고 되돌아와서 고등학교 때 국사를 가르쳤던 선생님 이야기를 들려주었다. 늘 삼십 센티미터 자를 들고 다니던 선생님이었는데, 조는 학생이 있으면 그 자를 세로로 세워서 정수리를 때렸다. "으, 상상만 해도 재수없어." 형욱이가 얼굴을 찌푸렸다. 미애씨는 그 선생님을 서른 살 무렵에 우연히 다시 만나게 되었다. 발목을 접질려 침을 맞으러 한의원에 갔다가 보게 되었는데, 선생님이 먼저 미애씨를 알아봤다. "내 이름까지 기억하고 있어서 깜짝 놀랐어. 난 그렇게 인상적인 학생이 아니었거든." 미애씨와 선생님은 편의점 야외 테이블에 앉아서 맥주를 한 잔씩 마셨다. 그날 미애씨는 선생님이 자신을 가르쳤을 때 나이가 겨우 스물여덟이었다는 것을 알게 되었다. 스물여덟. 그때 미애씨는 형욱이를 낳았고, 아이를 낳았는데도 자신이 아직 어른이 되지 않았다는 사실 때문에 우울증에 빠져 있었다. 나는 니들이 무서웠어. 내가 교탁에 서 있을 때 나를 쳐다보는 그 눈동자들이. 결국 몇 년 다니지 못하고 학교를 그만두었지. 국사선생님이 말했다." 내가 그 선생님을 얼마나 무서워했는데. 오히려 선생님이 날 무서워했다니. 나는 속았다는 생각이 들었어. 그래서 맥주를 마시다 말고 웃었어. 미친년처럼 웃었어." 그후, 미애씨는 일 년에 한두 번씩 그 선생님을 만나 술을 마신다고 했다. 엄마의 이야기를 들은 형욱이가 더더욱 모르겠다는 표정을 지었다. "그러니까 같이 술을 마실 수 있는 사이가 되면 나이는 아무 상관이 없다는 얘기지." 내가 말했다. 미애씨가 맞아요, 하고 대답했다. 우리의 이야기를 듣고 있었는지, 내 뒤쪽에 앉은 모녀 중 나이든 여자가 그럼, 그럼, 하고 맞장구를 쳤다. 그러곤 나이든 여자가 딸에게 속삭이듯 말했다. "사내들은 죽었다 깨어나도 모를 수 있어." 이번에는 미애씨가 맞아요, 하고 맞장구를 쳤다.

미희 언니가 집을 나왔을 때 미애씨는 겨우 여덟 살이었다. "언니가 집을 나가면서 마지막으로 한 말이 뭐였는지 알아요? 이제 내 방은 니 거다. 내 책상도 니 거다." 십팔 평 연립은 방이 두 개였다. 안방은 부모님과 어린 미애씨가, 작은방은 미희 언니가 썼다. "그랬는데, 어머니가 돌아가시고 미희 언니까지 집을 나가자 집이 갑자기 커진 기분이 들었어요. 나도 아빠도 혼자 잠을 자는 게 어색해서…… 한동안 우리는 거실에서 잠을 잤어요." 책상 서랍은 미희 언니의 물건들로 가득 채워져 있었다. 거기에는 언니의 건강기록부와 성적표 그리고 수많은 상장 들이 있었다. 초등학교 일학년 때 언니의 키는 114센티미터였다. 몸무게는 겨우 17킬로그램. 이학년 때 언니는 4센티미터 컸다. 몸무게는 21.5킬로그램. 키에 비해 몸무게가 많이 늘었다. 초등학교 삼학년 때에는 언니에게 무슨 일이 있었는지 몸무게가 0.5킬로그램 줄었다. 열 살 무렵, 미애씨는 장염에 걸려 여름 내내 배앓이를 했다. 팥으로 만든 주머니를 배에 올려놓고 어린 미애씨는 생각했다. 언니도 이렇게 아팠을 거라고. 그래서 일 년 동안 몸무게가 하나도 늘지 않은 거라고. 책상 서랍에는 생일 카드도 있었다. 언니의 생일이 4월 14일이라는 것도 그때 알았다. 미애씨는 새해가 되면 달력에 동그라미를 치는 것을 잊지 않았다. 언니는 과학경진 대회에 나가 장려상을 탔고, 반공표어짓기 대회에서 우수상을 탔고, 보리혼식장려 글짓기 대회에서 우수상을 탔다. 상장은 많았는데, 장려상 아니면 우수상이었다. 최우수상이나 대상은 하나도 없었다. 김도훈이라는 남학생이 언니를 좋아했다. 편지는 모두 일곱 통이었는데, 모두 같은 해 가을에 보낸 것이었다. 낙엽이라는 단어를 '낙엽'이라고 적었다. 틀린 글자에 언니가 빨간색으로 동그라미를 그려넣었다. 아버지의 장례식장에서 언니를 다시 만났을 때 언니의 존재가 전혀 서먹하게 느껴지지 않았는데, 그건 아마도 언니의 책상 서랍 속 물건들 덕분일 것이라고 미애씨는 생각했다. 아버지의 장례식이 끝나고 미애씨는 이십 년 동안이나 간직했던 언니의 물건들을 돌려주었다. 거기에는 호박 브로치도 들어 있었다. 그건 미희 언니의 할머니가 당신의 딸에게 물려주었던 물건이었는데, 안방 장롱의 맨 마지막 서랍을 빼내자 그 안쪽에서 발견되었다. 아버지의 장례식장에서—정확히는 새아버지의 장례식장이었지만—미희 언니는 어린 조카를 처음으로 업어봤다. 검지를 입술에 대고 톡톡 두드려주면 아이는 방긋 웃었다. 이렇게 단순한 게 뭐가 좋다고. 미희 언니는 왈칵 눈물이 날 것만 같았다. 검지를 입에 넣자 조카가 미희 언니의 손가락을 깨물었다. 아야. 부러 아픈 척해 보았다. 어린 조카는 그게 웃긴지 또 방긋 웃었다. "미희 언니가 그렇게 말한 적이 있어요. 방긋이란 단어가 그리 좋은 건지 그때야 알았다고." 나는 형욱이의 얼굴을 보았다. 방긋 웃던 아기 모습이 쉽게 떠오르지 않았다. 여드름이 나기 시작하는 중학생이 되었으니까.

"언젠가 미희 언니가 이렇게 말한 적이 있어요. 자신의 이십대는 야심과 소화불량의 시기였다고요." 그 사건이 일어난 뒤 햄버거가게에서 일 년이나 더 일한 다음에 나는 사무보조 및 비서직을 양성한다는 학원엘 다녔다. 육 개월 수강을 한 뒤, 스물세 살에 용무전자라는 회사에 사무보조로 취직을 했다. 주력 상품은 건전지를 넣어 쓰는 목걸이형 선풍기였다. 사장은 태양광으로 작동하는 선풍기 모자에 많은 공을 들였는데 생각만큼 반응이 좋지는 않았다. 한번은 야근을 하고 과장의 차를 타고 시내로 나오는데, 과장이 기어를 만지는 척하면서 내 허벅지를 만졌다. 그때, 컵홀더에 목걸이형 선풍기가 꽂혀 있는 게 보였다. 버튼을 눌러보니 작동이 되었다. 나는 선풍기 방향을 과장의 얼굴 쪽으로 돌렸다. 더우시죠? 그렇게 말도 안 되는 말을 했다. 집에 돌아와 나는 내가 바보 같아서 울었다. 울다보니 과장이 내 자취방—새 회사에 취직을 하면서 나는 보증금 백만원에 월 십오만원짜리 반지하 방을 얻었다—위치를 알고 있다는 사실이 생각났다. 나는 울며 미희 언니에게 전화를 했다. "그날, 미희 언니가 매운 닭발과 달걀찜을 사왔어요. 태어나서 처음 먹어봤어요. 닭발." 으이구. 내가 못 살아. 더우시죠가 뭐냐? 그날 밤 나는 미희 언니에게 엄청나게 구박을 받았다. 하지만 닭발이 하도 매워서 욕을 먹는 것 따위야 아무렇지도 않았다.

반지하방 창으로 사람들의 종아리만 보였다. 앞으로 반지하방에 산다는 사람에겐 꼭 닭발을 추천하자. 저 종아리를 보면서 닭발을 먹는 게 얼마나 근사하냐. 그 말에 나는 닭발을 입에 넣은 채 웃었다. 6월쯤이었다. 술을 다 먹고 산책 삼아 동네 놀이터에 갔다. 그네에 앉아 살짝 이지러진 달을 보았다. 이틀 후면 동그랗게 될 달이네. 그 달을 보며 미희 언니가 말했다. 내 이십대는 야심과 소화불량의 시기였다고. 그네에서 삐걱삐걱 소리가 났다. 내가 분위기 파악을 못하고 그럼 소화제 먹으면 되죠? 하고 농담을 했다. 십 년 안에 성공해서 보란듯 돌아가려 했거든. 잘 안 되었지만. 미희 언니가 말했다. “미희 언니가 무슨 일을 했는지는 잘 몰라요. 더는 자세히 얘기를 안 해주더라고요. 다만, 두어 번 사기를 당했고, 위경련으로 응급실을 수십 번 갔었대요.” 생각해보니 미희 언니의 이십대 시절을 알고 있는 친구들을 만난 적이 한 번도 없었다. 내가 그 이야기를 하자 미애씨가 아무도 언니의 이십대 시절을 모른다는 거네요, 하고 말했다. 그러고는 들고 있던 커피를 한 모금 마셨다. 나는 이미 다 마셨지만, 아직 커피가 남아 있는 것처럼 잔을 입에 댔다.

“음. 제 십대와 이십대는 소심과 소화불량의 시기였던 것 같아요.” 미애씨가 말했다. “우리 아버지가 돌아가시기 전에 마지막으로 했던 게 뭔지 알아요? 호떡 장사였어요.” 미희 언니의 아버지도, 미애씨의 아버지도, 모두 돈을 버는 일에는 서툰 사람들이어서 사실상 집안의 경제를 책임진 것은 자매의 어머니였다. 미애씨 아버지는 부인이 죽은 뒤로 벽지회사에서 영업사원도 해보고, 식당에 식자재 납품도 해보고, 관광버스를 몰기도 해봤지만 모두 오래가지 않았다. 그러다 먼 친척 형님이 호떡이라도 팔아보라며 자신의 식당 앞에 자리를 내주었다. 그런데 어찌된 일인지 호떡 장사는 의외로 손님이 몰렸다. 다른 재료를 쓰는 것도 아니었다. 그냥, 밀가루 반죽 안에 흑설탕과 계핏가루를 섞은 소를 잔뜩 넣었을 뿐이었다. 문제는 겨울에만 호떡 장사를 했다는 거였다. 미애씨 아버지는 일을 하지 않는 나머지 계절에는 술만 마셨다. 리어카 앞에서 종일 서서 일하던 걸 보상받고 싶은 사람처럼 하루종일 누워만 있었다. 취한 상태로. 술 취한 아버지 옆에서 어린 미애씨는 라면을 끓여먹었다. "지금도 밥을 먹고 나면 주먹으로 가슴을 쳐야 소화가 되는 듯한데, 그 버릇은 그때 생겼어요." 미애씨가 주먹으로 가슴을 치는 시늉을 했다. "늘 혼자 공기놀이를 했어요. 그래서, 제가 공기놀이는 정말 잘해요." 나는 미애씨와 미희 언니와 셋이 동그랗게 둘러앉아 공기놀이를 하는 상상을 해보았다. 손이 큰 미희 언니는 꺾기를 잘할 것이다. 나는 욕심내서 다섯 개를 잡으려다 번번이 놓칠 것이다. 형욱이가 말없이 우리 이야기를 듣다 한마디를 했다. "그럼 지금의 저는 무관심과 소화과다의 시기예요." 미애씨가 피식 웃었다. 나는 형욱이가 좋아졌다.

간호사가 대기실 문을 열고 김복동씨 보호자 있어요, 하고 소리쳤다. 아무도 대답하지 않았다. 벽에 걸려 있는 대형 모니터를 보니 김복동 이름 옆에 수술 대기중이라는 글자가 적혀 있었다. 미희 언니는 여전히 수술중. 주머니에서 휴대폰이 울렸다. 휴대폰을 꺼내보니 모르는 번호였다. 나는 받지 않았다. 아홉시 삼십오분이었다. 나는 자리에서 일어났다. "잠깐 바람 좀 쐴게요." 미애씨가 아직도 눈이 올지 모른다며 형욱이의 잠바를 건네주었다. 모자가 달린 패딩잠바였다. “코트는 젖으면 안 되잖아요. 이런 중딩 옷은 젖어도 돼요.” 나는 형욱이의 잠바를 받았다. 대기실 밖으로 나와 복도 오른쪽으로 가면 수술실이 나왔다. 나는 그쪽을 한번 쳐다보고는 왼쪽으로 걸었다. 계단을 통해 아래층으로 내려갔다. 육층. 입원실이 있는 층이었다. 다들 잠을 자는지 조용했다. 나는 계속 계단을 내려갔다. 일층으로 내려가는 동안 단 한 명도 만나지 않았다. 정말, 환자가, 간호사가, 의사가 있는 병원일까? 하는 의문이 들었다. 이건 내 꿈일 거야. 그렇게 생각하니 정말 그럴 수도 있을 것만 같았다. 로비에 내려오니 몇몇 사람들이 텔레비전을 보고 있었다. 다들 열심히 텔레비전을 보기에 재미있는 프로그램이라도 하나 싶었는데 뉴스였다. 허리에 보호대를 찬 환자도 뉴스를 보고 있었다. 미희 언니라면 이렇게 말했을 것이다. 병원 로비에 앉아서 오늘의 교통사고 같은 뉴스를 봐야겠니? 병원은 하루 종일 개그 프로그램만 나오도록 해야 해. 어쩌면 오늘 뉴스에 미희 언니의 사고 소식도 나왔을지 모를 일이다. 여기 앉아 있는 이 사람들도 그 뉴스를 봤을 것이다. 완전히 우그러진 차를 보면서 혀를 찼을 것이다. 죽었어. 죽었어. 누군가는 고개를 저었을지도 모를 일이다. 나는 빠른 걸음으로 로비를 빠져나왔다. 눈은 그쳐 있었다. 고개를 들어보니 보름달이 보였다. 이틀 후면 완전히 동그랗게 될, 지금은 귀퉁이가 약간 이지러진 보름달이었다. 오늘이 12월 31일은 아니었지만, 나는 보름달을 보면서 새해 소원을 빌었다. 오랜만에 빌어보는 새해 소원이었다. 마지막으로 빌었던 게 언제였는지 생각이 나지 않을 정도로 오랜만에. 나는 병원을 오른쪽으로 끼고 건물을 한 바퀴 돌았다. 잠바

주머니에 손을 넣어보니 무언가가 만져졌다. 손끝으로 눌러보니 말랑말랑했다. 하지만 무엇인지는 짐작이 가지 않았다. 꺼내어 보니 지우개였다. 판다 모양의 지우개였는데, 판다의 한쪽 귀가 떨어져나가고 없었다. 지우개를 보니 무언가를 지워보고 싶었다. 지우개 밥. 나는 어릴 적부터 그 말을 좋아했다. 친구들이 지우개 똥이라고 말할 때도 나는 늘 지우개 밥이라고 말했다. 언젠가 미희 언니랑 포스트잇을 붙이고 다니는 아이가 주인공으로 나오는 영화를 본 적이 있었다. 주인공은 중학생 여자아이였는데, 포스트잇에 무언가를 적어서 길에 붙였다. 전봇대에도 붙이고, 학원 계단 아래에도 붙이고, 버스 의자에도 붙였다. 여학생은 그걸 낙서라고 불렀다. 누군가 지우지 않아도 되는 낙서. 바람이 불면 그냥 저절로 떨어지는 낙서. 참 재미없는 영화였다. 그런데도 지금 갑자기 다시 보고 싶어졌다.

건물을 반바퀴 도니 응급실이 나왔다. 나는 응급실 밖에 있는 의자에 앉아 들어오는 구급차를 세어보았다. 세상에나. 십 분 만에 세 대의 구급차가 왔다. 머리가 희끗한 남자가 내가 앉은 의자로 다가왔다. 그러고는 내 옆에 앉더니 담배를 피웠다. 평소에는 그렇게 싫던 담배 냄새였는데, 나는 숨을 들이쉬며 담배 냄새를 맡아보았다. 전화가 울리자 남자가 액정 화면을 한번 보더니 이내 담배를 껐다. "어머니는 괜찮아?" "응, 그냥 위경련이래." "그래도 모르니 검사는 해보고." "걱정 마." 아내인 듯한 여자와 이런 대화를 주고받았다. 상대편의 소리가 나한테까지 다 들렸다. "잠깐. 아빠한테 인사한대." 남자가 셀카를 찍듯이 휴대폰을 공중으로 들었다. "아빠, 안녕." 얼핏 보니 아이가 아빠한테 손을 흔들고 있었다. 남자도 아이에게 손을 흔들었다.

"오늘 간지러워라는 말을 처음으로 했어. 신기하지?" 영상 속의 아내가 말했다. 전화를 끊고 남자는 다시 한번 담배를 피웠다. 응급실에서 지팡이를 짚은 할아버지가 나왔다. 내 쪽으로 다가오더니 남자의 옆에 앉았다. 남자가 반도 피우지 않은 담배를 껐다. "엄마는요?" "잠들었어." 부자는 이런저런 이야기를 나누었다. 남자가 아버지에게 이렇게 말했다. "오늘 민지가요. 처음으로 간지러워라는 말을 했대요." 그 말을 전해들은 할아버지가 허허허 웃었다. "간지러워. 거참, 간지러워라니." 할아버지는 아들에게 죽기 전에 손녀딸을 보게 해줘서 고맙다고 말했다. 아들이 아버지의 손을 잡았다. "추워요. 들어가요." 부자가 들어가고 난 뒤에도 나는 한참 동안 의자에 앉아 있었다. 엉덩이가 시려왔다. 나는 엉덩이가 시렵다라는 말대신 엉덩이가 간지럽다라고 말해보았다. 엉덩이가 간지러워. 엉덩이가 간지러워. 그래도 추운 건 추운 거였다. 나는 자리에서 일어나 다시 병원 건물을 따라 길을 걸었다. 바람이 불 때마다 나뭇가지에 매달려 있던 눈이 날려 다시 눈이 내리는 것 같은 착각을 일으켰다. 나는 잠바에 달린 모자를 썼다. 그리고 나무 아래에 서서 나무 밑동을 발로 차보았다. 눈이 잠바 위로 떨어졌다. 병원 현관 앞에 서서 눈을 맞은 사람처럼 옷을 털어보았다. 하늘을 보며 이렇게 말해보았다. 언제 그치려나, 하고.

돌아와보니 미애씨와 형욱이가 어깨를 기댄 채 졸고 있었다. 묵주를 들고 있던 여자와 그 딸은 자리에 없었다. 모니터를 보니 여전히 미희 언니의 이름 옆에 수술중이라고 적혀 있었다. 나는 잠든 미애씨 얼굴을 빤히 들여다보았다. 가만히 보니 미희 언니랑 꽤 닮은 구석이 있었다. 특히 입매가 닮아 보였다. 미희 언니는 일 년에 한 번씩 스스로에게 숙제를 내주곤 했다. 이를테면, 일 년 동안 왼손으로만 이를 닦기, 라면 먹지 않기, 밥 먹고 설거지를 바로 하기, 같은 것들. 미희 언니의 새해 결심은 꽤 오래갔다. 한 여덟 달 정도. 결심은 지켜지지 않기 때문에 결심을 하는 거지. 그렇게 쉬운 거면 왜 결심을 하겠어. 아홉 달 동안 참았던 라면을 먹으면서—새로 나온 꼬꼬면이 하도 궁금해서 어쩔 수 없었다고 했다—미희 언니는 말했다. 미희 언니가 했던 결심 중 가장 우스꽝스러웠던 것은 짜증난다는 말을 한 번도 하지 않는 거였다. 그건 두 달도 지키지 못했는데, 미희 언니는 그게 자신의 탓이라기보다는 뉴스 탓이라고 했다. 미희 언니는 마흔한 살에 건강검진을 받다 위암 초기 진단을 받았다. 수술은 성공적이었고 재발은 일어나지 않았지만, 그후 미희 언니는 그런 이상한 결심을 하기 시작했다. 그게 남들보다 더 수월하게 사십대를 통과한 비결이라고 미희 언니는 말했다. 언니가 깨어나면 나도 앞으론 일 년에 한 번씩 우스꽝스러운 결심을 해보겠다고 말하리라. 당장 내년부터. 첫번째 숙제로는…… 나는 팔짱을 끼고 생각을 해보았다. 그래, 일 년 동안 텔레비전을 끊어볼까. 으이구. 그렇게 말하는 미희 언니의 목소리가 들리는 듯하다. 미쳤냐? 그 재미있는 걸 왜 안 봐. 미희 언니를 알고 지낸 지난 이십 년 동안 아마도 나는 미희 언니에게 미쳤냐는 말을 수백 번도 더 들었을 거다. 내가 중고나라 사이트에서 카메라를 사려다 사기를 당했을 때, 오천만원이나 빚을 내어 전셋집을 마련했을 때, 과부가 된 중학교 동창에게 돈을 빌려주었다가 못 받았을 때. 그럴 때마다 미희 언니는 이렇게 구박을 했다. 으이구. 내가 못 살아. 미희 언니는 내가 해준 음식을 먹으면서도 늘 타박을 했다. 이렇게 맛없는 음식은 생전 처음이다. 그러면서도 한 그릇을 다 먹어주었다. 내가 칠십 살이 되어도 언니는 나한테 미친년이라 그럴 거지? 한번은 내가 물은 적이 있었다. 미희 언니가 당연하지 하고 대답했다. 생각해보니 팔십이 넘은 할머니한테 욕먹는 것도 나쁘지 않을 것 같았다.

미애씨가 잠결에 뭐라고 중얼거렸다. 무슨 말인지는 알아들을 수 없는 말이었다. 나는 자리에서 일어나 히터의 온도를 조금 내렸다. 내가 움직이는 바람에 미애씨가 잠에서 깨었다. "몇시예요?" 미애씨가 물었다. 나는 이제 여섯 시간 정도 지난 것 같다고 말했다. "눈 좀 붙여요." 미애씨가 말했다. 나는 괜찮다고 했다. "눈은 그쳤어요." 내가 말했다. 미애씨가 형욱이의 이마를 다시 한번 짚어보았다. 며칠 전에 몸살을 심하게 앓았다고 했다. 미애씨가 자리를 옮겨 내 옆으로 와서 앉았다. 그러고는 내 무릎에 자신의 손을 올려놓았다. "괜찮겠죠." 나는 고개를 끄덕였다. 나는 미애씨에게 미희 언니의 첫사랑에 대해 이야기를 해주었다. 내가 미희 언니를 알기 전 일이었다. 가지고 있는 돈을 다 모아 반지하 월세방을 얻으면서 미희 언니는 이런 결심을 했다. 전셋집을 마련하기 전까지는 절대 남자를 사귀지 않겠다고. 그래서 미희 언니의 첫사랑은 스물아홉이라는 늦은 나이에 찾아왔다. "그땐 아침 여섯시부터 밤 열두시까지 일을 했대요." 언니는 늘 버스에서 졸았다. 버스 유리창에 머리를 부딪히고 있다는 것을 알면서도 잠에서 깨어나지 못할 정도로 졸았다. 그러다, 어느 날, 졸면서도 자신의 머리가 유리창이 아닌 다른 것에 부딪히고 있다는 느낌을 받았다. 잠에서 깨어보니 어떤 남자가 유리창에 자신의 손바닥을 대고 있었다고 한다. “그러니까 미희 언니의 머리가 아프지 않도록요.” 어찌나 세게 머리를 찧었는지 남자의 손등이 벌겠다. 미희 언니는 그 남자의 손등을 사랑했다. 그 남자보다도 더. “사귀는 동안 미희 언니는 수십 개의 장갑을 남자에게 선물했다고 해요. 결혼을 할 뻔했다는데 어떻게 헤어졌는지는 저도 잘 몰라요.” 내 이야기를 듣던 미애씨가 혹시 그 남자를 본 적이 있는지 물었다. 나는 햄버거가게 앞에서 미희 언니가 퇴근하기를 기다리며 서성거리던 남자를 본 적은 있는데 같은 사람인지는 잘 모른다고 말해주었다. “그땐 미희 언니랑 술친구가 되기 전이었거든요.” 미애씨가 그렇군요, 하고 말했다. 그러고는 혼잣말처럼 이렇게 중얼거렸다. 언니의 이십대를 아는 사람은 아무도 없구나.

간호사가 대기실 문을 열고 미희 언니의 이름을 불렀다. 미애씨가 네, 하고 대답했다. 나도 따라 자리에서 일어났다. 미애씨가 형욱이의 어깨를 흔들었다. 형욱이가 마른세수를 하며 일어났다. 그러고는 이곳이 어디인지 모르는 사람처럼 주변을 두리번거렸다. 가자. 미애씨가 형욱이에게 말했다. 미애씨와 형욱이가 대기실을 나와 오른쪽으로 걸었다. 나는 두어 걸음 뒤에서 그들을 따라갔다. 복도가 아주 길게 느껴졌다. 복도 끝 수술실 입구에 의사가 서 있었다. 나는 걸음을 멈추었다. 미애씨가 형욱이에게 몸을 기댄 채 의사를 향해 걸어갔다. 아주 천천히 걸어갔다. 나는 가지 않았다. 미애씨의 뒷모습만 바라보았다.

이틀

*

감기에 걸려 출근을 못할 것 같다고 전화를 하자 김비서가 거짓말하지 말라며 웃었다. "상무님은 원래 감기 안 걸리잖아요." 그러더니 갑자기 목소리를 낮추고는 이렇게 속삭였다. "저에게만 솔직히 말해주세요. 무슨 일 생겼죠? 비밀 지켜드릴게요." 김비서의 말을 들으니 재미있는 거짓말이라도 하고 싶어졌다. 못질을 하다 손가락이 부러졌다고 할까? 김비서라면 당장에 달려오고도 남을 사람이었다. "애인이 생겼어. 둘이 꽃구경 가." 당연히 김비서는 내 말을 믿지 않았다. "그럼, 이건 어때. 아침에 눈을 떴더니 갑자기 통영에 가서 복국을 먹고 싶더라고. 그래서 그거 먹으러 가려고." 김비서가 웃음을 억지로 참는 게 수화기 너머로 느껴졌다. "차라리 감기라고 해요. 아무도 안 믿겠지만." 회사 사람들은 내가 한 번도 감기에 걸려본 적이 없다는 사실을 알고 있었다. 젊었을 적에 만취해 양말만 신은 채 집까지 걸어간 적이 있었다. 눈이 내리던 12월이었고, 집은 버스정류장에서 이십 분은 걸어올라가야 하는 골목길 끝에 있었다. 그곳까지 걸어가면서 나는 지독한 감기에 걸려 앓아눕게 되면 그 소식을 들은 첫사랑이 따뜻한 죽을 끓여 찾아올지도 모른다는 상상을 했다. 감기는 걸리지 않고 동상에 걸렸다. 물집이 생기고 진물이 터졌다. 동상이 심하면 발가락을 자를 수도 있다는 친구들의 이야기를 듣고는 병원에 갔다. 제발 자르지만 말아주세요, 하고 의사에게 말했다. 아직 결혼도 못했단 말이에요. 내 말에 의사가 웃었다. 옆에 서 있던 간호사도 웃었다. 아내와는 거기서 만났다. 발가락을 드레싱해주던 간호조무사였다. 나는 회식자리에서 종종 그 이야기를 했다. 직원들이 지루해한다는 건 알고 있었지만 술에 취하면 나도 모르게 말이 나왔다. 어쩔 수 없었다. 참아지지가 않았다. 감기 따위에 걸려 골골대는 젊은 것들을 보면 이해할 수 없어! 그렇게 호통치는 나 자신을 나도 싫어한다는 걸 직원들은 모르리라. "감기가 아니라면, 그냥 꾀병 한번 부리고 싶은 거라고 생각해줘. 봄이잖아." 나는 말했다. 오늘 아침에 일어나보니 몸이 바닥으로 가라앉는 것만 같다고, 등에서 찬바람이 나오는 것만 같다고, 만약 이런 기분을 사람들이 감기라고 부른다면 아마도 내가 그것에 걸린 것만 같다고…… 이렇게 길게 설명하고 싶지 않았다. 김비서가 네, 그럼요, 봄이에요, 하고 대답했다. 쌍둥이 딸 중 한 아이가 아빠와 살겠다며 가출했다는 이야기를 들은 게 지난주였는데 그게 잘 해결되었는지 궁금해졌다. 하지만 어떻게 되었는지 묻지는 않았다. 어찌되었든 김비서 뜻대로 되지는 않을 게 분명했다. 십대니까. 삼십일 년 전, 면접을 보러 왔을 때 김비서는 하도 긴장을 해서 자기 이름도 제대로 말하지 못했다. 그때 사장이 이렇게 말했다. 김영숙씨. 우리 이모랑 이름이 같네요. 나도 한마디 거들었다. 우리 사촌누이랑도 이름이 같아요. 스물여섯 살이었던 김영숙은 그 말을 듣자 웃었다. 제 친구 중에도 영숙이가 세 명이나 돼요. 말을 할 때 보니 김영숙의 앞니에 립스틱이 묻어 있는 게 보였다. 빨간색도 아니고 분홍색도 아닌. 사장은 웃음소리가 마음에 든다며 그녀를 뽑았다. 나는 사장에게 앞니에 립스틱을 묻히고 다니는 그런 칠칠맞지 못한 여자와는 한사무실에서 일하고 싶지 않다고 말했다. 사장이 내 이름을 불렀다. 형식아, 하고. 형식아, 이 좁고 좁은 사무실에서 더 어리고 더 예쁜 여자와 같이 일을 한다면, 아마 그게 더 힘들 거야. 사장이 말했다. 나는 신혼이었다. 직원이 세 명이었던 회사는 해마다 조금씩 몸집을 불렸다. 그동안 그녀는 서너 번 맞선을 봤고, 은행에 다니는 남자와 결혼을 했고, 아이가 생기지 않아 마음고생을 하다 시험관 시술로 마흔에 늦둥이 쌍둥이를 낳았고, 그 아이들이 다섯 살 때 이혼을 했다. 작년 가을, 사장의 장례식을 치르고 나서야 나는 비로소 그녀가 삼십 년이 넘도록 우리를 보살펴준 유능한 동료였음을 깨달았다. 그녀가 장례식을 깔끔하게 진행하는 걸 보면서 내가 죽어도 저렇게 해줄까? 하는 생각을 잠깐 하기도 했다. "그럼 사장님께는 배탈이 났다고 전할게요. 지난주부터 속이 안 좋다며 매운 건 안 드셨잖아요." 나는 김비서 마음대로 하라고 말했다. 새로운 사장은 아마 오후쯤 괜찮냐는 문자를 보낼 것이다. 그러고는 이렇게 덧붙이겠지. 너무 무리하지 마세요. 신임 사장은 전 사장의 큰딸이었는데, 고등학생 때 자전거를 타다 교통사고가 나서 병원에 입원했던 거 말고는 부모 속 한 번 썩인 적이 없던 아이였다. 그 아이가 태어났을 때 나는 사장과 포장마차에서 새벽까지 술을 마셨다. 우리는 주방용품을 취급하는 무역회사에서 만났는데, 그는 나보다 삼 년 먼저 입사한 선배였다. 알고 보니 같은 중학교를 나왔고 그래서 건너 건너 아는 사람들이 겹쳤다. 내 친구의 형이 사장의 친구라거나, 뭐, 그런 식으로. 우리는 술을 마시며 갓 태어난 아이의 이름을 짓기 시작했다. 미경. 미숙. 윤희. 사장은 세상에서 가장 멋진 이름을 지어주고 싶다고 했지만 생각나는 거라고는 탤런트들의 이름뿐이었다. 이름을 짓다가 우리는 취했고, 취하자 늘 그렇듯이 이야기가 어찌어찌 다른 곳으로 흘러가 회사 욕을 하기에 이르렀고, 그러다 결국 회사를 때려치우고 사업을 해보자며 의기투합을 했다. 신임 사장의 취임식에서 나는 직원들에게 그 이야기를 들려주었다. 그러니까 따지고 보면 신임 사장은 우리 회사와 나이도 같고 생일도 같다고. 전 사장이 갑자기 응급실로 실려갔다는 소식을 들었을 때만 해도 나는 며칠 후면 퇴원을 하리라고 생각했다. 조금만 스트레스를 받아도 위경련을 일으켜 일 년에 서너 번은 응급실에 실려가곤 했으니까. 죽기 전날, 전어철이니 곧 전어회나 실컷 먹으러 가자며 퇴근을 하기 전 나는 사장에게 말했다. 사장은 언제든지, 하고 대답했다. 그게 마지막 말이었다. 장례식이 끝나고 나는 아침 일곱시에 출근을 하던 습관을 버렸다. 슬프긴 했지만 그렇다고 해서 극복하지 못할 정도는 아니었다. 살아서 뭐하나? 따위의 감상적인 생각에 빠져든 것도 아니었다. 누구나 이 정도 나이가 되면 그보다 더한 죽음도 겪을 것이다. 나 또한 그랬다. 그런데도 침대에 누워 멍하니 천장을 바라보는 시간이 길어졌다.

천장을 보고 있다가 십 분 지났겠지 하고 생각한 다음 시계를 보면 정확히 십 분이 지나 있었다. 시간은 내 생각보다 더 빠르게 흐르지도 않았고 더 느리게 흐르지도 않았다. 김비서와 통화를 끝내고 나는 다시 침대에 누웠다. 얼마 지나지 않아 문자메시지가 도착했다는 알림음이 들렸다. '회사 근처에 괜찮게 하는 복집 생겼어요. 내일 점심 예약해놓을게요.' 나는 답을 하지 않았다. 반듯하게 누워 천장을 바라보고는 십 분을 세었다. 또 십 분을 세고, 또 십 분을 세었다. 그러다 잠이 들었다.

일어나보니 점심시간이었다. 무얼 먹고 싶은 생각이 들지는 않았는데 열두시가 되면 늘 밥을 먹던 습관 때문인지 속이 허전했다. 냉장고엔 뭐가 있지? 맥주는 이번주 일요일에 마지막 남은 걸 마셨으니 없을 테고. 검은콩두유가 서너 병. 그리고 달걀이 몇 개 남아 있을 것이다. 과음을 한 다음날이면 나는 소금과 후추를 뿌린 날달걀을 먹었다. 그건 내게 술을 가르쳐준 삼촌의 숙취 해소법이기도 했다. 내가 술을 처음 마셨을 때, 그때가 몇 살이었는지는 기억나지 않지만, 안주만은 생생하게 기억이 난다. 동치미였다. 막걸리 한 잔에 동치미 국물 한 사발. 너무 배가 불러 취할 수도 없었다. 오줌이 마려워 화장실만 들락거렸다. 삼촌은 늘 두 눈이 빨갛게 충혈되어 있어서 취했는지 안 취했는지 알아차리기가 쉽지 않았다. 나는 삼촌을 즐겁게 해주려고 술에 취한 척했다. 삼촌의 얼굴에 대고 트림을 했을 때, 그때 삼촌의 표정이 지금까지도 또렷하게 생각난다. 삼촌은 그냥 달걀이라고 말해도 될 걸 늘 날달걀이라고 말했다. 예를 들면, 형식아 라면 끓일 때 날달걀 꼭 넣어라, 라고 말하는 식이었다. 삼촌이 날달걀 프라이 해먹자, 라고 말하면 나는 방바닥을 뒹굴면서 깔깔거리고 웃었다. 삼촌 말에 의하면 나는 갓난아기였을 때도 날달걀이란 말을 귀에 대고 속삭이면 방긋 입꼬리를 올렸다고 한다. 날달걀. 날달걀. 뭐가 웃긴지. 기억에 없는 어린 시절 이야기지만 그래도 내가 그렇게 웃었다는 게 믿기지 않았다. 나는 냉장고 문을 열고는 그 안에 얼굴을 한 번 넣었다 뺐다. 재채기가 났다. 재작년, 인터넷으로 이 냉장고를 샀다. 이십만원이 조금 넘는 소형 냉장고였다. 모텔에 가면 흔히 볼 수 있는 그런 냉장고 말이다. 소형 냉장고 옆에는 커다란 양문형 냉장고가 있지만 고장나 코드를 빼버렸다. 냉장고가 고장났을때 나는 수리기사를 부르지 않았다. 이 집으로 이사를 오고 난 다음 아내는 해마다 한 가지씩 가전제품을 바꾸었다. 어차피 바꿀 거라면 한 번에 바꾸자고 했더니, 아내는 열두 달씩 돈을 모아 하나씩 사는 재미가 더 쏠쏠하다고 했다. 아내가 샀던 가전제품들이 이제 서서히 고장날 것이라고 냉장고가 말해주는 듯했다. 이사를 오자마자 가장 먼저 샀던 게 냉장고였으니까. 냉장고가 고장나자 나는 냉동실에 얼려두었던 음식들을 모조리 버렸다. 냉장실에 있던 반찬들도 버렸다. 냉동실 안쪽에서 떡갈비가 나왔는데 유통기한을 보니 세상에 팔 년이나 지난 거였다. 소형 냉장고는 얼음통이 작았다. 그것 말고는 불편한 게 하나도 없었다. 맥주를 종류별로 사서 가득 채워두고는 하루에 한두 개씩 꺼내 먹으니 호텔 미니바를 이용하는 것 같았다.

옷을 갈아입으려고 보니 속옷이 땀으로 젖어 있었다. 샤워를 하려다가 말았다. 물수건으로 겨드랑이와 사타구니를 닦았다. 집밖으로 나오니 땅바닥이 촉촉히 젖어 있었다. 아침나절에 비가 온 모양이었다. 나는 바닥에 떨어진 꽃잎과 가지에 매달린 꽃잎을 번갈아 보았다. 반반. 비를 견딘 놈과 비를 견디지 못한 놈이 반반이었다. 조금 걷다보니 생각보다 더워 잠바를 벗었다. 조금 더 걷다보니 한기가 느껴져 다시 잠바를 입었다. 더웠다 추웠다, 땀이 났다 오한이 났다, 그랬다. 일요일에 종종 점심을 사먹던 백반집에 갔더니 손님들로 꽉 차 빈 자리가 없었다. 한 달에 한 번 인근 노인정 어르신들에게 점심 대접을 하는 날이라고 주인 여자가 내게 와서 말했다. "자리 하나 만들 테니 들어오세요. 오늘은 사장님도 공짜예요." 나는 갑자기 기분이 나빠졌는데, 그 이유가 공짜라는 말 때문인지 사장님이란 말 때문인지 명확하게 판단할 수가 없었다. 무얼 먹어야 할지 몰라 식당가를 세 번이나 왔다갔다했다. 김치와 돼지 목살을 넣고 바글바글 끓인 비지찌개를 먹었으면. 근처에 비지찌개를 파는 곳이 없다는 걸 알고 나자 더욱 비지찌개가 먹고 싶어졌다. 할 수 없이 순두부찌개라고 써붙인 식당으로 들어갔는데, 고추기름을 넣은 매운 순두부찌개밖에 없었다. 양념장을 끼얹어 먹는 맑은 순두부찌개가 먹고 싶다고 했더니 종업원이 그렇게는 만들 수 없다고 했다. 나는 메뉴판을 오랫동안 들여다보았다. 종업원이 탁 소리가 나게 물컵을 내려놓았다. 제육덮밥. 나도 모르게 주문을 하고 말았다. 된장찌개를 시킬걸 하고 후회를 했지만 막상 음식이 나오자 밥 한 공기를 다 먹었다. 반찬으로 나온 어묵볶음과 콩나물무침도 남김없이 먹었다. 밥을 먹는 동안 땀을 흘려 겨드랑이가 축축해졌다. 약국에 들러 증상을 이야기했더니 약사가 몸살 초기인 것 같다고 했다. 몸살이라니. 그래도 병 중에서는 가장 예쁜 이름을 가졌으니까. 그건 딸아이가 초등학생 때 쓴 동시의 한 구절이었다. 아내는 그 동시를 냉장고 문에 붙여놓았다. 동시의 제목은 몸살. 대략 이런 내용이었다. 한여름. 이불을 덮어도 춥고, 따뜻한 밥을 먹어도 춥고, 엄마가 안아줘도 춥다고. 그렇게 추운데도 목구멍에는 뜨거운 게 들어 있어 아무리 침을 뱉어도 뱉어지지 않는다고. 그래도 난 참을 수 있어. 병 이름 중에서 가장 예쁜 이름이니까. 동시의 마지막은 그렇게 끝났다. "무리하셨나봐요. 몸살은 약이 필요 없어요. 무조건 푹 쉬셔야 됩니다." 약사는 그렇게 말하고는 알약을 네 알이나 주었다. 약이 필요 없다면서요. 말대꾸를 하려다 말았다. 알약을 한 번에 하나씩밖에 넘기지 못해 네 번에 나눠 먹었다.

집으로 돌아오는 길에 커다란 목련나무를 한 그루 발견했다. 다섯 개 동으로 이루어진 연립주택의 입구에서였다. 이사를 왔을 때 아내는 이 연립을 보면서 여기도 곧 재개발을 할지도 모르겠어요, 그럼 우리 아파트값도 오를 거예요, 하고 말했다. 재개발은 되지 않았고, 아파트값도 오르지 않았다. 그리고 연립주택은 지금까지 페인트칠도 다시 하지 않은 채 서서히 낡아갔다. 차를 타고 오갈 때마다 이 앞을 지나쳤지만 목련나무가 있다는 사실은 오늘에야 알았다. 왜 한 번도 보지 못한 걸까? 나는 목련 아래에 서서 위를 올려다보았다. 꽃잎이 컸다. 근사한 생각을 하고 싶었지만 그저 목련꽃은 참 크구나, 하는 말만 머릿속에서 맴돌았다. 교복을 입은 학생이 연립주택 단지에서 걸어나왔다. 바가지 머리를 한 아이였는데 남자인지 여자인지 짐작할 수가 없었다. 나는 그 아이에게 원래 목련나무가 이곳에 있었는지 물어보았다. 아이가 눈을 동그랗게 떴다. "그럼 나무가 여기 있지, 움직여요?" 그렇게 말하고 아이는 정류장을 향해 뛰어갔다. 버스에 타기 전 아이가 아스팔트 바닥에 침을 뱉었다. 왜 십대 아이들은 침을 뱉을까? 그걸 이해하는 게 결재 서류에 사인을 하는 것보다 더 힘든 일이 되었다. 버스에서 내린 할머니 한 분이 내 쪽으로 걸어왔다. "어르신, 이 나무 얼마나 오래되었는지 아세요?" 할머니에게 물었다. 할머니가 허리를 펴고 나무를 올려다보았다. "내가 태어났을 때도 있었어." "네?" 너무 놀라 나도 모르게 목소리가 커졌다. 요즘 시대에 쪽을 찌고 다니는 할머니가 있다니. 그런 모습 때문인지, 목련나무도 할머니도 실제로 존재하지 않는 건지도 모른다는 생각이 들었다. 손을 뻗어 할머니의 손이라도 만져보려 했는데 어느새 할머니는 나를 지나쳐 노인이라기에는 믿기지 않는 속도로 걸어가고 있었다. 등산 스틱을 지팡이 삼아서. 나는 목련나무를 만져보았다. 나무는 단단했다. 손바닥에 힘을 주어 두어 번 때려보았지만 잔가지 하나 흔들리지 않았다.

아파트 앞에 유치원 버스가 보였다. 아이들이 유치원에서 돌아올 시간인가보다. 나는 한 일이라곤 밥 한끼 먹은 거밖에 없는데 저 작은 아이들은 벌써 유치원에 갔다 오는구나. 아이들을 보자 그런 생각이 들었다. 노란색 유치원 버스나 노란색 유치원복을 볼 때면 나는 노란색을 입을 수 있는 시기는 정해져 있다는 생각이 들었다. 노란색 옷을 입는 성인들은 왠지 믿음이 가지 않았다. 노란색 원피스를 입고 면접을 보러 온 사람에게 최하 점수를 준 적도 있었다. 말도 안 되는 편견이라는 것쯤은 나도 알았다. 유치원 가방을 내던지고 미끄럼틀로 달려가는 아이들을 보자 좀 걷고 싶어졌다. 그래서 나는 자전거 전용도로를 따라 걸었다. 자전거 도로인데 막상 자전거를 타고 지나가는 사람은 없었다. 후문 쪽으로 걸어가자 간단한 운동기구들이 설치된 작은 공원이 나왔다. 발지압을 하라고 만들어놓은 자갈길도 보였다. 신발을 벗으세요, 라고 푯말에 적혀 있었다. 나는 신발을 벗고, 양말을 벗고, 맨발로 자갈길을 걸어보았다. 몇 걸음 걷자마자 발바닥에 통증이 느껴졌다. 더 앞으로 갈 수도 그렇다고 돌아갈 수도 없을 정도로 아팠다. 아무도 보는 사람이 없었기 때문에 나는 엄살을 부리고 싶었다. 그래서 아파, 아프다고, 하고 혼잣말을 했다. 뒤를 돌아 벗어놓은 신발을 보았다. 자살하는 사람들의 마지막처럼 신발이 가지런히 놓여 있었다. 그게 보기 싫었다. 신발을 대충 벗어놓을 걸 그랬다. 내 예상대로 신임 사장에게 문자메시지가 왔다. 몸은 어떠세요. 너무 무리하지 마시고 오늘 푹 쉬세요. 무리라니. 힘에 부칠 정도로 일을 하던 시절은 지나간 지 오래였다. 나는 자갈길 가운데 서서 어제 무슨 일이 있었길래 몸살이 났는지를 곰곰 생각해보았다. 점심은 혼자 죽 전문점에 가서 전복죽을 먹었고, 저녁에는 영업부의 권차장과 신부장, 이렇게 셋이서 일식집에서 술을 한잔했다. 그게 다였다. 평소와 다를 것 없었다. 점심에 죽을 먹다 말고 나도 모르게 식당 주인에게 화를 낸 것 말고는. 반찬으로 나온 장조림이 상한 것 같다고 했더니 주인이 나보고 입맛이 이상한 것 같다고 대꾸했기 때문이었다. 주인은 다른 테이블에 앉은 사람들에게 일일이 장조림 맛이 어떤지 물어봤다. 모두들 아무 문제가 없다고 했다. 나는 먹다 말고 테이블에 만원을 올려놓고는 식당에서 나왔다. 술자리에서는 신부장에게 하지 않아도 될 잔소리를 했다. 택시를 타고 집으로 돌아오는데 그렇게 말한 게 계속 마음에 걸렸다. 택시에서는 이문세의 노래가 나왔다. 나도 모르게 따라 불렀다. 내가 사랑한 그대는 안나. 내가 그렇게 부르자 택시기사가 픽, 하고 웃었다. 손님, 안나가 아니에요. 내가 사랑한 그대는 아나. 이게 맞는 가사예요. 기사가 노래의 마지막 부분을 불러주었다. 이십 년 동안 나는 안나가 그 노래 속 여주인공 이름이라고 생각했다. 어쩐지. 그 노래를 들을 때마다 마지막 가사가 이상하다고 늘 생각했었다. 내가 그 이야기를 들려주자 택시기사가 그건 아무것도 아니라며 〈매기의 추억〉이란 노래를 불렀다. 옛날의 금잔디 동산에 매기 같이. 택시기사는 신호등을 무시하고 도로를 달렸다. 전 어릴 적에 금잔디가 사람 이름인 줄 알았어요. 바보 같죠. 택시기사의 이야기는 정말로 바보 같았다. 노래 제목이 매기의 추억인데. 기사가 바보 같았지만 웃음이 나지는 않았다. 그 정도 바보 같은 이야기라면 나는 아침이 올 때까지도 할 수 있었다. 그리고 하마터면 그런 이야기들을 할 뻔했다. 어제 있었던 일이라면 이게 다였다. 나는 자갈길을 뒤로 걸었다. 뒤로 걸으니 앞으로 걸을 때보다는 발바닥이 덜 아픈 것 같았다. 정체를 알 수 없는 벌레가 빠른 속도로 날아오더니 안경에 부딪혔다. 벌도 아니고 나비도 아니었다. 얼른 집에 가고 싶어졌다. 따뜻한 물로 씻었으면. 그러면 기분이 좋아질 것 같았다. 몸을 돌려 신발을 신으려는 순간, 오른쪽 안경알에 사선으로 천천히 금이 가기 시작했다. 벌레가 안경을 깼다면 누가 믿을까. 나는 고개를 들어 하늘을 보았다. 깨진 안경을 썼다고 해서 하늘이 달라 보이지는 않았다.

*

반신욕을 하고 일찌감치 잠자리에 들었더니 새벽에 눈이 떠졌다. 식은땀이 나는 증상은 사라진 것 같았는데 이번에는 발가락과 손가락의 마디가 쑤셨다. 컵에 찬물을 담아 전자레인지에 돌렸다. 그리고 보리차 티백을 넣고는 물이 미지근해지길 기다렸다. 약사가 준 약을 네 알 다 먹어야 하나. 약봉지를 살펴봐도 빈속에 먹어도 괜찮은 건지 아닌지 적혀 있지가 않았다. 나는 찬장에서 즉석죽을 하나 꺼내 전자레인지에 이 분간 돌렸다. 새벽에 먹기에는 양이 많은 것 같아 먹다가 남겨야지 생각했는데 먹다보니 맛있어서 다 먹었다. 죽을 먹는 동안 보리차는 마시기 좋게 식었다. 약사가 준 알약을 네 번에 나눠 먹었더니 배가 불렀다. 거실 블라인드를 걷고 창문을 열었는데, 생각보다 바람이 차서 심호흡을 두어 번 하고는 다시 닫았다. 소파에 앉아 건너편 아파트를 보았다. 불이 켜진 집이 있었다. 새벽 세시 반. 이 시간에 안 자고 뭐하는 걸까. 맞은편 저 집에서도 이쪽을 보면서 똑같이 궁금해할지도 모른다는 생각을 하자, 곧 궁금증이 사라졌다. 냉장고 소리가 요란하게 들렸다. 저 작은 놈이 저렇게 큰 소리를 내다니. 새벽에 물 마시러 나왔다가 냉장고 모터 소리에 깜짝 놀란 적이 한두 번이 아니다. 꼭 고장난 냉장고가 다시 작동하려는 것만 같았다. 불이 켜진 건너편 집에 사람이 서 있는 게 보였다. 실루엣을 보아 남자인 듯했다. 실루엣이 거실을 왔다갔다했다. 나는 소파에서 일어나 거실을 한 바퀴 걸어보았다. 오른쪽으로 한 번. 왼쪽으로 한 번. 이 집은 내가 살기에 너무 컸다. 침실 말고 다른 방문을 열어보지 않은 지 한참 되었다.

일주일에 한 번씩 오는 파출부 아주머니가 저 방들도 청소를 할까? 언제부터 집이 커 보였을까? 아내가 죽고 난 뒤? 딸이 집을 나가면서? 아니, 아니었다. 어처구니없게 들리겠지만 냉장고를 바꾸면서였다. 혼자면 혼자에 맞는 크기가 있는 법이었다. 나는 소파에 앉아 아침해가 뜨길 기다렸다. 하루 쉬었으니 조금 일찍 출근해야지. 출근하기 전에 백발 할머니한테 가서 김밥을 사야겠다는 생각을 했다. 노점에서 파는 거라고는 믿기지 않을 정도로 맛있는 김밥. 박과장은 그 김밥을 먹으면 초등학생 시절의 운동회가 떠오른다고 했다. 김밥 생각만 했는데도 어디선가 고소한 참기름 냄새가 나는 것 같았다.

해가 뜨는 걸 기다리며 잠깐 눈을 감았을 뿐인데 눈을 뜨니 한시가 지나 있었다. 어찌된 일인지. 시계가 잘못 되었나 싶어 휴대폰을 보았다. 부재중 전화가 네 통. 문자메시지가 세 통. '많이 아프세요? 꾀병은 하루면 족해요.' '전화 주세요. 안 그러면 제가 집으로 갑니다.' '정말 아프신 거예요? 병원은요?' 모두 김비서였다. 나는 소파에서 일어나 천천히 기지개를 켜보았다. 팔다리가 쑤시는 것 같기는 했지만 어젯밤보다는 한결 괜찮았다. 지금이라도 출근을 해야 하나 망설이는 사이 김비서에게 전화가 왔다. "어떻게 된 거예요?" 늦잠을 잤다고 말한다 해도 김비서가 믿을 리는 없었다. 나는 김비서에게 어제 집 앞에서 커다란 목련나무를 보았다는 이야기를 해주었다. "이 동네에서 십오 년을 살았는데 어제 그걸 처음으로 보았어." 김비서가 그래서요? 하고 대꾸했다. "어쨌든 어젠 꽃구경을 했다고." "그럼 오늘은요?" "오늘이 내 생일이야. 그래서 하루쯤 더 쉬려고." 김비서는 내 생일이 가을이라는 걸 알고 있었고, 심지어 해마다 작은 선물을 챙겨주기도 했다. 너무 비싸지도 않고 그렇다고 너무 싸지도 않은 것으로. 아내가 보면 기분 나빠하지 않을 만한 것으로. 김비서가 이혼했다는 걸 알았을 때 아내는 김비서를 처남과 맺어주고 싶어했다. 상처한 남자는 싫어요. 김비서는 처남을 만나보지 않겠느냐는 제의를 단번에 거절했다. 그렇지만 그후 내게 처남과 어울릴지 모른다며 세 명의 여자를 소개해주었고, 그중 한 여자와 처남은 재혼을 했다. "아, 네. 생일 축하드립니다. 오늘은 월차로 처리해드릴게요." 전화를 끊은 뒤 나는 김비서에게 복집 예약은 취소해달라는 문자를 보냈다. 바로 답이 왔다. '저 혼자 가서 두 그릇 먹었어요.' 재미있는 사람이었다. 신임 사장이 김비서의 농담을 잘 알아들어야 할 텐데.

침을 삼킬 때 목이 따끔거리는 것 같아 점심으로 콩나물해장국을 먹었다. 점심시간이 지나서인지, 원래 손님이 없는 곳인지, 암튼 해장국집에는 손님이 없었다. 젊은 남녀가 낮술을 하고 있었는데, 테이블에 놓인 소주병이 네 병이나 되었다. 낮술치곤 과했다. 둘은 서로 언성을 높였다. 나는 밥을 먹으며 둘의 대화를 엿들었다. 싸우는 이유는 누구나 비슷했다. 돈 아니면 오해. 나는 모주를 시키려다 관두었다. 대낮부터 술냄새를 풍기는 사람이 되고 싶지 않았다. 해장국은 먹을 만했다. 안경알을 갈려고 거리를 돌아다녔으나 평소에는 그렇게 많이 보이던 안경가게가 보이지 않았다. 부동산에 들어가 내가 사는 아파트의 시세를 물어보았다. 평수가 너무 커서 거래하기가 쉽지 않다고 중개업자가 말했다. 일 년 전에 나온 매물들도 아직 그대로라고. 부동산 옆에 커피가게가 있었는데 입간판이 커피잔 모양이었다. 거기에 부딪힐 뻔했는데 입간판이 예뻐서 화가 나지는 않았다. 오히려 커피를 마시고 싶다는 생각이 들었다. 그런데 막상 들어가서는 생강차를 주문하고 말았다. "생강차도 저희가 직접 담근 거예요." 주문을 받은 아가씨가 수줍게 말했다. 가게에서는 페인트 냄새가 났다. 창가에 앉아 생강차를 마시며 지나가는 사람들을 구경했다. 다섯 명에 세 명꼴로 안경을 썼고, 열 명에 한 명꼴로 모자를 썼다. 칼국숫가게 앞에 트럭이 와서 멈추었다. 트럭에는 '칼국수용 해감 바지락 납품 전문'이라고 적혀 있었다. 그걸 빠른 속도로 읽어보니 무슨 근사한 암호처럼 들렸다. 저 트럭을 몰며 전국을 돌아다니면 얼마나 좋을까. 바지락 칼국숫가게는 동네마다 꼭 있으니까 어디든 갈 수 있을 것이다. 한창 일에 빠져 지낼 때 아내가 그런 투정을 부린 적이 있었다. 당신이 트럭기사였으면 좋겠어요. 그러면 나는 그 옆자리에 앉아서 당신과 같이 드라이브를 할 수 있잖아요. 그때 아내에게 배부른 소리 좀 그만하라고 윽박을 질렀는데, 잘못했다, 그렇게 말하는 게 아니었다. 밥 먹고 차까지 마셨는데도 아직 낮이었다. 봄이라고 믿기지 않을 정도로 날이 더웠다. 어딜 가야 하나. 커피가게에서 나와 그렇게 중얼거려보았다. 젊었을 때 보았던 흑백영화의 한 장면이 떠올랐다. 주인공이 길 한복판에 서서 어디로 가야 하나, 그렇게 중얼거리던 영화였다. 어디로 가야 하지. 무얼 해야 하지. 그래 머리부터 잘라야지. 남자 주인공의 독백이 귓가에 맴돌았다. 아니. 아니. 실제로 그런 영화를 보았는지 확실하지 않았다. 젊은 시절 내 독백이었는지 모를 일이었다. 집으로 가야지, 하고 생각했는데 걷다보니 집과는 정반대의 길이었다. 돌아가자고 생각하던 순간 바닥에 화살표가 그려져 있는 게 보였다. 화살표를 따라 걸어보았다. 유모차를 지팡이 삼아 끌고 가는 노인들 몇이 내 곁을 지나쳐갔다. 화살표는 어느 건물 앞에서 끝이 났는데 건물을 아무리 살펴도 화살표를 붙인 곳으로 짐작되는 가게가 없었다. 거 참. 건물 앞에 서서 나는 머리를 긁적였다. 초등학생으로 보이는 남자아이 둘이 건물 앞에 서서 고개를 갸웃거리고 있었다. "너네도 화살표 따라 왔니." 내가 묻자 아이들이 그렇다고 대답했다. "앞으론 절대 그러면 안 된다. 아무리 궁금해도." "궁금해서 그런 거 아니에요. 심심해서 와본 거죠." 아이들은 뭐가 웃긴지 서로의 얼굴을 보고는 낄낄거렸다. 자세히 보니 두 녀석 다 턱 아래에 딱지가 앉아 있었다. 장난꾸러기들. 나는 아이들의 얼굴을 가리키며 심심하면 딱지치기나 해라, 라고 말했다. 아이들은 내 농담이 별로였는지 입을 삐죽거렸다. 그러더니 멀리 하늘에 떠 있는 애드벌룬을 가리키며 저길 가보자, 하고는 뛰어갔다. 아이들의 뒷모습을 보면서 너희들은 참 재미있는 것도 많구나, 나는 어제 본 목련나무나 한번 더 보고 집에 가서 스포츠중계나 보련다, 하고 중얼거렸다.

연립주택 쪽으로 걸어가다가 도로 한쪽에 세워둔 트럭들을 보았다. 이 길에는 트럭들이 상습적으로 불법주차를 해, 아파트 부녀회에서 주차단속을 해달라는 진정서를 낸 적도 있었다. 트럭이 인도를 가려서 해가 진 다음에는 길을 걷기가 무섭다는 게 이유였다. 진정서를 낸 뒤 '대형 트럭 불법주차시 단속합니다'라는 플래카드가 걸렸지만 실제 단속을 하는 것 같지는 않았다. 플래카드에 적힌 도로교통과 번호로 전화를 걸까 하다가 참았다. 트럭은 모두 다섯 대였다. 나는 이렇게 큰 트럭들이 도로에서 유턴을 할 수 있다는 게 늘 놀라웠다. 마지막 트럭 곁을 지나가는데 트럭 아래에 누군가 있는 게 보였다. 허리를 숙이고 보니 한 할머니가 트럭 뒷바퀴 사이에 누워 있었다. "어르신." 나는 조심스럽게 불러보았다. 잠을 자는 건지 아니면 쓰러진 건지 알 수 없었다. 조금 더 트럭 쪽으로 다가갔다. "주무세요?" 대답이 없었다. 손을 뻗어보았지만 손이 닿지 않았다. 나는 도로 연석에 걸터앉았다. 혹시 몰라 잠시만 지켜볼 생각이었다. 나는 쓰러진 사람을 모른 척할 정도로 무심한 사람은 아니었다. 드라마를 보다가 혼자 울기도 하는 사람이었다. 그런데 왜 딸은 내게 그런 말을 했을까. 얼음보다 더 차가운 사람이라고. 아직까지도 딸의 담임선생님 중 몇 명의 이름을 기억하고 있는데. 심지어 초등학교 육학년 때 오반이었다는 것도 알고 있는데. 번호는 이십구번이었고. "이런 데서 잠들면 큰일나는데." 나는 일부러 목소리를 높여 말했다. 한참 후에 할머니가 눈을 떴다. "거참 시끄러워 죽겠네." 할머니는 잠깐 눈을 붙인 사람을 왜 깨우냐며 내게 화를 냈다. "혹시 트럭이 움직이기라도 해봐요. 어쩌시려고요." 트럭 밑에서 낮잠을 자다 차에 치여 죽었다는 뉴스를 본 적이 있었다. 그땐 운전기사가 재수없다고 생각했다. 누군들 자기 차 아래에서 사람이 잠을 자고 있다고 생각하겠는가. 그런데 다시 생각해보니 재수없는 사람은 낮잠을 자던 사람이었다. 어쨌든 운전기사는 죽지 않았으니까. "죽으면 죽는 거지 뭐." 할머니가 트럭 아래에서 엉금엉금 기어나왔다. 그러더니 내 옆에 와서 앉았다. 할머니 말에 의하면 트럭 아래만큼 시원한 곳은 없다고 했다. 나무 그늘이 있잖냐고 내가 물었더니 거긴 개미들이 많아 낮잠을 잘 수 없다고 했다. 회사 앞에서 김밥을 파는 할머니보다 머리가 더 백발이었다. 할머니가 나를 위아래로 훑어보더니 자네도 참, 하고 중얼거렸다. 그러고는 자신을 따라오라고 말하면서 자리에서 일어났다. 나는 허리가 기역자로 굽은 할머니가 지팡이도 없이 걷는 것을 보았다. 아니 정확히 말하면 할머니의 엉덩이를 보았다. 걷는 모습이 우스꽝스러웠다. 할머니가 앞서 걷다 말고 갑자기 뒤를 돌아보더니 내게 소리쳤다. "왜 안 따라와!"

할머니는 비닐하우스 옆에 난 길로 들어섰다. 신발에 흙을 묻히는 게 싫었지만 할 수 없이 나도 따라 걸었다. 밭두렁을 뒤뚱거리며 걷던 할머니가 어느 밭 앞에 멈추었다. 삽 한 자루가 땅에 꽂혀 있었다. "여기 밭 좀 갈아."할머니가 내게 말했다. "네?" 내가 되물었다. 할머니가 허리를 펴고는 땅에 꽂혀 있는 삽을 뽑았다. 그리고 내게 삽을 쥐여주었다. "밭 좀 갈아달라고. 반나절 일당 줄게." "어르신. 전 돈 필요 없어요." 내가 말했다. 그러자 할머니가 내 얼굴을 가리키며 이렇게 말했다. "그런데 왜 깨진 안경을 쓰고 다녀. 옷은 이게 뭐고. 난 실업자인 줄 알았어." 그제야 할머니가 왜 나를 그런 눈빛으로 보았는지 알 것만 같았다. 고개를 숙여 옷을 보니 잠바에 김칫국물이 묻어 있었다. 여태 이렇게 입고 돌아다녔다니. 얼굴이 화끈 달아올랐다. "돈이 필요한 줄 알고 도와주려고 했지." 할머니가 삽을 도로 달라며 손을 내밀었다. 손가락 끝이 갈라져 있는 게 보였다. 할머니의 손을 보자 두어 시간 삽질을 해도 괜찮을 것 같은 생각이 들었다. "돈은 필요 없지만 그래도 밭은 갈아드릴게요." 할머니는 밭을 갈 거면 일당을 받고 아니면 그냥 가라고 호통을 쳤다. 노인네가 목소리도 컸다. "그냥 심심해서 그래요." 나는 바짓단을 접어 양말 안에 집어넣고, 잠바를 벗어 근처 나무에 걸쳐두었다. "그려. 심심하면 해. 심심하면." 나는 할머니가 시키는 대로 이랑과 고랑을 만들기 위해 삽질을 했다. 그러다 문득 왜 평평한 밭에다 농작물을 심지 않고 이렇게 두둑을 만들어 심는 건지 궁금해졌다. 땅이 조금 더 솟아 있다고 뿌리가 더 잘 자라는 건 아닐 텐데 말이다. 어차피 땅속은 뿌리보다 더 깊을 테니. 그래서 나는 밭두렁에 앉아 내가 삽질하는 걸 구경하고 있는 할머니에게 뭐하러 이렇게 이랑을 만들어야 하는 거냐고 물었다. "같은 흙이니 아무데나 심어도 상관없잖아요?" 할머니는 내 질문에 대답은 하지 않고 내게 나이가 몇이냐고 물었다. 나는 내 나이를 말해주었다. 할머니가 당신의 나이를 내게 말해주었다. 나보다 열여덟 살이 위였다. "우리 정도 살았다면 이제 그런 건 스스로 답을 찾아야지." 할머니가 말했다. 우리라니. 나는 할머니에게 열여덟 살이면 거의 어머니뻘이라고 대꾸했다. "전 아직 젊다고요." 내 말에 할머니가 화가 났는지 삽질을 더 힘껏 하라고 타박을 했다. 흙이 잘 뒤집혀야 땅이 숨을 쉰다나. 나는 보란듯이 깊게 깊게 삽질을 했다. 안에 있는 흙이 밖으로 나오도록. 더 진하고, 더 촉촉한 흙들이었다. 삽질을 하면서 할머니와 나는 이런저런 이야기를 나누었다. 내가 질문하면 할머니는 답하고 할머니가 질문하면 내가 답하고. "어르신, 여기 뭘 심을 거예요?" "그냥 이것저것. 그런데 백수도 아닌데 대낮에 왜 혼자 있어?" "전 콩 엄청 좋아하거든요. 콩 심어주세요. 참, 회사는 그냥 한번 땡땡이쳐봤어요." "내 밭이야. 내 맘대로 할래. 그런데 무슨 콩 좋아해?" "전부 다요. 울타리콩, 강낭콩, 밤콩." 콩 이야기를 하자 갓 딴 콩을 잔뜩 넣은 밥 생각이 났다. "회사 안 가니까 좋아?" "네, 좋아요." "뭐

하는 회산데?" "양말공장이에요." 왜 양말이야? 사업을 시작한다고 했을 때 나를 만나는 사람마다 그렇게 물었다. 그러면 나는 사장이 내게 했던 말을 그대로 사람들에게 해주었다. 집에 가서 옷장을 열어 봐. 뭐가 가장 많은지. 와이셔츠야? 팬티야? 양말이야? 그렇게 말하면 사람들이 고개를 끄덕였다. 이랑을 하나 완성했다. 나는 삽을 땅에 꽂고 거기에 기대어 내가 완성한 이랑을 내려다보았다. 폭이 점점 좁아졌다. "땡땡이치니 부인한테 눈치 안 보여?" "십 년 전에 보냈어요. 암이었어요." 다시 삽을 들었다. 이번 이랑은 더 예쁘게 만들리라. "괜찮아. 난 남편. 자식 셋. 먼저 보냈어." "죄송해요." "내 남편이 죽었다는데 왜 자네가 죄송해." 할머니가 주머니에서 휴대폰을 꺼내더니 어딘가로 전화를 걸었다. 잠시 후에 커피 두 잔이 배달되었다. "이거 먹고 해." 커피 배달 온 아가씨는 아무리 봐도 고등학생으로 보였다. 미성년자가 다방에서 아르바이트를 할 수 있나? 나는 아가씨에게 어느 다방에서 온 거냐고 물었다. 그랬더니 할머니와 아가씨가 동시에 웃었다. "내 손녀야." 할머니는 손녀에게 커피값이라며 오천원을 주었다. "잔은 이따 내가 가지고 들어갈게. 가서 공부해." 손녀가 내게 묵례를 하고는 떠났다. 나는 할머니 옆에 앉아 커피를 마셨다. 나도 저렇게 예쁜 손녀가 있었으면 좋겠다는 생각이 들었다. 이대로 영영 나를 안 봐도 좋으니 제발 손녀만은 낳아주었으면. 딸을 닮으면 무척 예쁠 것이다. 손녀를 보게 되면 딸도 용서가 될까? 나도 모르겠다. "커피가 맛있네요." 할머니가 보온병에 남은 커피를 내 잔에 따라주었다. 커피를 마신 다음 나는 이랑을 두 개 더 만들었다. 할머니는 내가 커피를 마시고 난 다음부터 삽질하는 속도가 달라졌다며 손녀가 커피에 약을 탄 건지도 모른다고 농담을 했다. "정말 일당 안 받아?" 나는 괜찮다고 했다. "그럼 내가 저녁이라도 사줄까?" "네, 그럼 사주세요." 내가 만든 이랑이 셋. 할머니가 오전에 만든 이랑이 셋. 밭이 아주 예뻐졌다.

할머니는 중국집에 전화를 걸어 짜장면을 배달시켰다. "식당에 가기엔 내 옷이 너무 더러워서." 할머니가 엉덩이를 보여주었다. "밭두렁에 앉아 있었더니 옷이 이렇게 되었어." 엉덩이에 젖은 흙이 묻어 털리지가 않았다. "괜찮아요. 여기서 저녁을 먹으면 정말로 회사 땡땡이친 기분 날 것 같아요." 짜장면 두 그릇이 배달되었다. 종업원은 짜장면을 내가 만든 이랑 위에 올려놓고는 빈 그릇은 늘 두는 곳에 두세요, 하고 말했다. 중국집 상호를 보니 가끔 내가 시켜 먹는 집이었다. 할머니와 나는 짜장면을 사이에 두고 앉았다. "이런, 술을 시켜줄 걸 그랬나?" 나는 괜찮다고 했다. 할머니는 다시 자리에서 일어나더니 수건을 걸쳐둔 나무 아래에서 물병 두 개 하고 플라스틱 컵을 가지고 왔다. 컵은 지저분했다. 할머니가 물병을 열어 차례로 냄새를 맡아보았다. "이게 술이네." 하나는 물이고 하나는 술인 모양이었다. 오래간만에 먹는 소주였다. 소주 한 잔을 마시고 양파를 춘장에 찍어 먹었다. "난 짜장면이랑 같이 먹는 소주가 제일 맛있어. 술맛 모르는 놈들이나 짬뽕이랑 먹지. 짜장면이 진짜야." 할머니가 말했다. 마주보고 있으니 우리 엄마가 살아 있다면 꼭 이렇게 늙었을 것만 같다는 생각이 들었다. 소주 한 잔에 짜장면 한 젓가락. 먹다보니 술이 계속 들어갔다. "안경은 왜 깨졌어? 누구랑 싸웠어?" 나는 믿기지 않겠지만 벌레가 날아왔다고 설명했다. 할머니는 그 벌레도 참 아팠겠다고 말했다. "내일은 출근해. 땡땡이는 딱 하루면 좋아." 나는 실은 이틀째 땡땡이를 치는 거라고, 내일도 또 땡땡이를 치고 싶을까봐 무섭다고, 말했다. "양말 만드는 게 뭐 무서워. 가서 만들면 되지." 할머니가 내 잔에 소주를 채웠다. "어르신 말이 맞네요." 할머니가 웃긴 걸 보여주겠다며 신발을 벗었다. 엄지발가락이 구멍난 양말 사이로 나와 있었다. 할머니가 엄지발가락을 움직였다. "내가 돈이 없어서 구멍난 양말을 신는 게 아니야. 난 어떤 양말이든지 한 달 안에 꼭 엄지발가락이 구멍나. 아무리 비싼 양말도." 할머니와 나는 지는 해를 보면서 마지막으로 건배했다. 노을을 보면서 근사한 생각을 하고 싶었는데 해가 지는구나, 라는 평범한 말만 머릿속에 맴돌았다.

할머니는 목련나무가 있는 연립주택에 살았다. 나는 할머니를 그곳까지 배웅해드렸다. "이렇게 큰 나무가 있다니 놀라워요." 할머니가 목련을 올려다보았다. "난 작은 나무들이 좋아. 그건 해마다 자라는 게 눈에 보이거든." 목련나무 아래에서 할머니와 나는 묵례를 하고 헤어졌다. 헤어지기 전에 할머니는 내게 이런 비밀을 하나 알려주었다. 앞으로 회사 땡땡이를 치고 싶은 날이면 내가 사는 아파트의 132동 104호로 가보라고. 그곳에서 나오는 소리를 몰래 엿들어보라고. 오전 열시. 목소리가 아름다운 선생님이 아이들에게 동화를 읽어주는 시간이라고. 나는 알았다고 대답했다. 나는 일부러 길을 돌아 132동을 가보았다. '햇님 놀이방'이라는 플래카드가 베란다에 걸려 있었다. 그 아래 누군가의 발자국이 보였다. 민들레 꽃이 밟힌 흔적이 보였다. 햇님 놀이방의 동화 구연 선생님는 누구일까? 듣기만 해도 저절로 행복해진다는데 과연 그런 게 가능할까? 132동에서 내가 사는 동으로 오려면 후문 길을 지나가야 해서, 나는 어제 갔던 공원을 다시 한번 들렀다. 누군가 자갈 위에 벚꽃을 뿌려놓았다. 바람에 날려온 것 같지는 않았다. 자갈 하나에 꽃잎 하나씩 올려져 있었으니. 나는 양말을 벗어 신발 안에 넣었다. 그리고 신발을 양손에 들고는 자갈길을 걸었다. 걸으면서 〈매기의 추억〉이란 노래를 흥얼거려보았다. 금잔디를 사람 이름으로 알다니. 웃음이 났다. 자꾸 걸으니 어제보다는 덜 아픈 것 같았다. 그래도 아파, 아프다고, 하고 엄살을 부려보았다.

해설

최대 소설의 기도

백지은(문학평론가)

이것은 윤성희의 여섯번째 소설책이다. 여기서 풍기는 훈기와 향기가 낯설지는 않을 것이다. 지난 십칠 년의 시간 동안 그가 우리 눈앞에 불러다준 하나의 근사한 '소설'의 형상은 이미 꽤 알려졌거니와, 이번 책에서도 거기에 큰 변동은 없는 듯하다. 짧게 말해, 그것은 평범하고 소박한 사람들의 상처와 회복, 관조와 공감이 발견되는 세간의 일상을 다채롭게 구성한 이야기들이라고 할 수 있다. 그런 '소설적 형상'을 윤성희는 말하고 또 말해왔다. 그것을 전적으로 '긍정'하고자 그런 것은 아니다. 무엇을 긍정하고 나면, 그것을 말하고 또 말할 수는 없다. 물론 부정하기 위해서도 아니다. 긍정하지도 부정하지도 않아야 그것을 말하고 또 말할 수 있다. 그것에 대해 끝나지 않는 의문이 있는 것일까? 그럴지도 모른다. 이 세계가, 삶이, '그런 형상'으로 나타난 까닭에 대해서는 작가도 독자도 온전히 알 수는 없다. 하지만 그런 의문은 언제까지나 해명될 필요가 없고, '왜' 그렇게 이야기하는 가보다 중요한 것은 '그런' 이야기가 우리에게 왔다는 사실이 아닌가. 다만 '그런 형상'을 긍정으로도 부정으로도 확정하지 않는 윤성희의 이야기들은 언제까지나 더 진행중이어도 좋다.

'그런 형상'에 대해 이미 알고 있던 점들을 좀더 말해볼까. 그것은 대체로 파란만장한 사연을 담은 평범한 인생들이 우연하게 이뤄낸 삶의 장면들이었다. 거기엔 고통만도 기쁨만도 아니고, 절망만도 희망만도 아니며, 불행이기도 하고 행복이기도 한 무엇, 말하자면 삶의 '의미'라 부를 만한 어떤 반짝임이 반드시 모습을 드러내곤 했다. 그러니까 윤성희의 이야기들은 삶의 일면을 '묘사'한 그림이라기보다 삶의 일부를 '의미'하는 기호에 가깝다고 할 수 있다. 소설이란 원래 그런 것, 삶의 의미를 함축한 것이 아니냐고 할 수도 있겠지만, 윤성희의 이야기가 기호 같다는 말은 이야기 속에 무슨 비의秘意라도 숨겨져 있다는 뜻이 아니라 그의 이야기로부터 문득 삶의 어떤 음영陰影과 만나게 된다는 뜻이다. 소설 속 장면들이 이러저러한 사연들을 전달한다기보다, 사연들이 모여든 그 장면들에 이러저러한 의미들이 불려나와 달라붙어 있다. 주장되고 지지받기 위해서가 아니고, 그저 우리 앞에 호출된 어떤 의미들이 다만 우리에게 인사를 건네는 순간, 몇몇 장면은 삶의 명장면으로 바뀌곤 했다.

이번 소설집에서도 그런 명장면을 여럿 만나게 된다. 잊을 수 없는 일생일대의 사건이나 기억 같은 것은 아니다. 화사한 마음이나 비장한 느낌이 꼭 있는 건 아니지만 알콩달콩한 곡절들의 자잘한 무늬가 끊임없이 출몰하는 시간의 다이어리 같은 것. 그의 이야기가 불러내는 삶은, 가치 있는 삶으로 긍정되거나 성과 없는 삶으로 부정되거나 할 종류의 것이 아니다. 어떤 삶이 의미 있는 것일까를 모색하기 위해 만들어진 이야기라고도 하기 어렵다. 단지, 삶이라는 시간의 결과 마디를 살아나게 하는 이야기들이라 하면 좋을 터인데, 그 이야기의 리듬에 실려 삶에 관한 어떤 의미들이 환기되는 듯하다. 아니다. 이야기의 리듬이 아니라 삶의 직접적인 리듬을 타고 흐르는 어떤 의미가 이런 이야기들을 내놓고 있는 것만 같다. 그렇다고 생각하며 윤성희 소설을 계속 읽다보면 어쩐지 진짜 삶의 의미와 재미를 좀더 알 것 같다는 기분에까지 이르게 된다. 맞다. 지난 십여 년간 이 기분 때문에 윤성희 소설을 읽었다. (유행하는 말로 해보자면) 윤성희 소설을 한 편도 안 읽은 사람은 있을지 몰라도 단 한 편만 읽은 사람은 없을 것이다. 윤성희의 다른 소설을 읽은 사람이라면 이번 책을 안 읽을 수는 없다.

친구들의 세상

어느 날 아침 윤성희는 이런 목소리를 들었는지도 모르겠다. "사랑하는 사람들을 그려라." 이번 소설집 『베개를 베다』에는 '나'가 등장하지 않는 소설은 한 편도 없지만 '나'를 그렸다고 할 만한 소설 또한 한 편도 없다. '나'의 주변 사람들이 주로 등장하는데, 나의 부모, 자식, 자매, 아내, 친구, 동료, 친지 들이므로, '나'가 사랑하는 사람들이라고 묶어 불러봐도 될 것이다. 그 인물들이 다 '나'에게 사랑스러운 사람들이라기보다, 우리가 어떤 때 "사랑하는 사람들"의 리스트 같은 걸 생각해본다면 떠올릴 만한 "관계"쯤 되니까 말이다(이런 관계에서 사랑이란 말은 사람에 대한 감정이 아니라 사람들의 구도 같은 걸 가리키는 말일 것이다). 칠순 팔순에 이른 노부모가 있고, 캐나다나 중국 같은 곳에서 생업을 유지하는 형제자매가 있다. 그간 어떻게 지냈는지 잘 몰라도 한 번씩 한자리에 모여 알은체를 하며 옛일을 떠올리게 되는 비슷한 생김새의 친척들이 있고, 이제 와 생각해보면 사랑했었는지 아닌지도 어렴풋한 옛 인연들이 있다. 이들의 삶이 내 눈에 또렷해진다는 것은, 단독적인 것만 같았던 내 인생이 끼워져 있는 하나의 인덱스index가 작성된다는 뜻일 것이다.

이 인덱스의 기능은 무엇인가. 그것은 무엇보다도, '나'의 삶을 생로병사의 진실 위에 겹쳐놓을 수 있는 용기를 준다. 이를테면 할아버지가 팔십구 세로 돌아가시자 "아들 셋과 며느리 셋. 과부가 된 딸 하나. 손자 부부. 손녀 부부. 외손자 부부. 그리고 결혼하지 않은 손자 손녀들. 모두 모여 장례를"(11쪽) 치르고, 그때와 비슷한 멤버들이 모인 아버지의 칠순 잔치는 "삼 년 전 큰아버지의 칠순 잔치 때와 똑같"(21쪽)은 장면으로 재연된다. 이 유사한 디엔에이 집단 속에서 나를 고모라 부르는 고모의 손자나 점점 외삼촌들과 판박이가 되어가는 사촌들과 만날 때, 시간의 흐름 위에 놓인 내 삶의 형상이 문득 선명해지는 것이다. 주체, 자아 같은 의식적, 심리적인 '나'보다 훨씬 객관적이고 사실적인 형상, 인생이라는 유한한 시간의 가장 자명한 진실인 '생로병사'에 대해 그들만큼 자연스럽고 확실하게 일러주는 타인은 없다. 그들은 내게 늙음을 알려주는 닮음들이다. "난, 늙어가겠지. 우리 부모님처럼"이라는 실감이 "나쁘지 않을 것"(201쪽)처럼 느껴질 때에야 그 자명하여 두렵기까지 한 유한성이 나 자신의 운명임도 진실로 받아들일 수 있다.

윤성희의 인물들이 대개 이익보다는 정리情理를 따르는 타입들로 보이기도 했지만, 특히 이 인덱스는 사회계약 이전의 관계들로 채워져 있다. 혈연으로 맺어진 일차적 관계라는 뜻만이 아니다. 가족이나 친지도 관계라는 구도 안에서 각자의 포지션에 의해 서로를 규정하고 상대하는 방식에는 계약에 버금가는 어떤 사회적 관습이 개입한다. 한데 윤성희의 인물들에게는 그런 것이 없다. 가족이든 친구든 처음 보는 타인이든, 상대를 생각할 때 이들은 계약적 역할이나 관습적 이미지는 물론 세간의 이목이나 도덕적 의무감 같은 것에 거의 신경쓰지 않는다. 이를테면, 고모는 나에게 무엇보다도 세상에서 목련꽃 풍선을 가장 잘 불던 사람이다.(「가볍게 하는 말」) 베스트 프렌드가 열두 살 차이가 날 수도 있는 거고, 고등학교 때 제일 무서웠던 선생님과 일 년에 한두 번씩 만나 술 마시는 사이가 될 수도 있는 거다.(「다정한 핀잔」) 헤어진 남편에게 집을 봐달라고 할 수도 있다.(「베개를 베다」) 동생들의 학비와 결혼자금을 댔고 어머니 병간호까지 했던 언니지만 요즘엔 명절에도 잘 만나지 않는데, 그래도 언니가 자기 자신을 바라보기 바라는 마음으로 거울을 선물한다.(「날씨 이야기」)

이런 관계들이므로, 계약 이전의 관계라기보다 정형화된 맥락에 얽매이지 않는 관계라고 말하는 편이 적당할지도 모르겠다. 뭐라 말하든, 정해진 틀 없이 소통하는 이 사람들을 보고 있자면 인간관계의 기본을 생각하게 된다. 사람들이 서로 관계를 맺는다는 건, 나와 타인 사이에 어떤 구도를 들이고자 함인가, 나와 타인이 서로를 이해하기 위함인가. 이 소설들에서 사람 사이는 어떤 약속으로써 연결되는 게 아니라 각자 상대방과 자기 자신에 대한 이해로써 교감된다. 그리고 그럼으로써 저마다 하나씩의 사연 창고 같은 인물들의 내력이 드러나버리곤 한다. 한 번의 연애 이후 평생 악착같이 살아온 언니가 '미움'에 대해 오래 생각한 세월이라든가(「날씨 이야기」), 엄마의 임신 소식을 듣고 도망갔던 아빠가 엄마 앞에 나타나 무릎을 꿇고 "무릎 연골이 닳을 때까지 살아보자고"(167쪽) 했던 까닭이라든가, 간암 말기 병문안에 맥주를 사와 함께 마시자고 한 사장님의 어릴 적 상처라든가(「낮술」) 등등. 놀랄 만한 비밀이라기보다 속절없는 사정일 그런 얘기들을 나누는 사이, 사람들은 모두 서로에게 오직 친구 말고는 될 것이 없다. 언니도 전 아내도 새아빠가 될 아저씨도 윤성희의 이야기 속에서는 모두 친구다. '친구'야말로 인간관계의 기본이자 최대치가 아닌가.

삶, 의례로서의 양식

인생이, 태어나 자라고 견디다 늙고 아파서 죽는 과정임을 누구도 모르지 않지만, 살아 있는 시간 동안 우리가 가장 의식하고 신경쓰는 일은 자연적이고 물리적인 그런 흐름보다도 사회적이고 상징적인 얽힘, 매듭일 때가 더 많다. 그런 얽힘, 매듭이라는 게 인간의 유동적인 삶에 외형을 주고 형체를 유지하게 하는 지지대와 같은 것이기 때문이겠다. 사람들 사이의 약정관계나 사회의 관습이란 것도 개인의 인생 쪽에서 보면 어디론가 흘러가는 시간의 형태를 잡아주는 누빔점이 되는 것은 아닐까? 그런데 윤성희의 인물들은 상호간 계약으로 소통하지 않으며 그들의 관계는 정형화된 교제의 틀을 벗어난다고 했으니, 그렇다면 그 세계에서 저들의 삶은 그저 생로병사의 흐름 위에 유동하고 있다는 말인가? 물론, 아니다. 가족도 친지도 처음 보는 사람도 친구가 되곤 하는 이들의 삶에도 계약과 틀을 대신해 형태를 주는 것이 물론, 있다. 삶의 구도를 틀 짓는 대신 그 구도의 관절을 튼튼히 하는 것, 그것은 '의례ritual'이다. 일상의 작은 의례들. 윤성희 소설에서 '의례'는 삶의 양식이자 이야기의 양식이다.

일상의 작은 의례들? 이렇게만 말해도 윤성희의 독자들은 그게 무엇인지 벌써 알아채줄 테지만, 일상을 의례로 만드는 걸 누구나 알고 누구나 할 수 있는 건 아니다. 그 일의 달인이 바로 윤성희의 인물들이라는 얘긴데, 이번 소설집도 읽다보면 먹고 마시고 차 타고 전화 걸고 혼잣말하고 깔깔 웃고 조금 우는 등등의 일상사들이 매 이야기마다 얼마나 확연히 형형炯炯한지 금세 알게 된다. 이곳에서 그런 행위들은 주로 의식주와 같은 삶의 기반 산업에 밀착해 발생하는데, 그것은 생활의 물질적 조건만이 아니라 심정적 취지와도 결탁해 있어서, 헐렁한 일상의 시간에 윤곽을 주는 양식이 된다. 점심시간에는 날마다 친구의 차 뒷좌석에서 도시락을 먹는다거나, 매일 맥주 한 잔씩을 마시는 어머니를 위해 항상 같은 가게에서 한 캔씩 사온다거나(「못생겼다고 말해줘」), 거울을 보고 혓바닥을 내밀며 메롱, 하루 세 번씩 말하면서 늙지 않는 기분이 든다거나(「베개를 베다」), 아침 산책의 마지막 코스로는 등굣길의 아이들이 지각하는 모습을 구경한다거나(「날씨 이야기」), 아이 앞에서 경적을 울리지 않은 차의 번호를 이번주 행운의 번호로 정한다거나, 제 이름과 같은 문패가 달린 집을 지나느라 일부러 먼 길로 돌아온다거나(「모서리」)……

이런 생각과 행동은 평범한 것이지만, 계약사회의 룰과 틀 안에 삶의 구도를 마련한 또다른 평범한 이들에게는 "말도 안 되는 이야기!"(108쪽)이거나 "잘못 배달된 엽서 이야기"(69쪽)같은 것일 수도 있다. 가령 "어릴 때 자주 가던 단골집이 있어야 나중에 어른이 되었을 때 너그러운 사람이 될 수 있다"(108쪽)는 생각은 어색한 논리고, '널 평생 미워하겠다'는 말이 적힌, 잘못 배달된 엽서를 기다리며 "미움에 대해서" "생각하고 또 생각"(70~71쪽)하는 일은 어긋난 인과가 아닌가? 하지만 이들에게 중요한 건 분명히 비논리적이고 순심리적인 견강부회처럼 보일지라도 이와 같은 사고방식에는 묘하게 합당한 이유들이 있다. 어떤 정당함이랄까, '페어플레이'에 대한 요구 같은 것. 이를테면 이런 것들이다. "사는 건 니가. 버리는 건 내가."(34쪽) "넌 나에게 모욕을 주었어. 나중에 꼭 갚아줄 거야."(127쪽) 고장난 중고차를 샀는데 내가 고장낸 것이 아니니 내 돈으로 고치기 아까운 마음, 갈 때는 모범택시를 탔으니 올 때는 버스를 타려는 심리. "어머니가 외삼촌에게 말했다. 넌 효자였잖니. 난 불효녀였고. 그러니 자식들이 거꾸로 된 거야. 균형을 맞추려고."(43쪽)

다시 말해, 저울질로 가늠하는 계약 이전의 이미 온전한 사태 혹은 평안한 상태에 대한 '균형' 감각이 여기에는 있다. 바퀴 없는 자전거 그림에 바퀴를 그려넣어 그럴듯한 그림 완성하기(「낮술」), 왼쪽 가슴을 두 번 툭툭 친다거나 이 주의 행운 번호를 정한다거나 자기만의 주술 만들기, 어릴 때 친구와 자주 하던 찰리 브라운 친구들 흉내내기를 여전히 가끔 해보기(「모서리」) 등의 엉뚱한 행위를 하는 어른들에게는, '동심'이야말로 무슨 '순수' 같은 게 아니라 애초의 '균형' 혹은 '정의'에 가까운 것이리라. 이들은 대개 단순 소박한 마음의 소유자로 보이지만 그렇다고 아무데나 잘 속는 물정 모르는 자도 아니다. "행복해서 웃는 게 아니라 웃어서 행복한 것입니다"(41쪽) 따위의 말에 넘어가지 않고, 남들을 속이지 않는 만큼 자기 자신도 속이지 않는다. 이들에게는 오히려 계약사회의 판도에 맞춰 '가볍게 하는 말'이야말로 부끄럽고 민망하다. "이만하면 우리 집안도 성공한 거 아니겠냐"(21쪽)나, "산 사람은 살아야지"(29쪽)와 같은 말에 스며 있는 졸렬한 비겁과 기만을 모르는 척하지 못한다.

자기 규칙을 괜히 만들어보고 그럼으로써 세상의 법칙을 가설해보는 것. 직접 고안해낸 '생활의례'랄까, 습관처럼 놀이처럼 스스로 행하고 반복하는 평범한 시간의 '리추얼ritual'들. 이것들은 삶이라는 몸통을 지탱하는 일상의 튼실한 근육이다. 동시에 일상의 근육은 결국 삶이라는 몸통의 몸매를 가꾸어낸다. 일상의 리추얼이 반복되어 기호가 되고 취미가 되고 성향이 되어서 한 인생의 의미가 되는 것일까? 혹은, 한 인생이 지니는 의미가 일상 속에 내려앉아 이런 리추얼들을 단련한 것일까? 어쨌거나 이런 시간을 통과하며 일구어지는 삶의 양식은, 정형화된 룰과 틀에 충실한 계약적 행위와 달리, 삶이라는 자연적 진행, 어떤 시간성을 구체화해낸다. 삶의 의미가 인생을 통째로 본 후 매겨지는 게 아니라 인생의 매 순간들에 부여되는 것 같다고나 할까. 어떤 소설에서 행복을 '현금흐름성'과 '자산성'으로 구별해 얘기하는 것이 재밌더랬는데, 그런 식으로 말해보자면 윤성희의 이야기들은 현금흐름성 '의미'를 방출하는 쪽일 것이다. 오늘의 의미를 내일에 저당 잡히지 않고 내일의 의미로 오늘을 방치할 수는 없다고 믿는다면 이편의 이야기가 '소설적 형상'에 더 어울린다고는 말해도 될 것이다.

방어와 기도

윤성희의 이야기들이 환기하는 (삶의) 의미의 리듬 혹은 리듬의 의미는, 그 자체로 소소하게 흥미롭고 수수하게 아름답지만, 그 삶의 에너지랄까, 파워랄까, 그것까지 소소하고 수수한 것은 아니다. 무엇보다도, 일상을 의례화하는 그 세계는 마치 낮술을 마시고 길을 걸을 때처럼 무엇이나 환하고 선명하게 보이게 한다. 구름은 하얀색으로, 하늘은 파란색으로, 노란색 우비를 입고 횡단보도를 건너는 아이의 어깨 위에 붙어 있는 단풍잎은 아마도 빨간색으로.(「낮술」) 그것이 그것으로 보이지 않을 때도 있다. "분명 쓰레기인데 쓰레기처럼 보이지 않"거나 "작은 것들이 커다랗게 확대되어 보"일 때.(161쪽) 낮술 마시는 시간이란 어쩌면 아침부터 밤까지 약속된 시계에 맞춰 바삐 지내야 하는 현대인이 가장 누리지 못할 잉여의 시간, 일반인들의 일상을 지배하는 시곗바늘은 한 번도 가리키지 않는 시간일지도 모른다. 하지만, 고장난 시계가 시도 때도 없이 알람을 울리자 "종이 울릴 때마다 깜빡 잊었던 일들이 떠올라 나름대로 요긴하게 쓰"(189쪽)이기도 하듯, 낮술의 시간이 '문득' 가져다준 선명함은 깜빡 잊었던 것들에 대해 "나름대로 요긴"할 수도 있다.

그래서 어떤 때, 말이 안 되는 것 같지만 나름대로 '균형'을 추구하는 저 의례들은 다른 어떤 지향에 대한 반대급부로서 힘을 얻게 된다. 합리적인 계약(으로 믿어지는 것들)의 불합리 또는 일방적인 공정(으로 주장되는 것들)의 부당함 등을 자각하게 하는 것이다. 이는 어떤 과도함에 대한 중화의 역할 같은 것인데, 가령 바쁜 스케줄에 중독되고 자기 계발의 신화에 물든 현대적 일상에 대한 일종의 해독 작용이 될 수도 있다. "아무리 바빠도, 아무리 시간에 쫓겨도, 현관에 서서 집 안을 향해 다녀오겠습니다라고 외치도록 했다. 돌아올 때도 마찬가지였다. 다녀왔습니다. 빈집이라도 그렇게 해야 한다고 했다."(174쪽) 이런 의례는, 친구를 괴롭힌 벌로만 필요한 게 아니라 "남의 마음을 헤아릴 줄 아는 인간으로"(173쪽) 살아야 하는 우리 모두에게 필요한 것이다. 그렇다고 이것이 순한 사람들의 착한 세상 얘기인 것만은 아니다. 굳이 밝히자면 윤성희의 인물 대부분은 그냥 '그런' 사람이다. 백 부작 드라마의 엑스트라 같은 사람들. 아주 똑똑한 사람, 아주 강인한 사람이 아닌 만큼 아주 선량한 사람도 아닌 그들을 통해 작가가 뭔가 주장하고 싶은 바가 있다면, 사람은 누구나 그냥 '그런' 사람이라는 사실 말고는 없을 것이다. 인생은 다 조금 모자라고 조금 어설프고 조금 답답한 사람들의 "말도 안 되는 이야기"가 아니냐고, 하지만 이야기가 끝나면 우리 모두 "박수를" 칠 수밖에 없는 거라고.(129쪽)

한편 이 세계의 에너지는 중화, 해독만이 아니라 방어와 위로에도 쓰인다. 갈등이 전면화되지 않은 이 이야기들에는 얼핏 큰 성공도 큰 패배도 없는 듯 보이지만, 어느 때 거기에 어떤 성공보다도 힘든 안간힘, 어떤 실패보다도 쓰라린 참음이 있음을 놓칠 수는 없다. 「못생겼다고 말해줘」의 모녀가 먼저 생각난다. 결혼해서 유학 갔다가 혼자 죽어버린(아마도 자살일) 쌍둥이 언니의 얘기를 어머니한테 알리지 않은 채, 언니의 목소리로 전화를 하고, 언니의 필체로 (형부가 쓴) 편지를 어머니한테 전달하는 화자. 그녀가 어머니를 기쁘게 할 〈학교종〉의 악보를 완성하기 위해 새들이 날아드는 전신줄을 향해 카메라 셔터를 백 번씩 누를 때, 밤에 어머니를 깨워 꽃놀이 비용 내기 윷놀이를 하며 열에 아홉은 져드릴 때, 맥주를 사오면 매일 똑같이 "정민이네서 샀어?"라고 묻는 어머니에게 늘 똑같이 "응. 정은이네서"라고 대답할 때. 모녀는 함께 한 사람의 부재를 필사적으로 견디고 있는 것만 같다. 어쩌면 언니가 다시 돌아올 수 없다는 사실을 어머니도 알고 계시리라("어머니는 어째서 아직까지 정민이네라고 부르는 것일까. 정은이네 어머니가 그토록 잊고 싶은 이름을."(48쪽)). 어머니와의 대면마다, 서로 '니가 더 못생겼다'고 싸웠던 쌍둥이 언니에 대한 그녀 자신의 그리움이 억눌려 있는 듯하다. 이들의 의례적 일상은 서로를 위로하는 것이자 스스로 무너지지 않으려는 지독한 방어일 것이다.

요컨대 윤성희 소설의 일상에는 위로와 방어를 가능케 하는 에너지가 잠복해 있다. 그런데 그것은, 이를테면 '매 순간을 사랑함으로써 그간 몰랐던 일상의 행복을 깨닫게 됐다'는 유의 '일상의 행복 찾기'와는 완전히 다른 종류의 것이다. 가까운 주변 사람들의 고독한 여생을 찬찬히 바라보며 나의 생도, 길거나 짧거나 여생임을 깨닫는 이야기라고도 했지만, 인생의 흐름을 순리로 예찬하자는 주제와도 무관하다. 사춘기 소녀처럼 변해버린 어머니가 꽃만 보아도 아름답다며 눈물 흘리는 장면을 무섭다고도 한 것은, 세월이 사람을 기괴하게도 만든다는 사실을 회피하지 않으려 하기 때문이다. 핵심은 그 회피할 수 없음의 처연함이고, 그 처연함이 이런 이야기들을 낳았을 것이다. 다시 말해, 이 이야기들의 탄생에는, 일상 예찬, 행복 예찬, 사랑 예찬 등의 어떤 기쁨이 아니라 일상을, 행복을, 사랑을 기원祈願해야만 하는 메마름, 상실, 공허가 먼저 있다. 이 이야기들의 의미는 무엇을 찾아야 보이는 게 아니라 무엇을 견뎌야 나타나는 쪽이다. 그 견딤이란 아마도 기도하는 마음 같은 것이 아닐까. 윤성희의 소설은 사람을 사랑한다기보다는 사람들을 위해 기도하는 마음으로 우리에게 전해진 것이리라.

소설, 시간성의 양식

윤성희는 '윤성희 스타일'이라 부를 만한 일정하게 독특한 분위기를 가진 작가다. 인물, 사건, 배경에 큰 변화가 적고, 일상의 작은 의례들이 주가 된 에피소드식 구성을 이루며, 무엇보다도 수식어 없는 간결한 문장과 폭이 넓은 문장 간격의 합작으로 과감하고도 정밀하게 스토리를 조형하는 방식은 다수의 작품에서 유사하게 나타난다고 할 수 있다(윤성희의 단편들을 한꺼번에 읽고 나면 각각의 이야기들이 정확히 어떤 이야기였는지 기억하기가 쉽지 않을 수도 있는데, 바로 이 때문일 것이다). 그런데 저 유사성들이 조화를 이룬 하나의 '소설적 형상'이 비교적 뚜렷하게 그려짐에도 불구하고, 개별 작품들에서 그 형상을 주조하는 표현 수단을 일정하게 정식화하기는 또 쉽지 않다. 실상 뜯어보면 그의 이야기들은 유사한 것들을 유사한 형태로 조직한 것이 아니라 상이한 것들을 다양한 형태로 배열한 편이기 때문이다(그의 단편들을 한 번씩 더 읽으면 어떤 에피소드는 그 배후의 어떤 큰 이야기에서 나왔는지까지 문득 한꺼번에 생각날 때가 있는데, 바로 이 때문일 것이다).

윤성희 소설에 '양식성'이라 부를 만한, 즉 어떤 '소설'적 형상으로 수렴되는 반복적 형식이 없는 건 물론 아니다. 다만 그것은 어떤 내용을 위한 그만의 특정 표현 수단으로 보이지 않고, 매번 다른 이야기를 펼치는 과정에 즉흥적으로 끼어든 자투리 일화처럼만 보인다. 어떻게 말인가?

> 나는 반찬들을 다시 쇼핑백에 담았다. 가방에서 볼펜을 꺼내 쇼핑백에 고모의 이름을 적은 다음 공용냉장고에 넣어두었다. 공용냉장고에는 상추가 있었다. 병실에서 상추쌈을 싸먹는 사람을 상상해보니 웃음이 났다. 나는 고모에게 집에서 훔쳐온 천혜향을 보여주었다. 천혜향은 모두 일곱 개였다.(23쪽)

> 쿠폰을 보니 갑자기 아이스커피가 먹고 싶어졌다. 커피도 배달이 되면 얼마나 좋을까? 짜장면 한 그릇도 배달되는데. 냉동실을 뒤져봤더니 얼음이 없었다. 얼음통에 물을 채워넣고, 인터넷으로 얼음을 얼리는 데 걸리는 시간을 검색해보았다.(85쪽)

이 책의 어느 면을 펼쳐도 이와 같은 대목을 골라내기는 어렵지 않다. 윤성희의 거의 모든 소설에 그려진 이런 장면은, 매우 편안해 보이지만 어쩌면 고도로 인위적인 것이 아닐까? 이런 부분(의 문장들)은, (포괄적으로 말하지 않아도 된다면) 소설의 서사적 또는 서정적 기능에 직접 흡수되지 않는다. 이야기의 진행이나 주제의 암시를 맡지 않고, 넓게 봐야 분위기를 돕는 정도일 것이다. 어떤 내용에 상응하는 표상의 역할을 하는 게 아니라 그냥 스스로 거기 있고 싶어서 있게 된 장면이라고나 할까. 이야기의 맥락과 떨어뜨려놓아도 그런 상황 자체로서나 또 이야기 자신에게나 크게 상관이 없는데도, 바로 거기가 제자리인 듯 당연하게, 너무나 핍진하게, 그 장면들은 존재한다. '일기적' 또는 '수필적'이라 하면 어떨까도 싶은 이런 장면들은, 그러나 윤성희 소설의 일부로서 가장 핵심적인 '소설'의 양식이 된다. 사건성이 아니라 시간성을 머금고 있는 독립적 형상, 이것이 없는 윤성희 소설을 본 적이 있을까. 이것은 그 자체로 윤성희 소설의 인장이다. 가장 윤성희식으로 양식화된 세계의 단면이다.

최대 문학의 희망

시간의 양식이라는 윤성희 소설의 특징은 이번 소설집에서 더욱 선명해지고 깊어진 듯하다. 저 윤성희식 장면(문장)에 더 많은 시간성이 머금어진 것일까? 이제 소설 쓴 지 십칠 년쯤 됐고, 이번이 여섯번째 책이며, 지금까지 근 육십여 편의 작품을 썼을 것이다. 좀 과장스럽게 들릴지 모르겠지만, 고르게 꾸준히 쌓여온 그의 작품 목록을 들여다보고 있자면 거기에 소설의 자리만 있는 게 아니라 그의 삶의 자리도 있는 것 같다는 생각이 든다. 소설가가 된 이후 그의 삶의 시간이 그의 소설들에서 소설들 사이만이 아니라 소설들 안에서도 흐르고 있는 것만 같다. 시간의 지속 안에서 변함없이 성실한 그 삶과 소설에 점점 더 진한 시간성이 육중하게 내려앉은 것만 같다. 그의 인장이 찍힌 그 양식에도 전보다 더 침착하고 덤덤한 시간의 흐름이 잠복해 있는 것처럼 느껴진다.

1999년에 등단했으니 윤성희가 '소설'을 처음 만나 읽고 공부하고 쓰기 시작한 것은 다 20세기의 일이다. 그런 케이스가 한둘은 아니겠으나 바로 그런 까닭에, 2016년 현재 우리에게 '소설'이란, 20세기에 이미 소설에 발을 빠뜨린 이들이 21세기를 지나며 소설 자신과 조화 혹은 불화를 이룬 각종 쟁투들과 무관하지가 않다. 정작 '소설' 자신의 상태야 어떠하든, 현재 우리는 '소설'이 소설이라는 사실을, 때로 의지하고 때로 의심하는 불안정한 대응들 사이에 있다. 이런 환경을 의식해서겠지만, '소설'의 생존/지속을 위해 소설의 탈태脫態를 생각하고 문학의 생존/지속을 위해 최소(한의) 문학(적인 것)을 생각하는 것이 인제는 거의 일반론처럼 여겨질 정도다. 조화보다 불화를, 의지보다 의심을 통과하면서, 우리는 소설 대신 소설적인 것을, 문학 대신 문학적인 것을 내세워 시대의 환경과 타협하는 중인지도 모른다.

이런 때 윤성희의 소설을 읽자면, 과도한 불화와 의심은 아니었던지, 시대와 환경의 변화를 괜히 심각하게 타매하면서 20세기에 우리가 처음 만났던 그 소설의 모습을 지레 부담스러워했던 건 아니었는지도 싶어지는 것이다. 소설에 있어 시간이나 시대는 환경 문제가 아니라 양식 문제일 것이다. 윤성희의 이야기는 여전히, '소설' '문학' 대신에 '소설적인 것' '문학적인 것' 등을 상대할 필요는 없다고 여기는 듯하다. 그가 추구하는 것은 소설이지 소설적인 것이 아니고 문학이지 문학적인 것이 아니다. 바르트의 말마따나, "소설적인 것은 소설이 아닌" 것이다. 윤성희에게는, (비)소설적인 것(가령 '수필'), (비)문학적인 것(가령 '일기')도 다 '소설'에 사용될 수 있으며, 그것들이 일단 '소설' 속으로 들어오면 '소설적인 형상'이 된다는 사실, 소설의 양식이 된다는 사실이 무엇보다도 중요하다. 그의 양식은 여전히 가장 '소설'의 것이며 언제까지나 오직 '소설'이길 주장할 것이다. 그에게 최소 문학, 최소 소설 같은 것은 없다. 그의 희망은 언제나 최대 문학이고, 문학은 본래 최대 문학이다.

작가의 말

이따금, 나는 소설을 쓰다 말고 깜짝 놀란다. 무언가를 쓰고 있는 내 모습이 도통 현재형으로 느껴지지 않는 것이다. 누군가 연출한 장면을 훔쳐보는 기분이 든다. 진짜 '나'는 어디로 사라지고, 윤성희라는 삼인칭 인물만이 움직이고 있는 것만 같다. 그런 마음이 들 때면 쓰는 걸 멈추고 가만히 두 손을 들여다본다. 열 손가락을 하나하나 움직여도 본다. 이 낯선 손가락은 누구의 것인가. 이 손가락은 왜 이런 문장을, 이런 이야기를, 여기에 쓰고 있는 것인가? 잘 모르겠다…… 하고 중얼거려보면 조금은 외롭다는 느낌이 든다. 나는 백지. 나는 구경꾼. 아니면 나는 타자기. 그렇게 생각하면 그 외로움이 다른 의미로 다가온다. 글을 쓰는 동안 나는 내가 아니고, 작가도 아니다. 나는 사라지고 손가락들과 몇 줄의 문장들만 남는다.

여기 묶은 열 편의 단편들은 그런 마음속에서 썼다.

2016년 봄

윤성희

| 수록 작품 발표 지면 |

가볍게 하는 말 …… 『문학동네』 2015년 여름호

못생겼다고 말해줘 …… 『현대문학』 2012년 5월호

날씨 이야기 …… 테마 소설집 『헬로, 미스터 디킨스』(이음, 2012)

휴가 …… 『창작과비평』 2014년 가을호

베개를 베다 …… 『세계의문학』 2012년 가을호

팔 길이만큼의 세계 …… 『문학동네』 2013년 여름호

낮술 …… 『한국문학』 2014년 겨울호

모서리 …… 『자음과모음』 2013년 봄호

다정한 핀잔 …… 『악스트』 2015년 11·12월호

이틀 …… 『21세기문학』 2013년 여름호

문학동네 소설
베개를 베다

1판 1쇄 2016년 4월 21일
1판 5쇄 2021년 3월 8일

지은이 윤성희
책임편집 황예인 | 편집 정은진 김내리 이성근
디자인 고은이 유현아 | 마케팅 정민호 이숙재 우상욱 정경주
홍보 김희숙 김상만 함유지 김현지 이소정 이미희 박지원
제작 강신은 김동욱 임현식 | 제작처 영신사

펴낸곳 (주)문학동네 | 펴낸이 염현숙
출판등록 1993년 10월 22일 제406-2003-000045호
주소 10881 경기도 파주시 회동길 210
전자우편 editor@munhak.com | 대표전화 031) 955-8888 | 팩스 031) 955-8855
문의전화 031) 955-3578(마케팅) 031) 955-8864(편집)
문학동네카페 http://cafe.naver.com/mhdn | 트위터 @munhakdongne

ISBN 978-89-546-4010-7 03810

* 이 도서의 국립중앙도서관 출판예정도서목록(CIP)은 서지정보유통지원시스템 홈페이지(http://seoji.nl.go.kr)와 국가자료공동목록시스템(http://www.nl.go.kr/kolisnet)에서 이용하실 수 있습니다.(CIP 제어번호: 2016007522)

잘못된 책은 구입하신 서점에서 교환해드립니다.
기타 교환 문의 031) 955-2661, 3580

www.munhak.com